語れるようになる 日本の文豪

はじめに

芥川龍之介（あくたがわりゅうのすけ）は『文芸的な、余りに文芸的な』の「十二　詩的精神」の中で、「世界は不朽の傑作にうんざりするほど充満してゐる。が、或作家の死んだ後、三十年の月日を経ても、なほ僕等の読むに足る十篇の短篇を残したものは大家と呼んでも差支ない。たとひ五篇を残したとしても、名家の列には入るであらふ。最後に三篇を残したとすれば、それでも兎に角一作家である。この一作家になることさへ決して容易に出来るものではない」

と記している。短編の名手芥川らしい、鋭い言葉である。この言葉に少し付け加えるならば、たとえ一篇を残したとしても、作家として大きな存在を示したと言える、と思う。

同じく芥川は、『文芸的な、余りに文芸的な』の「四　大作家」の項で自分を「雑駁な作家」と称し、「が、雑駁な作家であることは必ずしも僕の患ひではない。いや、何人の患ひでもない。古来の大作家と称するものは悉く雑駁な作家である。彼等は彼等の作品の中にあらゆるものを抛りこんだ。ゲエテを古今の大詩人とするのもたとひ全部ではないにもせよ、大半はこの雑駁なことに、――この箱船の乗り合ひよりも雑駁なことに存してゐる。しかし厳密に考へれば、雑駁なことは純粋なことに若かない」と述べている。

文豪とは何かを考えると、なぜか芥川のこの言葉を思い出す。

本書は、明治期から昭和期にいたる〈文豪〉と称される文人たちの生涯と代表作を紹介し、「人に語れるような本」という観点から、心に残る各文人の逸話を文章を展開する際の一つの軸にした。本書を通して、〈文豪〉と呼ばれる人たちを身近に感じていただければ幸いである。

志村有弘

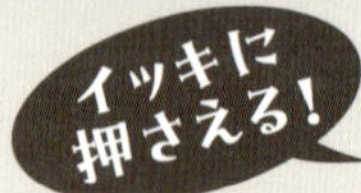

日本の文豪と近代文学の流れ

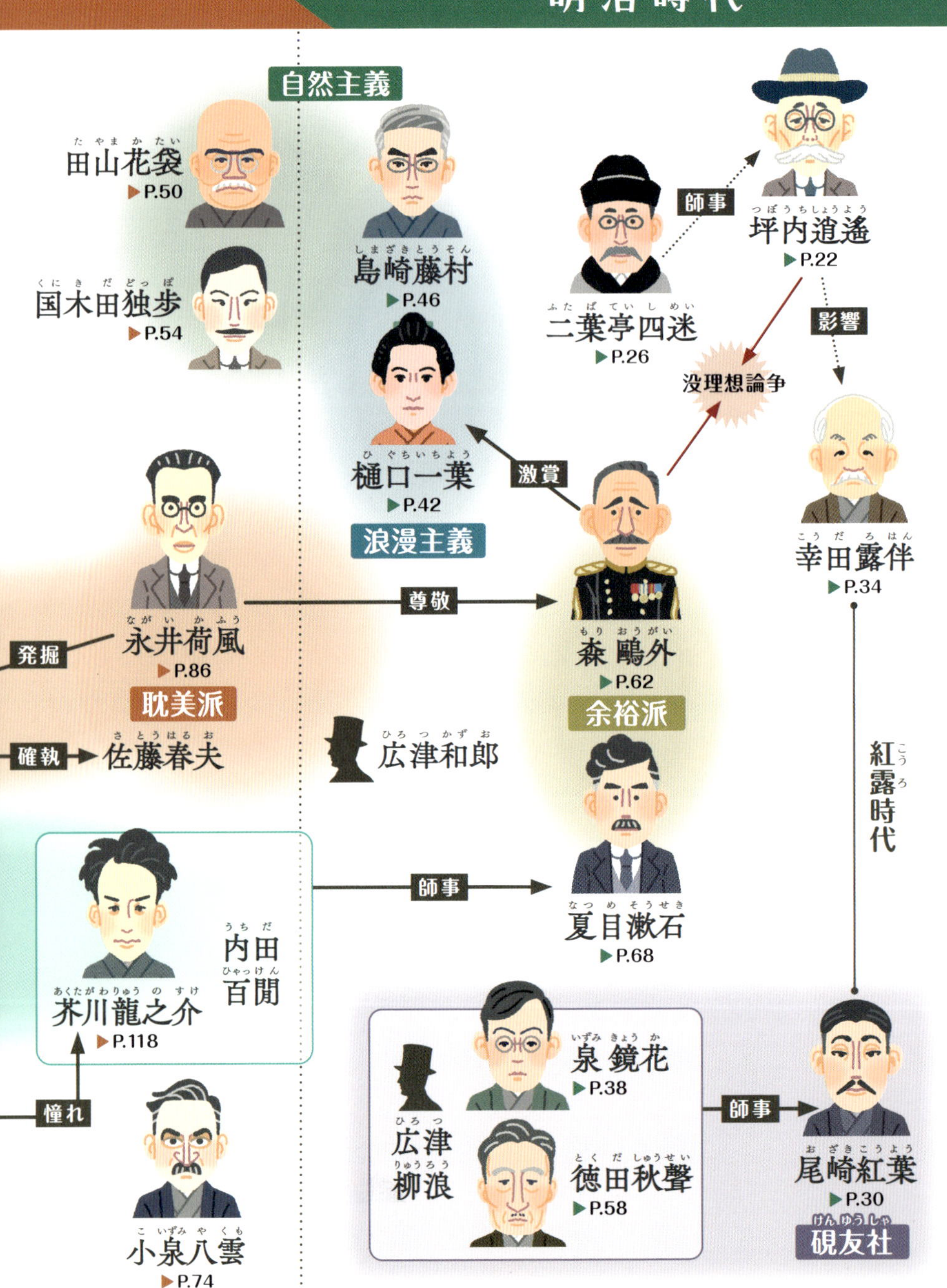

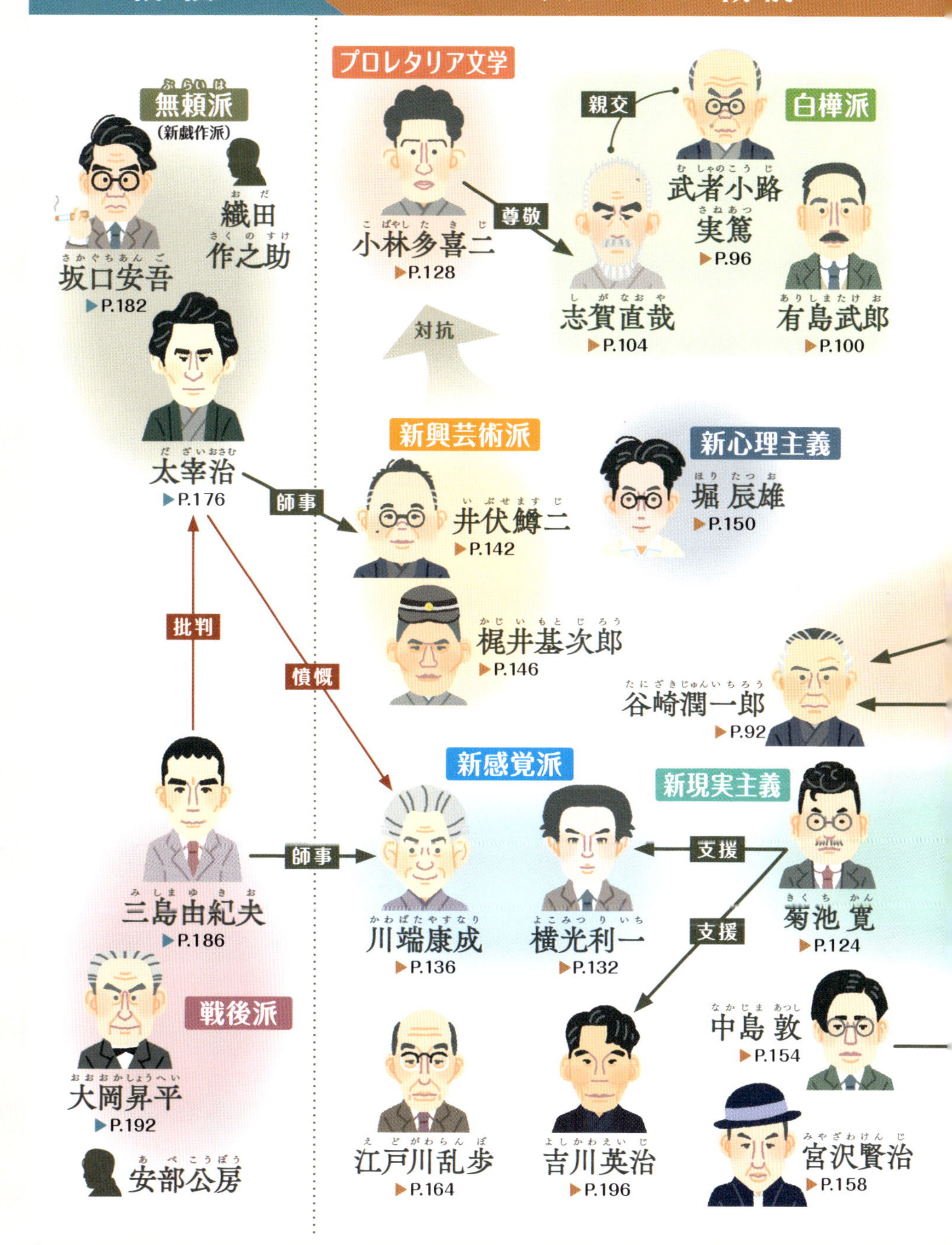
戦後
大正から戦前
無頼派
(新戯作派)
坂口安吾
P.182
織田作之助
太宰治
P.176
プロレタリア文学
小林多喜二
P.128
尊敬
親交
白樺派
武者小路実篤
P.96
志賀直哉
P.104
有島武郎
P.100
対抗
新興芸術派
師事
井伏鱒二
P.142
新心理主義
堀 辰雄
P.150
梶井基次郎
P.146
批判
憤慨
谷崎潤一郎
P.92
新感覚派
新現実主義
三島由紀夫
P.186
師事
川端康成
P.136
横光利一
P.132
支援
支援
菊池 寛
P.124
戦後派
大岡昇平
P.192
中島 敦
P.154
安部公房
江戸川乱歩
P.164
吉川英治
P.196
宮沢賢治
P.158

東京帝国大学
旧加賀前田藩邸の敷地に1877年に創立された東京大学の前身。
ニコライ堂
1891年に神田駿河台上に完成した正教会の大聖堂。お雇い外国人として来日していたジョサイア・コンドルが設計を担当した。
蔵前
両国橋
隅田川
永代橋
小川町
西洋料理や書店、洋品店、寄席、ビリヤード場などが立ち並んだ、明治東京を代表する繁華街。
銀座
石川島
第一国立銀行
みずほフィナンシャルグループの前身となる日本初の国立銀行の本社屋。設計者は二代目清水喜助で、清水組（現・清水建設）が建設を請け負う。木骨石造、ベランダ、日本屋根、塔を組み合わせた和洋折衷のモダンな建築だった。
服部時計店
1881年12月に創業した輸入時計・宝飾品の販売店で、現在のセイコーグループ株式会社の源流企業の本社ビル。1894年に朝野新聞のオフィスビルを購入後、時計塔が公開され、現代にいたる銀座のシンボルとなった。（現在はセイコーグループ傘下の株式会社和光本店）
新橋停車場
1872年に開業し、新橋～横浜間を結んだ日本初の鉄道の起点となる鉄道駅。
巻頭特集
文豪たちの東京❶
文明開化の音がする!?
文豪たちがめざした
明治の東京

靖国神社

明治維新以後の国家のために殉難した英霊を祀る神社として1869年に東京招魂社として創建された靖国神社。

日比谷公園

1903年に開園した日本初の洋風公園。ポーツマス条約締結に反対した民衆による日比谷焼き討ち事件の舞台となった。

高輪築堤

日本初の鉄道の開業に際して、現在の東京都港区の浅瀬に建造された2.7kmの築堤で、鉄道はこの上を走っていた。

巻頭特集
文豪たちの東京❷
大正浪漫の嵐吹く
激動の時代へと突き進む
大正と昭和前期の東京
万世橋駅
日露戦争の軍神・広瀬中佐の像が駅前のランドマークだったモダンな駅。駅舎の設計は東京駅と同じ辰野金吾だった。
浅草十二階(凌雲閣)
52mの高さを誇り、東洋初のエレベーターを備えていた高層建築。関東大震災で崩壊し、その後爆破されて処分された。
新吉原
東京都台東区千束にあった、江戸時代以来の公許の遊郭街。
不忍池
浅草六区
映画館や劇場などが立ち並んだ東京随一の興行街。
隅田川
東京駅
向島の桜
徳川吉宗によって植樹された桜の名所は、明治・大正期に入っても人気の行楽スポットだった。
両国橋
国技館
1909年、本所回向院の境内に建設された旧国技館。日本初のドーム型鉄骨板張の洋風建築であった。1917年、失火の延焼を受けて焼失後、再建されるも関東大震災で再び焼失したが、三たび建設された。
永代橋
石川島

※『大東京鳥瞰図』(1921年　日本文化研究所所蔵)
市電
1903年に開設された路面電車は、1911年東京市電となり、大正期には路線網を東京中に広げていた。
新宿駅
明治神宮
皇居
参謀本部
増上寺
帝国劇場
明治末期の1911年に建設された西洋式演劇劇場。関東大震災で焼失したが、すぐに改修されて翌年には再開した。
歌舞伎座
1889年の建設後、2代目の建物を経て1925年に生まれ変わった3代目の歌舞伎座・東京大空襲で焼失した。
築地本願寺
江戸幕府によって建立された西本願寺の別院。1923年の関東大震災で伽藍が焼失後、1934年に鉄筋コンクリート製の古代インド様式の伽藍として再建された。

巻頭特集
文豪たちの東京③

焼け野原からの復興

アメリカ占領下で変革が進む 戦後間もない東京

後楽園球場

1946年には早慶戦で超満員となったが、その後GHQの接収命令が下る。しかし、当時の野球連盟の交渉で命令が解除された。

アサヒビール

現在は金のオブジェで有名なアサヒビールの工場はここにあった。地図では前身となった大日本麦酒の名称が書かれている。

震災記念堂

関東大震災で落命した人々の遺骨を納める霊堂として、火災旋風によって多くの死者を出した被服廠跡に建立された慰霊堂。さらに戦後は東京大空襲で没した人々の遺骨も慰霊塔に納められ、1951年に東京都慰霊堂と改称された。

第一生命ビル

お濠を挟んで皇居と向かい合う第一生命ビル（現・第一生命日比谷ファースト）にGHQ（連合国軍最高司令官総司令部）が置かれ、日本の占領政策と民主化が進められた。地図にはGHQの文字が見える。

東京宝塚劇場

占領軍専用のアーニーパイル劇場となった。アメリカ本土からくる様々な出し物を楽しんだ。

銀座

銀座・松屋近くには占領軍専用のキャバレーがあった。ほかにも服部時計店や日本橋白木屋などが占領軍に接収され、PX（軍隊内の飲食物、日用品を売る場所）になっていた。

※『東京案内図』（1951年　個人蔵）

淀橋浄水場

1898年に完成した浄水場で、1965年まで東京に水を供給し続けた。廃止後、東京都庁などが立ち並ぶ副都心となった。

新宿闇市

早くも終戦5日目にしてヤミ市が登場し、戦後復興の光となる。新宿以外にも、渋谷、池袋、上野などでも同様の光景が見られた。

明治神宮外苑

第二次世界大戦後、1945年9月よりGHQに接収され、1952年の返還まで明治神宮球場が「ステートサイド・パーク」と改名され、進駐軍専用の野球場として使用されていた。

羽田飛行場

1931年の開港。終戦後、進駐軍に接収され、1958年に全面返還された。

国会図書館

1948年の設立。当時の国立国会図書館は、仮庁舎として、赤坂離宮（現・迎賓館）の建物が使われており、四谷にあった。

もくじ

第1章　明治前期から明治中期の文豪

第2章 明治後期から大正前期の文豪

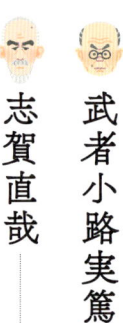

第3章 大正後期から昭和前期の文豪

第4章 戦後の文豪

本文図版の年齢表記について

それぞれの出来事のあった年の誕生日を迎えたあとの満年齢を記しています。

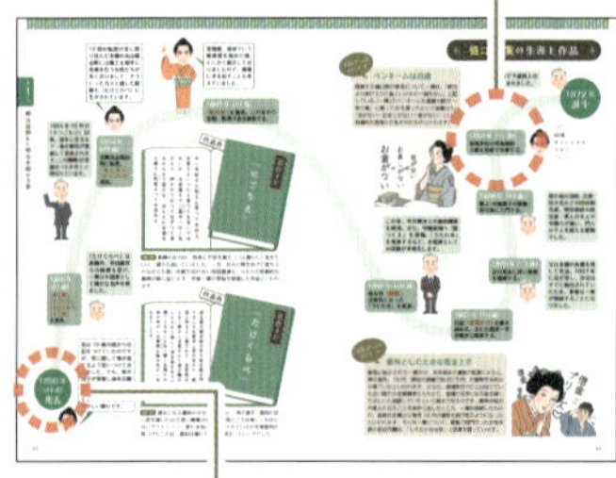

死没時のみ、その時点での満年齢を記しています。

第1章

明治前期から明治中期の文豪

明治前期から明治中期の時代背景

外圧の脅威から成立した明治新政府が、西洋文明を積極的に受け入れて急速な西洋化と富国強兵政策を進めた明治時代。国内では欧米の思想が文化人の間に浸透し、坪内逍遙らによって近代文学が確立されると、森鷗外・夏目漱石が独自の文学活動を展開。紅露時代を経て泉鏡花らが浪漫主義の、島崎藤村らが自然主義の作品を発表した。

近代国家の幕開け

江戸幕府を打倒して成立した明治新政府は、帝国主義政策を進める欧米列強の脅威に対抗すべく、近代的中央集権国家の確立を目指します。

廃藩置県と版籍奉還によって旧来の武家社会を解体する一方で、経済力と軍事力の向上、すなわち富国強兵を進め、欧米諸国から政治、教育、軍事などの制度や思想を急速に吸収していきました。

やがて日本は、朝鮮半島と満洲の利権を巡る日清・日露戦争の勝利によって、欧米諸国と肩を並べる近代国家のひとつに成長を遂げます。

写実主義から始まった日本の近代文学

近代化のなかで取り入れられた欧米の思想は文化人の間に浸透し、日本の文学にも大きな影響を与えました。

近代小説は**坪内逍遙**の『**小説神髄**』、**二葉亭四迷**の『**浮雲**』で幕を開けます。彼らは小説を芸術のひとつと位置付け、**言文一致体**とありのままに描写する**写実主義**で近代小説の方向を示しました。

明治20年代には、**尾崎紅葉**、**幸田露伴**によって日本古来の伝統も取り入れた擬古典主義的な**紅露時代**を迎え、紅葉の弟子・**泉鏡花**らも活躍します。続いて**島崎藤村**、**樋口一葉**らが文芸雑誌「文學界」を舞台に個性を感性で表現した**浪漫主義**を展開しました。

明治後期の大きな潮流となったのは、**自然主義**でした。これは写実主義を発展させ、人間の内面や醜悪な部分も虚飾のない写実的な文章で赤裸々に表現したもので、島崎藤村の『**破戒**』、**田山花袋**の『**蒲団**』が有名です。日本独自の私小説（P.50）も生み出しました。

一方で、独自の文学活動を展開し、**余裕派**と呼ばれたのが、**森鷗外**と**夏目漱石**でした。鷗外は浪漫主義の先駆けともなって、現代小説、歴史小説なども手がけます。漱石は偽善と誠実、人間の孤独とエゴなどを掘り下げ、近代文学に金字塔を打ち立てました。

明治時代のできごと

1868年	「明治」に改元される
1869年	東京奠都
1871年	「廃藩置県」が行われる
1874年	自由民権運動が始まる
1877年	西南戦争が起こる
1889年	大日本帝国憲法が発布される
1891年	足尾銅山鉱毒問題が明るみになる
1894年	日清戦争が起こる
1895年	三国干渉により、日本が遼東半島を清に返還する
1902年	日英同盟が締結される
1904年	日露戦争が起こる

翻訳小説

政治小説
- 矢野龍渓
- 東海散士

戯作
- 成島柳北
- 仮名垣魯文

写実主義 
- 坪内逍遙 ▶P.22 
- 二葉亭四迷 ▶P.26

擬古典主義
- 尾崎紅葉 ▶P.30
- 幸田露伴 ▶P.34

紅葉と露伴が活躍した明治20年代を紅露時代と呼ぶ。

浪漫主義 
- 泉鏡花 ▶P.38 
- 樋口一葉 ▶P.42 
- 島崎藤村 ▶P.46

自然主義 
- 田山花袋 ▶P.50 
- 徳田秋聲 ▶P.58 
- 国木田独歩 ▶P.54 
- 島崎藤村 ▶P.46

余裕派 
- 森鷗外 ▶P.62 
- 夏目漱石 ▶P.68

文豪相関図❶明治編

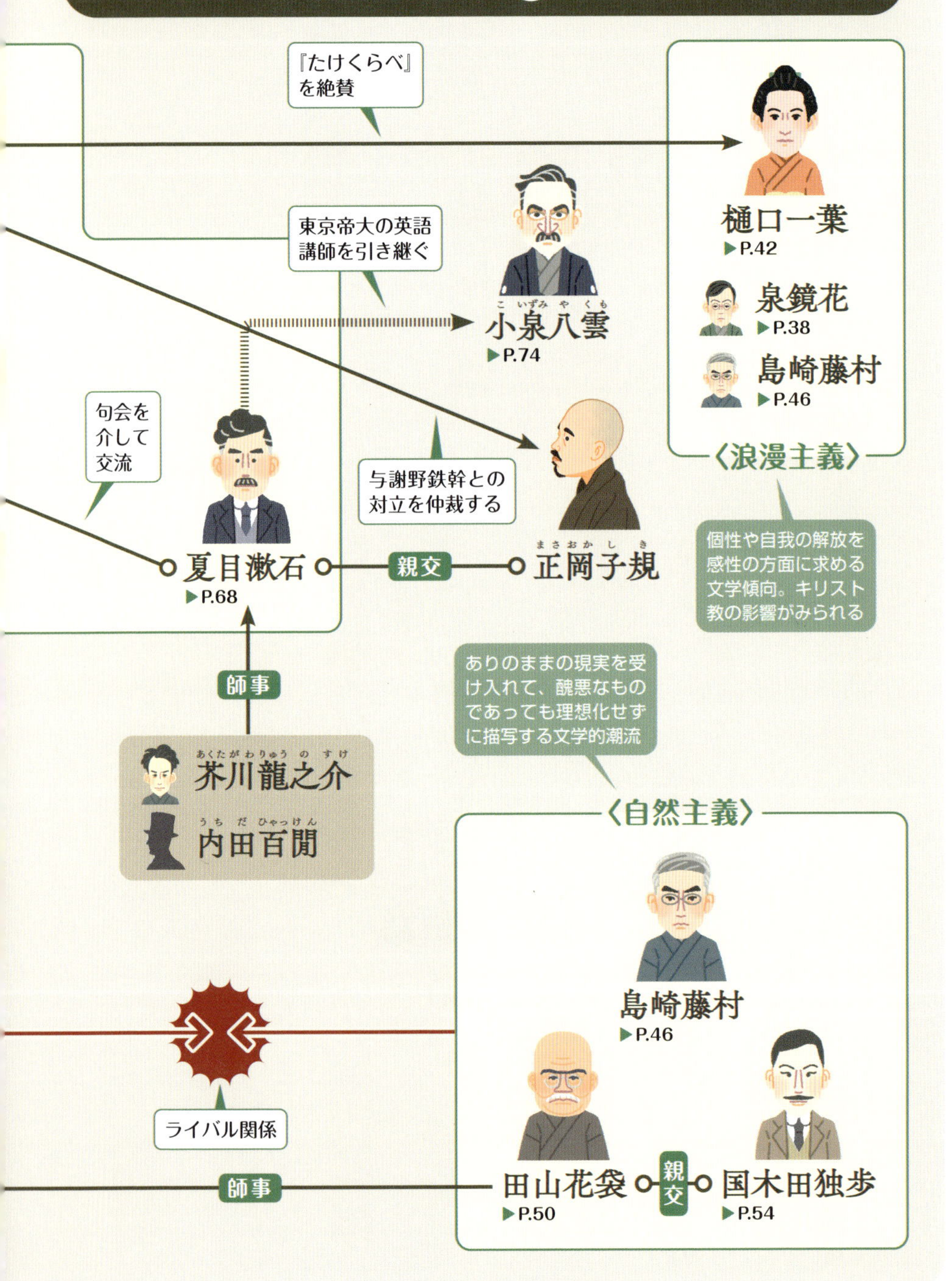

『たけくらべ』を絶賛
樋口一葉 ▶P.42
泉鏡花 ▶P.38
島崎藤村 ▶P.46
〈浪漫主義〉
個性や自我の解放を感性の方面に求める文学傾向。キリスト教の影響がみられる
東京帝大の英語講師を引き継ぐ
小泉八雲 ▶P.74
句会を介して交流
与謝野鉄幹との対立を仲裁する
夏目漱石 ▶P.68
親交
正岡子規
師事
芥川龍之介
内田百閒
ありのままの現実を受け入れて、醜悪なものであっても理想化せずに描写する文学的潮流
〈自然主義〉
島崎藤村 ▶P.46
ライバル関係
師事
田山花袋 ▶P.50
親交
国木田独歩 ▶P.54

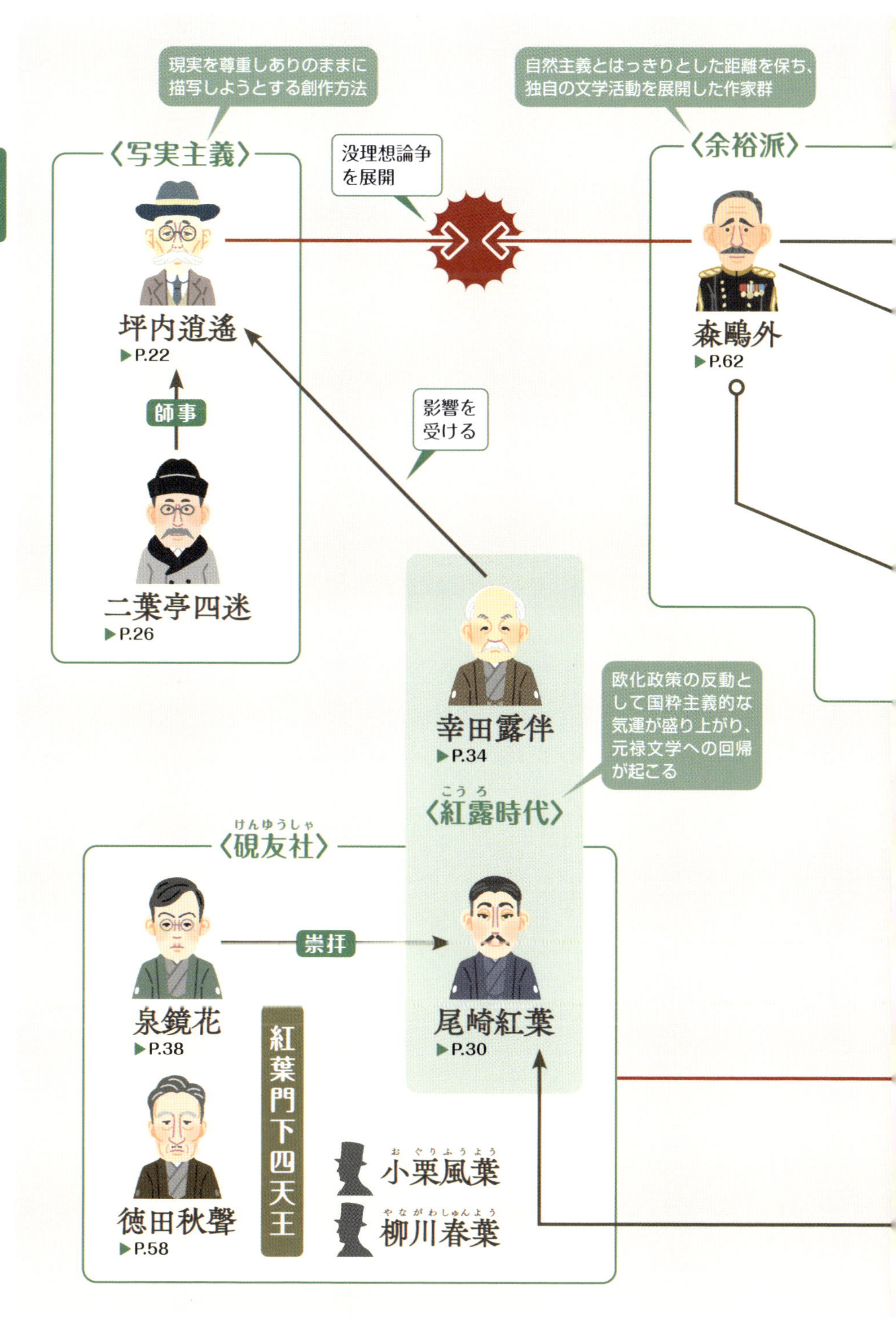
現実を尊重しありのままに描写しようとする創作方法
〈写実主義〉
坪内逍遙
▶P.22
師事
二葉亭四迷
▶P.26
没理想論争を展開
自然主義とはっきりとした距離を保ち、独自の文学活動を展開した作家群
〈余裕派〉
森鷗外
▶P.62
影響を受ける
幸田露伴
▶P.34
欧化政策の反動として国粋主義的な気運が盛り上がり、元禄文学への回帰が起こる
〈紅露時代〉
〈硯友社〉
泉鏡花
▶P.38
崇拝
尾崎紅葉
▶P.30
紅葉門下四天王
徳田秋聲
▶P.58
小栗風葉
柳川春葉

写実主義

坪内逍遙

写実主義と小説の近代化を主張した近代日本文学の先駆者

逍遙とシェイクスピアとの出会い

尾張藩の代官所の役人の子として生まれた**坪内逍遙**は、明治維新後、名古屋に移住。兄たちから読み書きを学び、母の影響で戯作や歌舞伎に親しんだことが、のちの執筆活動や演劇研究に大きな影響を与えました。

また、愛知外国語学校進学後、**シェイクスピア**の『**ハムレット**』と出会い、「現代にも通じる不変の心理」を表現する外国文学に惹かれた彼は、東京開成学校（のちの東京大学）に進学して、西洋文学を学び、イギリスの作家スコットの『ランマムーアの花嫁』の一部を意訳した『**春風情話**』を刊行しました。

一方で西洋との小説観の落差を実感した逍遙は、近代小説への道を模索します。

結果、明治18年（1885）から近代小説の評論『**小説神髄**』を発表し、勧善懲悪の小説を否定。人間の内面を描くべきと説いて近代文学への道を開きました。

合わせて小説『**当世書生気質**』を書き、持論を実践しています。

しかし逍遙の作家活動は翌明治22年（1889）まで。**二葉亭四迷**との出会いを機に筆を折り、後進の指導に当たりました。東京専門学校（現・早稲田大学）の講師となった逍遙は、文学科を創設します。「早稲田文学」を主宰したのも彼でした。

逍遙の後半生は演劇の近代化や翻訳に捧げられ、『**桐一葉**』など数多くの戯曲を制作しました。

昭和3年（1928）には、シェイクスピア全作品の翻訳という偉業を成し遂げ、熱海で病没しました。

『小説神髄』
『当世書生気質』

生没年 安政6年（1859）～昭和10年（1935）／75歳没
本名 坪内雄蔵
出身 美濃国加茂郡太田村（現・岐阜県美濃加茂市）
職業 小説家・翻訳家・劇作家
学歴 東京帝国大学文学部
趣味 江戸戯作、俳諧、和歌
死因 気管支カタル

ひと言でいうと……

人間の内面にスポットをあてることを示した近代日本文学の先駆者。『当世書生気質』を皮切りに、より心理描写を深め、写実小説の手法を洗練させた『松の内』『細君』などを発表し、戯作小説と西洋文学の橋渡し役となりました。

人物相関図

文芸協会

文学、美術、演劇などの革新を目指すべく設立された団体。演劇の研究・公演・俳優養成などの活動を行った

島村抱月（しまむらほうげつ）

不倫

松井須磨子（まついすまこ）

島村の不倫発覚を受けて追放する

坪内逍遙

師事

二葉亭四迷

▶P.26

根津遊郭の娼妓であったセンのもとに通い詰め妻とする

セン

結婚に反対する

素行不良を理由に養子縁組を解消する

くに（養子）

士行（しこう）（養子）

マッグラルド・ホームズ

ゆかりの地MAP 坪内逍遙と早稲田界隈

坪内 逍遙の生涯と作品

逍遙は6月22日、美濃国加茂郡太田村の尾張藩士の家に生まれました。

1859年 誕生

1874年（15歳）
新設された愛知外国語学校に入学。

少年時代は貸本屋に通い詰めて戯作などを読みふけり、滝沢馬琴にのめり込んだ。また、母の影響で芝居や歌舞伎に親しんでいたぞ。

1876年（17歳）
愛知県の選抜生となり、東京開成学校入学。

文豪びっくりエピソード

シェイクスピアにハマる

開成学校在学時にシェイクスピアにのめり込み、西洋文学にも目覚めたが、どっぷり漬かりすぎて落第。それで勉学に打ち込むかと思いきや、さらに文学にのめり込んでしまいました。

代表作

名作ナビ

『当世書生気質』

さまぐ\に移れば変る浮世かな。幕府さかえし時勢には、武士のみ時に大江戸の、都もいつか東京と、名もあらたまの年毎に、開けゆく世の余沢（かげ）なれや。

解説 『小説神髄』を具体化した小説。当時の様々なタイプの学生が登場し、飲み会、遊び、寄宿生活など明治初年の学生の風俗が分かる、近代初の青春実験小説でもあります。内容は孤児だった芸妓と書生の恋を中心に、芸妓が悪巧みに翻弄されながら生き別れた父と兄と巡り合う物語。江戸の戯作的雰囲気を漂わせつつも、近代文学への脱皮を感じさせる作品です。

1883年（24歳）
東京帝国大学卒業後、東京専門学校（現・早稲田大学）の講師となる。

『小説神髄』では、人の情欲をしっかり描くべきと主張した。

1885年（26歳）
『当世書生気質』（晩青堂）、『小説神髄』（松月堂）を刊行する。

没理想論争とは

「没理想」とは、理想や主観を作中で直接表さず、できごとを客観的に描く姿勢です。逍遙はシェークスピアの作品を模範と位置づけたのに対し、鷗外は価値判断の基準の重要性と美の理想を主張しました。

この年末より森鷗外との間に没理想論争が起こりました。

1891年(32歳)
雑誌「早稲田文学」を創刊。

1894年(35歳)
戯曲『桐一葉』を発表。

1920年(61歳)
熱海・双柿舎の完成(落成)。

1886年(27歳)
結婚

相手は鵜飼常親の養女で、センといいます。

文豪びっくりエピソード

結婚の体面

逍遙の妻について、鵜飼家の養女というのは体面上のもので、実は根津遊郭の娼妓・花紫でした。学生の身でありながら遊郭に通い詰めた末に結婚したというのがその実態。妻との間には子がなく、士行・くにはともに養子でした。

1889年以降筆を断ち、シェイクスピアと近松門左衛門の研究に没頭。早稲田大学の演劇博物館は、そうした逍遙の功績を讃えて建てられたものです。

1928年(69歳)
早稲田大学構内に、演劇博物館開館。

1935年(75歳)
死去

死の直前までシェイクスピア全集の訳文改訂に取り組んでいました。

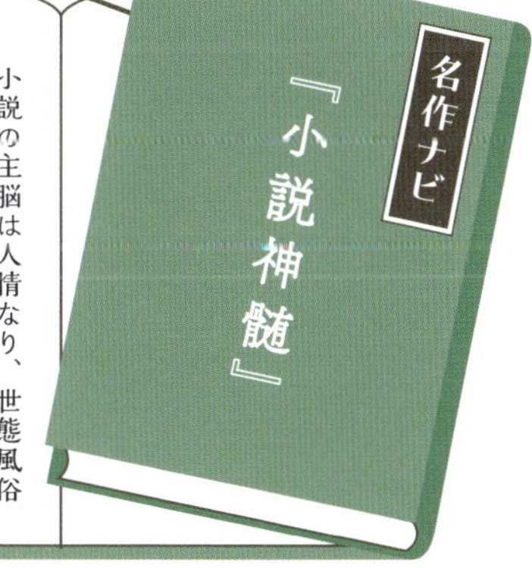

小説の主脳は人情なり、世態風俗これに次ぐ。人情とはいかなるものをいふや。曰く、人情とは人間の情慾にて、所謂百八煩悩是れなり。夫れ人間は情慾の動物なれば、いかなる賢人、善者なりとて、未だ情慾を有ぬは稀れなり。

解説 近代小説について論じた日本初の文学論。上巻は原理論で小説を文芸形態で最も発達したものとしています。小説は人間の内面を写実するものであると近代小説の方向性を示しました。下巻は技術論で文体、脚色、主人公の設置などを紹介する内容です。

写実主義

二葉亭四迷（ふたばていしめい）

「だ調」の言文一致体を用い、近代化のなかで苦悩する主人公を描いたロシア研究家

大志を追い求め、洋上で客死した小説家

二葉亭四迷は、尾張藩の下級武士の子として江戸に生まれ、幕末・維新の動乱のなか、のちに「維新の志士肌（ししはだ）」と自称する気性を形成していきました。

四迷の転機となったのは、11歳の時にロシアとの間で結ばれた「**樺太（からふと）・千島交換条約**」。これを見た四迷は、極東への野心を露（あら）わにするロシアから日本を守ろうと決意します。

ところが、軍人の道を志しての陸軍士官学校の受験に失敗したため、外交官を目指し東京外国語学校のロシア語科に入学します。ここでロシア文学に出会った四迷は、文学の社会的意義を自覚し文学の道を目指すようになりました。

坪内逍遙のもとを訪れた四迷は、逍遙の勧めで明治20年（1887）に『**浮雲（うきぐも）**』を発表。「だ調」の**言文一致体**（日常の話し言葉に近い口語体で書かれた文章）を用いて、近代化の中で苦悩する主人公を写実的に描いた『浮雲』はリアリズム小説の始まりと称賛され、一躍文壇（ぶんだん）の寵児（ちょうじ）となりました。

その後、四迷は小説から離れ、内閣官報局雇員や東京外国語学校教授などを務めたものの、幼い日の大志が忘れられず、明治35年（1902）、日露（にちろ）戦争前夜の大陸に渡りました。

しかし何もできないまま帰国。失意の四迷を救ったのも小説でした。四迷は東京朝日新聞社在籍中に『**其面影（そのおもかげ）**』『**平凡（へいぼん）**』を発表し、20年ぶりに文壇に返り咲いたのです。

明治41年（1908）には同新聞社の特派員となり、意気揚々とロシアへ渡航したものの、結核を患い、帰国途上に没しました。

代表作 『浮雲』『其面影』『平凡』

生没年 元治元年（1864）～明治42年（1909）／45歳没
本名 長谷川辰之助
出身 武蔵国江戸市ヶ谷（現・東京都新宿区市谷）
職業 小説家・翻訳家・新聞記者
学歴 東京外国語学校露語科中退
趣味 エスペラント語
死因 肺結核

ひと言でいうと……
日本の近代文学の開祖ともいうべき作家。代表作の『浮雲』では、言文一致の文体を用いて、近代人の心の葛藤を描き出すリアリズム的手法で、近代文学の方向性を示しました。

人物相関図

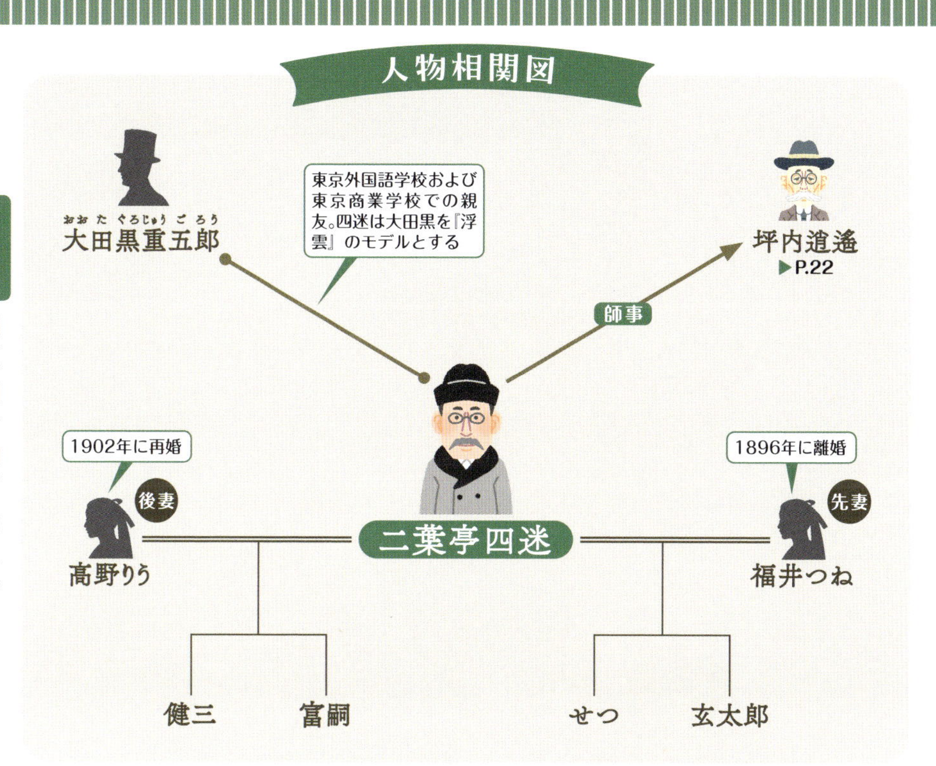
おおたくろじゅうごろう
大田黒重五郎
東京外国語学校および東京商業学校での親友。四迷は大田黒を『浮雲』のモデルとする
坪内逍遙
▶P.22
師事
1902年に再婚
後妻
高野りう
二葉亭四迷
1896年に離婚
先妻
福井つね
健三
富嗣
せつ
玄太郎

ゆかりの地MAP 二葉亭四迷とロシア

ペテルブルグ
1908年、大阪朝日新聞の特派員として派遣されるも、不眠に悩まされた末に肺炎になり、帰国。
アントウェルペン
ロンドン
ベルリン
モスクワ
マルセイユ
ポートサイド
スエズ
コロンボ
シンガポール
北京
ウラジオストク
1909年5月10日、ベンガル湾上で死去。
ハルピン
東京外国語学校の教授職を辞したのち、大陸に渡りハルピンで徳永商会相談役となる。その際、ロシアに対する諜報活動を行っていたという噂がある。
ペテルブルグからの帰路

二葉亭四迷の生涯と作品

1864年 誕生

4月4日、江戸市ヶ谷合羽坂の尾張藩上屋敷で、鷹狩り供役を勤める尾張藩士の子として生まれました。

1871年（7歳）
名古屋藩校の明倫堂に入学。

11歳とき、ロシアとの樺太・千島交換条約を受け、ロシアに対する日本の危機感を持った私は、外交官となる決意をしました。

1881年(17歳)
東京外国語学校(現・東京外国語大学）露語科入学。

外国語学校では、ロシア語を教授したレフ・メーチニコフ、黒野義文、古川常一郎の影響で、次第にロシア文学に心酔するようになりました。

1886年（22歳）
坪内逍遙を訪ね、以後毎週通う。

くたばってしめぇ
ぴえん
← 二葉亭四迷

文豪びっくりエピソード

ペンネームの由来

二葉亭四迷の名は、「くたばってしめぇ」に由来。『浮雲』を出版した際、逍遙の名を借りて出版しながら金銭的な利益を得たことが情けなくなり、つい自身を「くたばって仕舞え」と罵ったことによります。相当悔しかったのでしょう。

1887年（23歳）
『新編浮雲』第一篇を刊行。

デビュー作

名作ナビ

『浮雲』

「……なにもああしてお国で一人暮しの不自由な思いをしてお出でなさりたくもあるまいけれども、それもこれも皆（みんな）お前さんの立身するばッかりを楽（たのしみ）にして辛抱してお出でなさるんだヨ。」

解説 下級官吏の内海文三は失職すると、恋人お勢の母に冷遇されてしまいます。さらにお勢までも世渡り上手な男に心変わりして彼から離れたことで、要領よく生きられない文三は苦悩し、発狂寸前まで追い詰められていきます。近代知識人の苦悩を描いた日本初の心理的リアリズム小説です。

1889年（25歳）
内閣官報局の官吏となり、筆を折る。

その後、1895年に陸軍大学校露語科教示嘱託、1899年に東京外国語学校（新外語）のロシア語科教授に就任するなど職を転々として、落ち着きませんでした。

1893年（29歳）
結婚

『浮雲』は師の本名・坪内雄蔵の名義で出版されました。私の名は冒頭のはしがきに記されるのみです。なぜかって？　そうでないと本が売れないからです。正直、このようなことは「詐欺」でしかないと後になって後悔しました。

1902年（38歳）
再婚

最初の妻つねとの間には2児をもうけましたが、1896年に離婚。その後、1902年に高野りうと再婚しました。

1904年（40歳）
大阪朝日新聞に入社。東京出張員となる

この仕事もあまり向かず、東京朝日新聞社主筆・池辺三山のはからいで、東京朝日に移籍して小説を連載開始。『其面影』や『平凡』を発表し、読者からは大好評で迎えられました。

1907年（43歳）
『平凡』の連載を開始する。

1908年（44歳）
朝日新聞特派員として、ロシアへ赴任。

ロシアでは白夜に難儀しました。森鷗外の『舞姫』・国木田独歩の『牛肉と馬鈴薯』の露訳を行ったものの、不眠症に悩まされたあげく、ウラジーミル大公の葬儀のために雪の中でずっと立っていたことが災いし、発熱。肺炎・肺結核に侵されてしまいます。死を予感した私は妻や祖母宛に遺言状を書き、友人の説得で帰国の途に就きました。

1909年（45歳）
死去

四迷は帰国途中、ベンガル湾上で死去。遺体はシンガポールで火葬され、同地に埋葬されました。

代表作
名作ナビ
『平凡』
凡人は存在の中に住す、其一生は観念なり。詩人哲学者は存在の外に遊離す、観念は其一生なり。
凡人は聖人の縮図なり。

解説 下級役人が半生を振り返る自伝形式で書かれた作品。上京後、空想の世界である文学にかぶれて堕落するも、父の死をきっかけに実感を伴う役所勤めという平凡な生活に入るまでをエピソードで綴ります。四迷の文学や人生に対する疑問を投影したとされる作品です。

擬古典主義

尾崎紅葉

明治の文壇で人気を博し、優れた後進を育てた明治文学の父

新文体を模索し続けた明治の人気作家

尾崎紅葉の父は角彫り（動物の角を材料とした彫刻）の名人ながら、男芸者として知られた変わり者でした。ただし、紅葉は母を早くに失ったため母の実家で育てられます。

少年時代から詩作など文筆に親しんだ紅葉でしたが、東大予備門で幼馴染の山田美妙と再会したのが文学の道を志すきっかけとなりました。山田や石橋思案らとともに日本初の文学結社「**硯友社**」を結成し、「**我楽多文庫**」を創刊。すると早くも井原西鶴の写実に学んで雅俗折衷文体で書いた明治22年（1889）の『**二人比丘尼色懺悔**』で文壇に認められ、帝国大学在学中に読売新聞社に迎えられて流行作家となりました。

また坪内逍遙の『当世書生気質』に刺激を受けた紅葉は、生涯を通じて文章の修練に取り組み、新しい文体を模索し続けて近代小説の確立に情熱を傾けます。『伽羅枕』『三人妻』など習作の風俗小説を次々と発表した紅葉は、若くして文壇のリーダーとなりました。

そして明治29年（1896）連載開始の『**多情多恨**』で、「である」調の言文一致体という金字塔を打ち立てたのです。

文学の修行者のような紅葉ですが、俳句、写真などを好む趣味人でした。また、江戸っ子の親分肌で人望もあり、作家の地位向上に尽力します。また、弟子の育成にも積極的で、紅葉門下からは泉鏡花や田山花袋、徳田秋聲らが出て、明治文学の父とも呼ばれました。

明治30年（1897）から大作『**金色夜叉**』を連載しますが、日頃の食道楽が祟ってか、未完のまま35歳の若さで亡くなっています。

『二人比丘尼色懺悔』『多情多恨』『金色夜叉』

- **生没年** 慶応3年（1868）～明治36年（1903）／35歳没
- **本名** 尾崎徳太郎
- **出身** 武蔵国江戸芝中門前町（現・東京都港区芝大門）
- **職業** 小説家・俳人
- **学歴** 帝国大学国文科中退
- **趣味** 江戸の戯作
- **死因** 胃癌

ひと言でいうと……

幸田露伴と並び称された「紅露時代」の主役。「である」調の言文一致体など文学に新機軸を打ち出し、『金色夜叉』など文学の芸術性と大衆性の融合を実現した、近代風俗小説の大成者です。

第1章
明治前期から明治中期の文豪

人物相関図

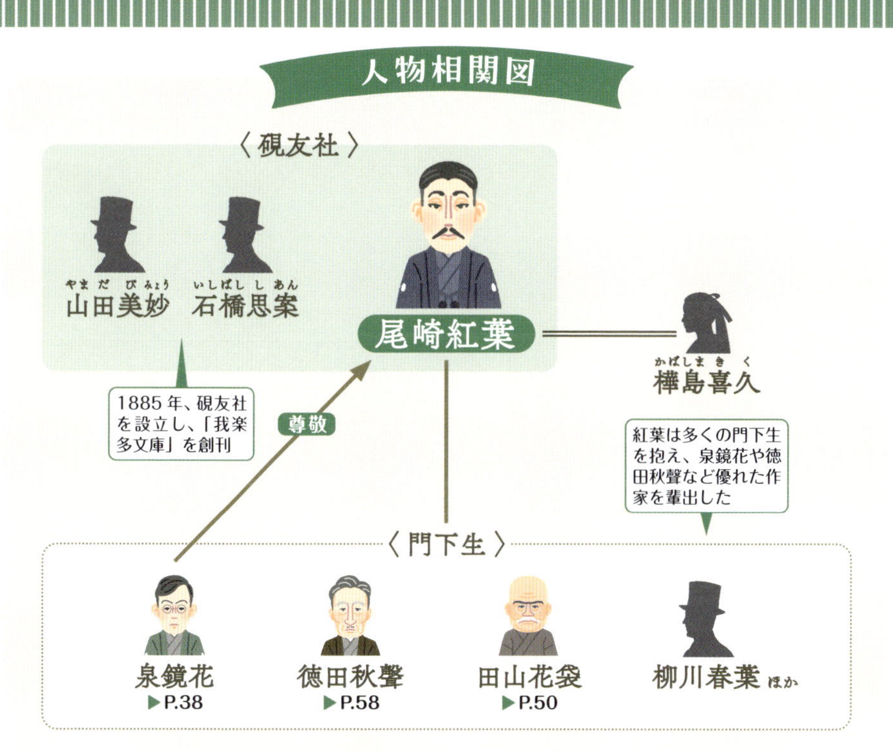
〈硯友社〉
やまだびみょう
山田美妙
いしばししあん
石橋思案
尾崎紅葉
かばしまきく
樺島喜久
1885年、硯友社を設立し、「我楽多文庫」を創刊
尊敬
紅葉は多くの門下生を抱え、泉鏡花や徳田秋聲など優れた作家を輩出した
〈門下生〉
泉鏡花
▶P.38
徳田秋聲
▶P.58
田山花袋
▶P.50
柳川春葉 ほか

ゆかりの地MAP 尾崎紅葉と花柳の街神楽坂

東京メトロ
東西線
目白通り
大久保通り
島村抱月終焉の地
藝術倶楽部跡
安養寺
早稲田通り
圓福寺
(泉鏡花の菩提寺)
相馬屋
和半紙だった原稿用紙を紅葉の助言を受けて洋紙にして売り出した老舗文具店。紅葉や漱石など、多くの文人が愛用した原稿用紙が販売されている。
大久保通り
岩戸町
袖摺坂
都営大江戸線
東京メトロ有楽町線
飯田橋
東京メトロ南北線
飯田橋
JR中央・総武線
尾崎紅葉
旧居跡
紅葉が1891年から死去するまでの12年を過ごした邸宅跡。十千万堂と称し、1階で泉鏡花が起居した時期もある。
若宮八幡
神社
東京理科
大学
神楽坂
神楽坂周辺は尾崎紅葉や泉鏡花、夏目漱石など文人が居を構え、遊興の場として花柳界が賑わった。

尾崎紅葉の生涯と作品

1868年 誕生

生まれは江戸の芝。紅葉は生粋の江戸っ子です。

母が早くに亡くなってしまい、母方の祖母に育てられました。

1883年（15歳）
東京大学予備門（現・東京大学教養学部）に入学。

学生時代は、東京女子専門学校で漢学の教師のアルバイトもしていました。

1885年（17歳）
硯友社を結成し、「我楽多文庫」を創刊。

硯友社では、持ち込まれた作品に紅葉が手を入れるのは当たりまえで、それを紅葉作として売り込むことも多かったそうです。今から考えると意外な出版事情です。

1888年（20歳）
帝国大学（現・東京大学）に入学。

1889年（21歳）
『二人比丘尼色懺悔』を刊行。読売新聞社に入社。

1890年（22歳）
東京帝国大学を退学。

1891年（23歳）結婚

相手は樺島喜久といい、旧新見藩（岡山）お抱えの漢方医の娘。紅葉とは幼なじみでした。

1893年（25歳）
『心の闇』を読売新聞に連載。

『心の闇』執筆の背景には、1893年に長男の弓之助が生れるも早逝するという悲劇がありました。しかし紅葉はその後も1894年に長女藤枝を授かり、以降次女弥生、三女三千代、次男夏彦を授かっています。

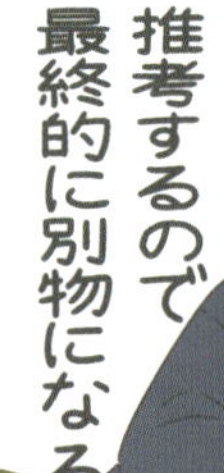

推敲に
推敲を重ね
その
推敲を
さらに
推考するので
最終的に別物になる

文豪びっくりエピソード

こだわり過ぎる原稿

なんでも納得いくまでやらないと気が済まなかった紅葉は、原稿の推敲（すいこう）を何度も繰り返す厄介な作家でした。当時はパソコンで原稿を打ち直して直すわけにはいかず、原稿用紙の上に書き直した紙を貼り付けるという方法で修正が行われており、修正をするたびに重ね貼りが行われました。紅葉の場合は何度も同じ箇所に重ね貼りをした結果、原稿が厚紙のようになってしまったそうです。

文豪びっくりエピソード

食道楽の紅葉

紅葉は食道楽で、妻にも食事のおかずについてあれこれ指図するほどでした。そんな食道楽が祟ったのか、紅葉は35歳の若さで胃癌を患い世を去ります。その際弟子に向けた遺言は、「まずいものを食ってでも長命して、ただの一冊でも一編でも良いものを書け」でした。

『金色夜叉』の名シーン誕生秘話

『金色夜叉』の主人公貫一とその恋人お宮にはモデルがいました。前者は紅葉の友人で作家の巖谷小波、後者は巖谷の恋人で料亭の女給をしていた須磨という女性です。この須磨が、巖谷の京都赴任中に大手出版社の創業者の息子に嫁いでしまったことに紅葉は激怒。須磨の職場に押しかけて詰め寄り、蹴り飛ばしてしまいます。この場面から生まれたのが、熱海の浜で、お宮を貫一が蹴り飛ばす『金色夜叉』の名場面でした。

おのれ姦婦!
めっちゃDVするやん

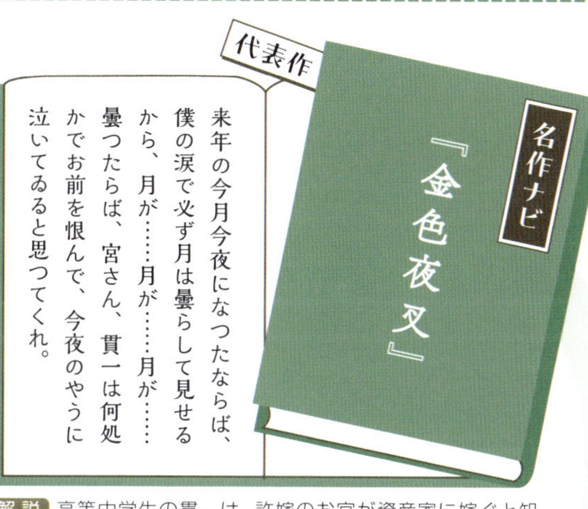

代表作
名作ナビ
『金色夜叉』
来年の今月今夜になつたならば、僕の涙で必ず月は曇らして見せるから、月が……月が……月が……曇つたらば、宮さん、貫一は何処かでお前を恨んで、今夜のやうに泣いてゐると思つてくれ。

解説 高等中学生の貫一は、許嫁のお宮が資産家に嫁ぐと知り、裏切りに憤って、お宮を熱海の海岸で蹴落とし、姿を消しました。やがて貫一は高利貸しとなり、金銭に執着する男となっていきます。愛と黄金の葛藤と、愛の勝利を描こうとした作品とされています。

『金色夜叉』は読売新聞の売り上げを伸ばすほどの大人気だったぞ。

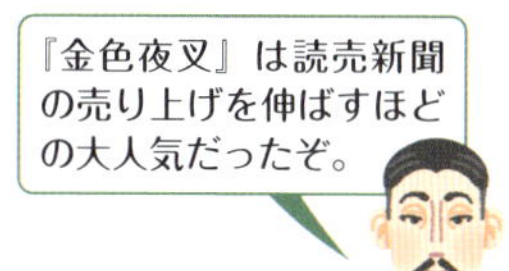

1897年（29歳）
『金色夜叉』を読売新聞に連載。

写実主義の最高傑作と称えられたよ！

1896年(28歳)
『多情多恨』を読売新聞に連載。

1902年（34歳）
読売新聞社を退社し、二六新報に入社する。

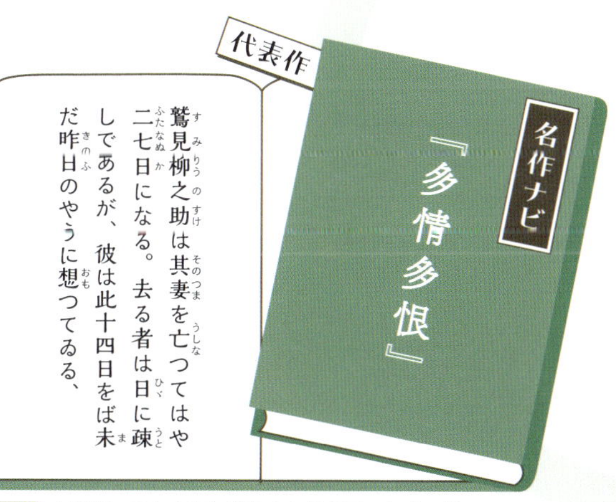

代表作
名作ナビ
『多情多恨』
鷲見柳之助は其妻を亡つてはや二七日になる。去る者は日に疎しであるが、彼は此十四日をば未だ昨日のやうに想つてゐる、

解説 人間嫌いで亡き妻を慕う青年教師が、初めは嫌っていた友人の妻の誠実さを知り、次第に心惹かれていきます。劇的な出来事はなく、平凡な日常の中でじわじわ惹かれていく心理が言文一致で丁寧につづられ、テンポの良い会話も魅力です。

1903年（35歳）死去

10月30日、牛込区横井町（現・新宿区横寺町）の自宅で胃癌により死去しました。ユーモアにあふれる紅葉は、死の床に集まった弟子たちの泣き顔を見て、「どいつもこいつも、まずい面だな」と言ったといわれます。

幸田露伴

尾崎紅葉と人気を二分した明治文学の重鎮 晩年は小説を離れる

作家になるべく、職を投げ打って北海道から駆け戻る

博識で知られた**幸田露伴**は幼い頃から読本や中国文学などを耽読し、東京府第一中学に進んだ秀才でした。経済的な事情で中学を中退した後も彼の知識欲は衰えず、仏典、江戸文学など広く読み漁り、学校教育を超えた独学で、のちの博識の基礎を築きます。

父の勧めで電信技師となり北海道へと赴任しましたが、**坪内逍遙**の文学に触れると、文学への情熱が抑えられず、職を投げ打って帰郷します。明治21年（1889）に完成させた処女作『**露団々**』が、高い評価を受けて文壇デビューを飾ると、その後も『**風流仏**』『**五重塔**』など人気作を連発しました。

中学時代の同級生である**尾崎紅葉**と共に「**紅露時代**」を象徴する作家となり、言文一致の文体の『**天うつ浪**』なども執筆します。

ところが露伴は、40歳を前に突然小説から離れます。

露伴の作風は感性を重視した神秘主義と理想主義を融合したもので、近代化する社会や文学に批判的でした。そのため自然主義化する文壇を嫌い、小説から離れたとも言われています。

以降は1年ほど京都帝国大学で教鞭をとったほか、評論、随筆、考証、史伝などに活動の場を移しました。圧倒的な知識量と造詣の深さで「大露伴」と呼ばれて孤高の作家とみなされる一方、酒を好み娼妓遊びや魚釣りに興じるなど親しみやすい一面もありました。

やがて70歳で第1回文化勲章を受けると創作意欲を取り戻し、『**連環記**』など最後の輝きを放つ作品を残しています。

代表作 『風流仏』『五重塔』『天うつ浪』

- **生没年** 慶応3年（1867）～昭和22年（1947）／79歳没
- **本名** 幸田成行
- **出身** 武蔵国江戸下谷（現・東京都台東区下谷）
- **職業** 小説家、電信技師、大学講師
- **学歴** 官立電信修技学校
- **趣味** 将棋、釣り、酒、占い
- **死因** 肺炎

ひと言でいうと……

文語的表現と日常的な俗語を混合した雅俗折衷体を用いて、東洋的神秘と人間の崇高性などを追求する作風で、尾崎紅葉と人気を二分しました。また、評論や史伝、随筆なども手掛け、幅広い文筆活動を展開しました。

人物相関図

幸田露伴

次兄 郡司成忠（ぐんじしげただ） 海軍軍人・探検家

長兄 成常（しげつね） 実業家

後妻 児玉八代（こだまやよ）
1912年に結婚

前妻 山室幾美（やまむろきみ）
1910年にインフルエンザで死去

文（あや） 成豊（しげとよ） 歌

父の文才を受け継ぎ作家となる

師事 坪内逍遙 ▶P.22
『小説神髄』に影響を受け小説家の道を選ぶ

ゆかりの地MAP ふたつの蝸牛庵と向島界隈

幸田 露伴の生涯と作品

吾輩は江戸にて旗本の幸田利三の四男として生まれたが、幼少時は病弱だったうえ、戊辰戦争によって引っ越しを繰り返すなど苦労した。

1867年 誕生

この頃から草双紙や、読本を愛読し始める。その後、東京英学校（現・青山学院大学）に入学したが、またしても勉学に身が入らず中退した。

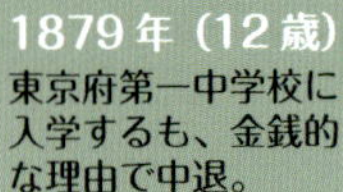

1879年（12歳）
東京府第一中学校に入学するも、金銭的な理由で中退。

1883年（16歳）
電信修技学校に給費生として入学。

1885年（18歳）
逓信省に入省し電信技師として北海道余市に赴任する。

しかし1887年、露伴は職を放棄して東京へ戻り、逓信省は免官になってしまいます。その理由は坪内逍遙の『小説神髄』。この作品を読んで衝撃を受けた露伴は、文学への熱を芽生えさせたと語っています。

小説家・山田美妙が『風流仏』を絶賛。

1889年（22歳）
『露団々』『風流仏』を発表する。

1892年（25歳）
『五重塔』を発表する。

結婚の前年には、腸チフスを患って、本当に死ぬ思いをしたわい。

1895年（28歳） 結婚

露伴はその後も『五重塔』など、作品の発表を重ね、文学界での地位を確立するに至ります。

文豪びっくりエピソード

次女を厳しく躾ける

露伴は1910年に妻の幾美を失い、以降娘の躾をするようになりました。後年娘の文が語ったところによると、とくに掃除の躾が相当厳しかったようで、掃除は挨拶から始めろ、箒は筆と心得よ、はたきの音を覚えろ……、とまさに精神論。娘がすねると、「できもしないで文句ばかり言う。これすなわち慢心外道という」と一喝したそうです。

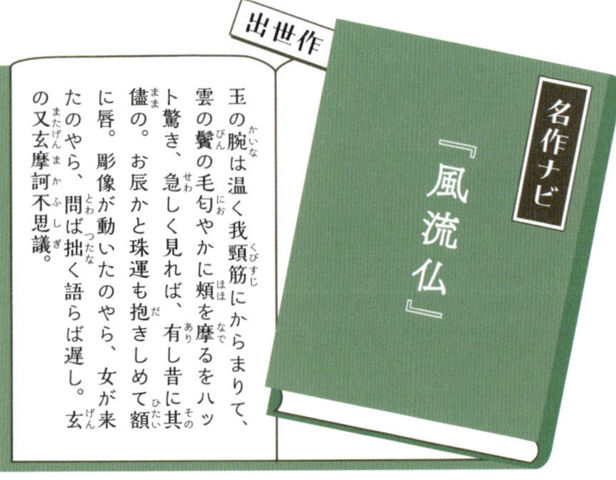

玉の腕は温く我頸筋にからまりて、雲の鬢の毛匂やかに頬を摩るをハッと驚き、急しく見れば、有し昔に其儘の。お辰かと珠運も抱きしめて額に唇。彫像が動いたのやら、女が来たのやら、問ば拙く語らば遅し。玄の又玄摩訶不思議。

解説 彫刻師の珠運は、旅先で出会った貧しい少女お辰と恋に落ちますが、お辰は父に連れ去られてしまいます。悲しんだ珠運はお辰の面影をもつ仏像を作り生命を吹き込みます。最後に珠運のもとに現れたお辰は本物だったのか……。ラストが印象的な露伴の出世作です。

結婚など人生の岐路に立たされるなか、露伴は、『ひげ男』『新羽衣物語』『椀久物語』『一国の首都』『水の東京』などを手掛けています。

1903年（36歳）
『天うつ浪』の連載を開始。

1904年頃から『平将門』『頼朝』などの史伝に注力。同時に古典の批評にも着手した。

旧友に促されてのことだったが、どうも教職は肌に合わなかった。妻の病気などを理由にすぐに退職してしまった。

1908年（41歳）
京都帝国大学にて国文学講師となる。

妻の幾美は私の良き理解者だったが、1910年にインフルエンザで亡くなってしまう。その2年後に後妻となったのが、クリスチャンの八代だった。

1910年（43歳）
妻の幾美が没する。

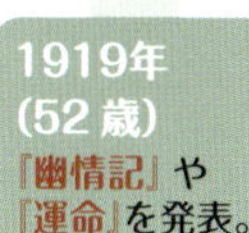

1912年（45歳）
再婚

これらは中国の古典に関連した作品です。露伴は当時進んでいなかった中国の宗教の研究にも力を入れ、さまざまな文学者の注目を浴びました。

1919年（52歳）
『幽情記』や『運命』を発表。

1937年（70歳）
第1回文化勲章を授与され、帝国芸術院会員になる。

肺炎に狭心症を併発し、死没。79歳でした。

1947年（79歳）
死去

代表作
名作ナビ
『五重塔』

数万の眷属勇みをなし、水を渡るは波を蹴かへし、陸を走るは沙を蹴かへし、天地を塵埃に黄ばまして日の光をもほとほと掩ひ、斧を揮つて数寄者が手入れ怠りなき松を冷笑ひつ、ほつきと斫るあり、矛を舞はして板屋根に忽ち穴を穿つもあり、ゆさ〳〵〳〵と怪力もてさも堅固なる家を動かし橋を揺がすものもあり。

解説 腕は確かだが偏屈な大工のっそり十兵衛。谷中感応寺の五重塔建立を知り、恩のある親方と争ってこの仕事を手に入れます。落成式の前夜、暴風雨の中で五重塔に立つ狂気にも似た執念を見せる十兵衛と五重塔が嵐に揺さぶられるクライマックスが圧巻です。

占い師の露伴先生

文学はもとより、歴史・地理・物理など様々な分野に通じた露伴は占いへの造詣も深く、箱根の宿に泊まった際には女中の運勢を占っていました。そんなある日、宿で金が紛失したため、占いで見つけてほしいと女中たちから相談された露伴。とはいえ、そんなものがわかるわけがありません。そこで適当に「なくなった金は何かの下から出てくるだろう」ともっともらしい占いの結果を伝えたところ、本当に蒲団の下から出てきてしまい、以降、その評判を聞いた人々が詰めかけたそうです。

泉鏡花

師・尾崎紅葉のもとで頭角を現し、ロマンティックな幻想美を謳いあげた天才作家

郷里を飛び出して尾崎紅葉に入門 独自の幻想美を持つ境地に至る

金沢に生まれた**泉鏡花**は彫金師の父、能楽師の家系の母から芸術的な才能を受け継ぎます。

しかし早くに母が亡くなり、母への思慕が作品に大きな影響を与えました。

北陸英和学校を退学した鏡花は貸本を通じて文学に触れるなか、**尾崎紅葉**の『**二人比丘尼色懺悔**』に感銘を受けます。

すると鏡花は、いてもたってもいられず上京。紅葉の門を叩いてその門下生となり、師の指導を受けながら書いた『**冠弥左衛門**』がデビュー作となりました。

明治27年（1894）、父の死を受け一時帰郷しましたが、小説で身を立てる決意を新たに上京すると、翌年に『**夜行巡査**』『**外科室**』を発表。これが評判となり、**観念小説**（日清戦争直後に現れた、現実社会の矛盾や闇に対する作者の主張を著した作品）の旗手として文壇の寵児となりました。

ただし鏡花の真骨頂はその後の幻想的、浪漫的な作品にあります。

明治半ばの文壇は事実を客観的に描写する自然主義的な傾向にありましたが、鏡花は時流に流されず、能楽や江戸文学の素養を背景に、『**高野聖**』など、幻想美を漂わせる作風で独自の境地を切り開きました。その才能は**芥川龍之介**や**中島敦**らからも〝天才〟と敬意を払われるほどでした。

ロマンティックな作品を描いた鏡花自身も純真な性格で、紅葉を終生、神のように慕い、ほかの門下生が師の悪口を言えば、激怒して殴り掛かるほどで、師の亡き後も毎日紅葉の写真を拝んでいたといいます。

代表作 『夜行巡査』『高野聖』『婦系図』『天守物語』

生没年 明治6年（1873）～昭和14年（1939）／65歳没
本名 泉鏡太郎
出身 石川県石川郡金沢町（現・石川県金沢市下新町）
職業 小説家
学歴 北陸英和学校中退
趣味 オカルト研究、兎の玩具収集
死因 癌性肺腫瘍

ひと言でいうと……
『高野聖』などに代表される幻想的でロマンに満ちた空想小説を描き、現代のファンタジー小説の礎となる幻想小説を確立。絢爛で繊細な文体もあいまって、誰にも真似できない唯一無二の境地を生み出しました。

第1章
明治前期から明治中期の文豪

人物相関図

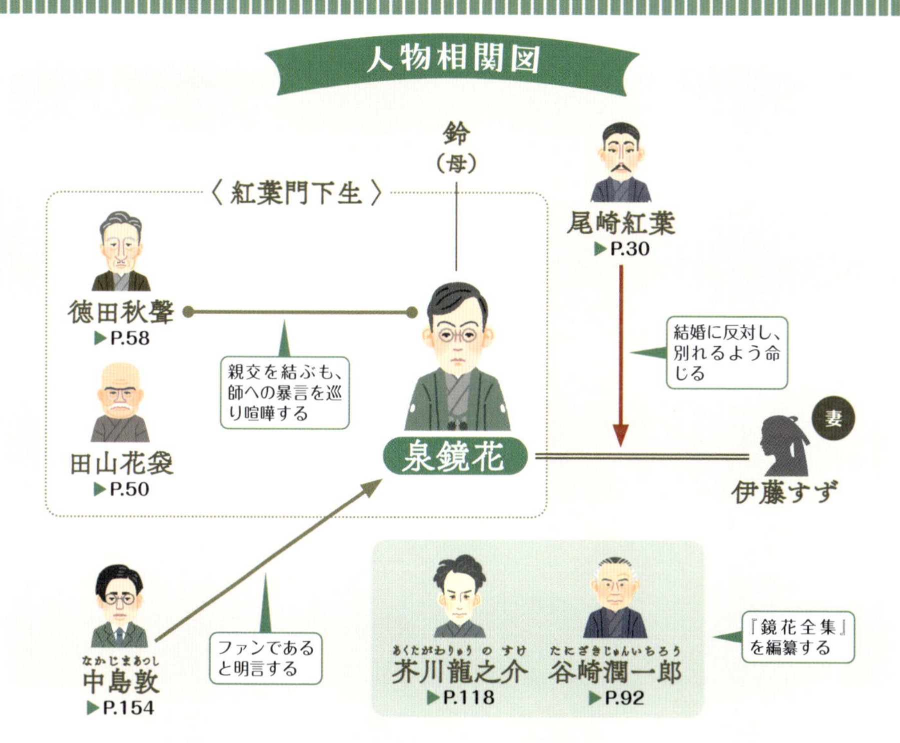

ゆかりの地MAP 泉鏡花と金沢の街

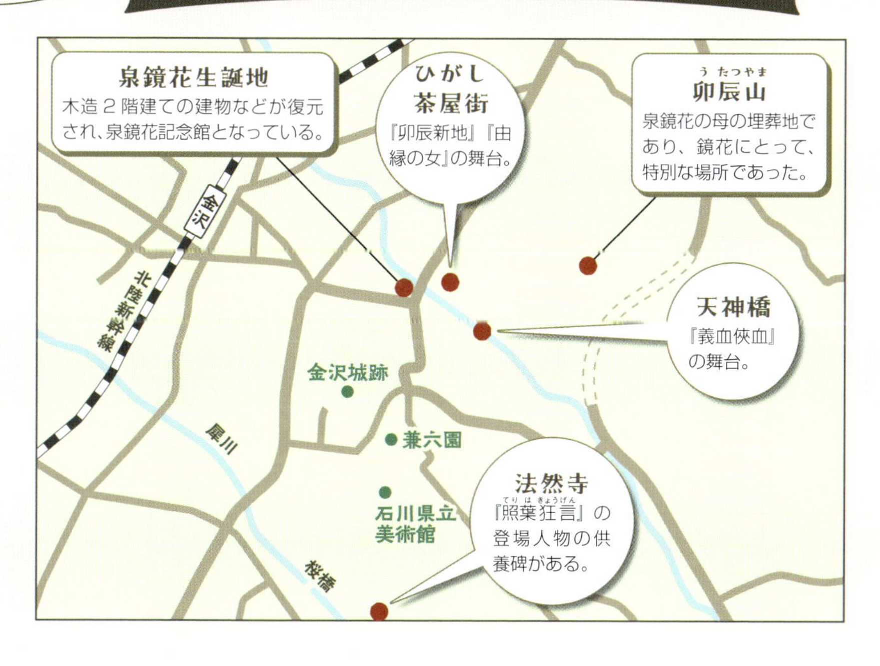

泉 鏡花の生涯と作品

1873年 誕生

11月4日、石川県石川郡金沢町に長男として生まれました。父は彫金師、母の鈴は葛野流大鼓師の娘でした。しかし、母は1882年、私が9歳のときに亡くなってしまいます。

1891年（18歳）
尾崎紅葉に入門する。

『二人比丘尼色懺悔』を読んだ私は、いてもたってもいられず、17歳で上京。翌年、紅葉先生のお宅を訪ねて入門を許され、玄関番として住み込むことになりました。ああ、先生素晴らしい。

1892年（19歳）
京都日出新聞に「冠弥左衛門」を連載し文壇デビューを果たす。

1899年（26歳）
神楽坂の芸者・桃太郎（伊藤すず）と出会う。

その後、鏡花は『義血侠血』（1894年）を読売新聞に連載する一方、『夜行巡査』（1895年）、『外科室』（1895年）を発表し、新進作家として文壇に認められました。

君の名を

文豪びっくりエピソード

すず夫人と鏡花

鏡花は9歳のときに母を失った経験からマザコンの気があり、妻の名も母と同じ「すず」でした。すずは神楽坂の芸妓で、26歳の鏡花はすずに惚れ込んで同棲しますが、紅葉に反対されてしまいます。しかし、別れたと見せかけてその後も密会を続け、紅葉の没後に結婚へ至ります。ふたりは大変仲睦まじく、互いの名を彫った腕輪を肌身離さず持っていたといわれます。

1900年（27歳）
『高野聖』を発表。

1903年（30歳）
紅葉死去

家事全般から原稿整理までこなして先生の傍らにあり続けた私にとって、先生は神に等しい存在です。同門ながら先生から距離を置いていた徳田秋聲が「紅葉はお菓子を食べすぎて死んだ」と暴言を吐いたので、殴り飛ばしてやりました。紅葉先生をバカにする者は許しません。

1907年（34歳）
『婦系図』をやまと新聞に連載。

代表作
名作ナビ
『高野聖』
その心地の得もいわれなさで、眠気がさしたでもあるまいが、うとうとする様子で、疵の痛みがなくなって気が遠くなって、ひたと附ついている婦人の身体で、私は花びらの中へ包まれたような工合。

解説 若い修行僧が山中、妖艶な美女が住む一軒家に迷い込み、夢かうつつか分からない怪奇の一夜を過ごします。僧の昔語りによって進む物語の随所に幻想的な美の描写がちりばめられた、鏡花文学の代表作です。

極度の潔癖症

鏡花は極端な潔癖症で、生ものは一切口にしませんでした。もらったお菓子も火で炙って食べるほど徹底しており、酒も沸騰寸前の熱燗を好んだほど。外出する際にはアルコールランプと鍋を持ち歩き、料亭の料理すら鍋で煮て食べたばかりか、器を使うと紙や布にくるんで収納し、やかんや急須の口も紙で塞ぐ徹底ぶりでした。さらに階段は場所によってホコリのたまり具合が変わるといい、上段・中段・下段それぞれ専用のぞうきんで掃除させたそうです。

1917年（44歳）
『天守物語』を発表。

鏡花は1920年頃から映画に興味を持つようになり、谷崎潤一郎や芥川龍之介と知り合いました。

1923年(50歳)
関東大震災で被災。

関東大震災で被災した時は、すずとともに2日間、四谷見附付近の公園で過ごしました。

紅葉に配慮してか、入籍は52歳の時でした。

1925年（52歳）
すずと入籍。

1937年（64歳）
帝国芸術院会員となる。

1938年（65歳）
体調を崩す。

鏡花は文筆生活に入って以降、毎年精力的に作品を発表していましたが、この年、初めて一作も作品を発表することができませんでした。

1939年（65歳）
死去

9月7日の臨終の際、妻が露草を摘んでくると、手帳に「露草や赤のまんまもなつかしき」と書付け、辞世の句としたそうです。

極度の心配性

極度の心配性で、原稿を郵送する際には必ず自分でポストに入れに行き、ポストに入れた後もずっと不安だったそうです。また、狂犬病をひたすら恐れ、犬と遭遇するのが恐ろしくてほとんど外出しませんでした。

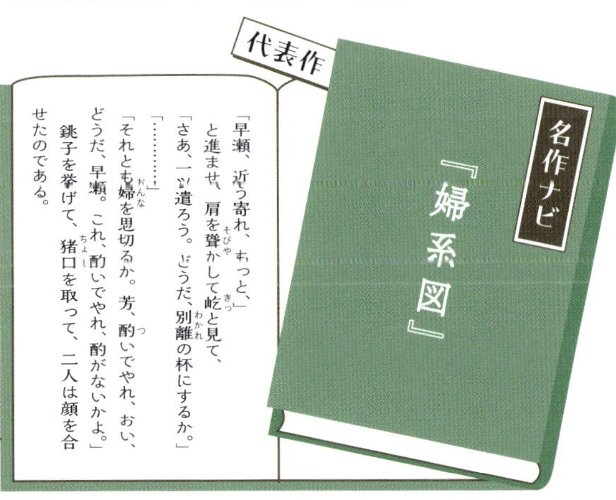

「早瀬、近う寄れ、もっと、」
と進ませ、肩を聳かして屹と見て、
「さあ、一ツ遣ろう。どうだ、別離の杯にするか。」
「…………」
「それとも婦を思切るか。芳、酌いでやれ、おい、どうだ、早瀬。これ、酌いでやれ、酌がないかよ。」
銚子を挙げて、猪口を取って、二人は顔を合せたのである。

解説 新進の学者である早瀬主税は、恩師・酒井俊蔵の娘・妙子を慕っていましたが、その想いを諦め、芸妓のお蔦と所帯を持ちます。しかし、早瀬の将来を案じた酒井によって別れさせられます。その後、早瀬は権門の河野一族が酒井と妙子を愚弄すると、報復を計画するのでした。

樋口一葉

文壇のアイドルとしてデビューするも貧困と結核に倒れた女性作家

生活苦から試行錯誤の末に選んだ小説家の職

山梨に生まれ、上京して官吏となった父のもとに生まれた**樋口一葉**。本名は奈津または夏子と伝わります。

一葉は勉強熱心で小学校高等科を首席で修了しましたが、母の反対で高等教育は受けませんでした。その代わりに父の配慮で歌人・**中島歌子**の歌塾「萩の舎」に通い、和歌や古典の教養を身に付けます。

しかしこの後の一葉には過酷な運命が待ち受けていました。父親が事業に失敗したうえ病死し、彼女の肩に多額の借金と母と妹の生計がのしかかったのです。

そこで一葉が起死回生の策として選んだのが、歌塾の姉弟子が成功した作家への道でした。作家の半井桃水に師事して明治25年（1892）、20歳の時に**『闇桜』**を発表すると、続く**『うもれ木』**で作家として注目されます。

作家として転機となったのが、**吉原**近くの龍泉寺に雑貨屋を開いたことでした。ここで吉原遊郭の遊女たちの生活を垣間見た体験が、明治28年（1895）から連載された**『たけくらべ』**で実を結び、激賞されたのです。前後約1年の間に才能を開花させ、**『大つごもり』『にごりえ』『十三夜』**など、貧しさや封建社会のしがらみのなか、懸命に生きようとする女性たちの姿を描いた傑作を生み出します。

こうして新進の女性作家となった彼女の元には作家たちが押し寄せ、文学サロンのような様相を呈したといいます。一方で質屋通い、借金など貧困と苦闘しながら書き続けた一葉でしたが、ついに力尽きます。肺結核を患い24歳の若さで波乱の生涯を閉じました。

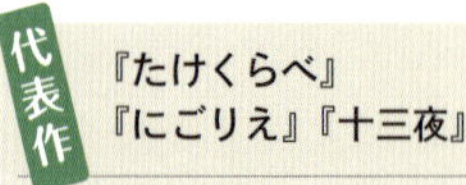

代表作 『たけくらべ』『にごりえ』『十三夜』

- **生没年** 明治5年（1872）～明治29年（1896）／24歳没
- **本名** 樋口奈津
- **出身** 東京府第二大区小一区内山下町（現・東京都千代田区内幸町）
- **職業** 小説家
- **学歴** 私立青海学校小学高等科
- **趣味** 和歌
- **死因** 肺結核

ひと言でいうと……

感性を重視し浪漫主義を展開した、明治時代の女性作家の代表格。貧しさとの苦闘を創作に昇華させ、『にごりえ』『たけくらべ』など、封建社会のなかで懸命に生きる明治女性の口惜しさを捉えた作品を残しました。

人物相関図

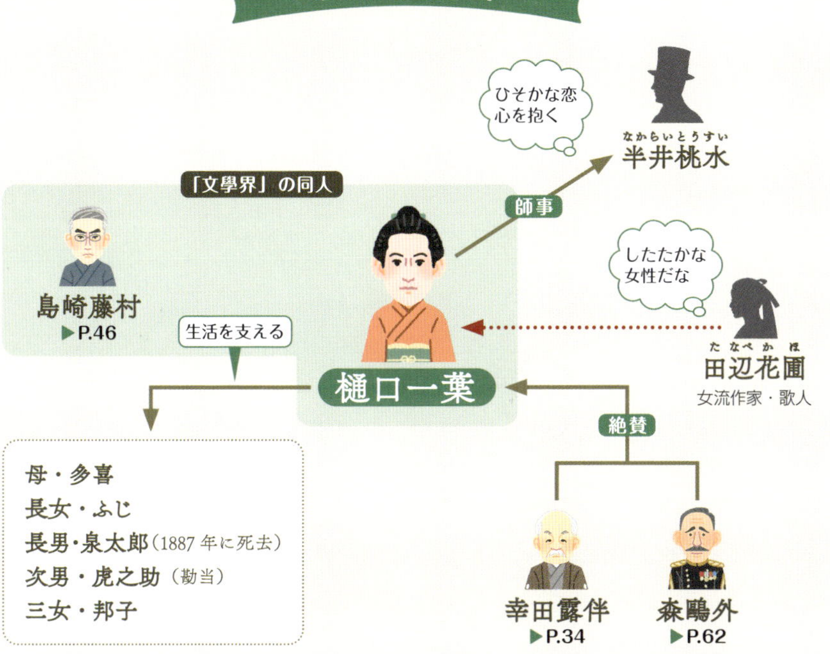

ゆかりの地MAP

『たけくらべ』の舞台・下谷龍泉寺町

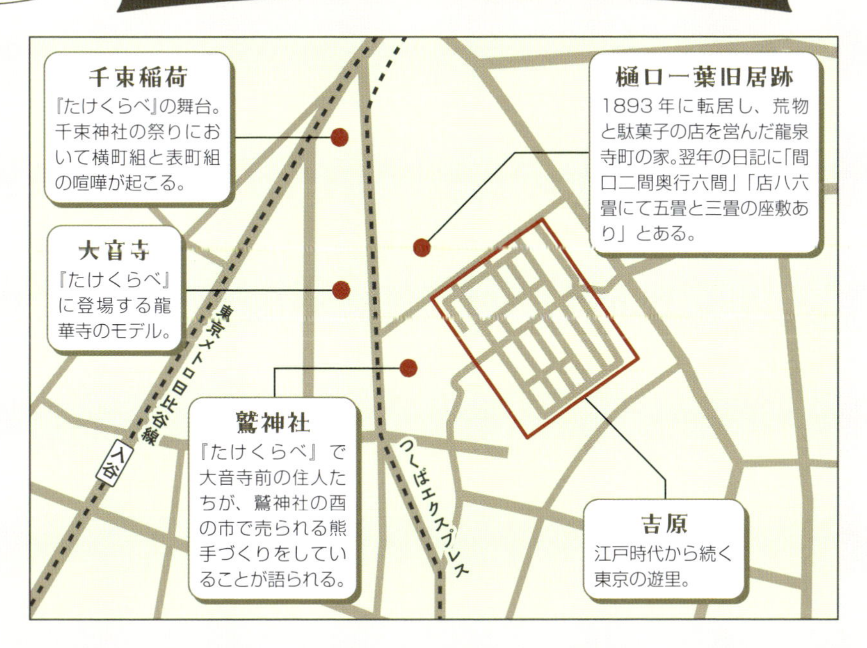

千束稲荷
『たけくらべ』の舞台。千束神社の祭りにおいて横町組と表町組の喧嘩が起こる。
樋口一葉旧居跡
1893年に転居し、荒物と駄菓子の店を営んだ龍泉寺町の家。翌年の日記に「間口二間奥行六間」「店八六畳にて五畳と三畳の座敷あり」とある。
大音寺
『たけくらべ』に登場する龍華寺のモデル。
東京メトロ日比谷線
入谷
鷲神社
『たけくらべ』で大音寺前の住人たちが、鷲神社の酉の市で売られる熊手づくりをしていることが語られる。
つくばエクスプレス
吉原
江戸時代から続く東京の遊里。

樋口一葉の生涯と作品

文豪びっくりエピソード

ペンネームは自虐

困窮する樋口家の家系について一葉は、「昨日より家のうちに金といふもの一銭もなし」と記している。「一葉」のペンネームも達磨大師が「一枚の葉」に乗って川を渡ったという故事から、「足がない＝おあしがない＝金がない」という自虐的な洒落から生まれたものとされます。

足がない＝
おあしがない＝
お金がない

東京府で下級役人の家に生まれました。

1872年 誕生

1883年（11歳）
青海学校小学高等科4級を首席で卒業する。

結構すごいんです、ワタシ。

1886年（14歳）
歌人・中島歌子の歌塾・萩の舎に入門する。

萩の舎は当時、公家・旧大名などの旧体制名家、明治政府の政治家・軍人の夫人や令嬢らが通い、門人は千人を超える歌塾でした。

1889年（17歳）
父の死去に伴い家督を相続する。

父は多額の負債を残して死去。1887年に兄が没し、次兄はすでに勘当されていたため、家督は一葉が相続することになりました。

1891年（19歳）
日記「若葉かげ」を書き始める。また小説家・半井桃水に師事する。

1892年（20歳）
処女作『闇桜』、出世作となった『うもれ木』を発表。

この年、半井桃水との師弟関係を解消。また、甲陽新報へ『経つくえ』を寄稿。『うもれ木』を発表するなど、小説家としての活動が本格化します。

文豪びっくりエピソード

意外としたたかな借金上手

貧困に悩まされた一葉だが、半井桃水の遺族の証言によると、実は毎月、15円（現在の価値で約20万円）の援助を半井から得ていたといわれます。さらに、相場取引でひと山当てていた占い師の久佐賀義孝にもたかり、相場の元手になる金を貸してほしいと相談していたという説まであるのです。義孝が自分の愛人になることを条件に出したところ、一葉は拒絶したものの、結局久佐賀から毎月15円の援助を受け取るようになったといわれます。そんな一葉について、歌塾で同門だった女性作家の田辺花圃は、「したたかな女性」と印象を語っています。

借金
借金
借金
借金
借金プリーズ♡

12回の転居の末に移り住んだ本郷の丸山福山町には職工を相手に売春を行う女性たちが多くおりまして、そういった方々と接した経験も『たけくらべ』に生かされています。

荒物屋、後世でいう雑貨屋を始めた頃、とにかく窮乏しておりましたので、相場に手を出すことも考えていました。

1893年（21歳）
『暁月夜』を発表。この年から荒物・駄菓子店を経営する。

1894年12月の『大つごもり』以降、翌年に至るまで一葉の傑作が連続して発表されます。この期間は「奇跡の14か月」と呼ばれています。

1894年（22歳）
本郷丸山福山町に転居。『花ごもり』『大つごもり』発表。

代表作

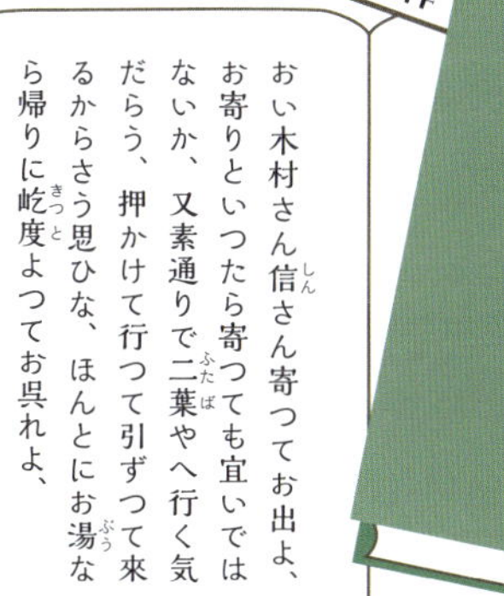

おい木村さん信さん寄つてお出よ、お寄りといつたら寄つても宜いではないか、又素通りで二葉やへ行く気だらう、押かけて行つて引ずつて來るからさう思ひな、ほんとにお湯なら帰りに屹度よつてお呉れよ、

解説 酌婦のお力は、将来に不安を覚えつつ人間らしく生きたいと、望みも抱いていました。一方、お力に熱をあげて落ちぶれながらも思いを断ち切れない布団屋源七。ふたりの悲劇的な最期が胸に迫ります。作者一葉の苦悩を表現した作品といわれます。

『たけくらべ』は森鷗外、幸田露伴らの絶賛を受け、一葉は小説家として確かな名声を得ました。

1895年（23歳）
『ゆく雲』、『にごりえ』、『たけくらべ』『十三夜』を発表。

代表作

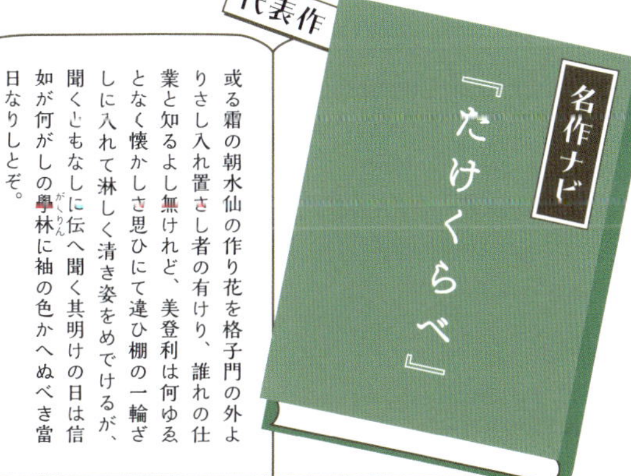

或る霜の朝水仙の作り花を格子門の外よりさし入れ置きし者の有けり、誰れの仕業と知るよし無けれど、美登利は何ゆゑとなく懐かしき思ひにて違ひ棚の一輪ざしに入れて淋しく清き姿をめでけるが、聞くともなしに傳へ聞く其明けの日は信如が何がしの學林に袖の色かへぬべき當日なりしとぞ。

解説 遊女になる運命の少女・美登利と、寺の息子・信如の淡い恋を描いたほろ苦い青春小説です。見どころは美しくもはかないラストシーン。家に水仙の花が挿されているのを美登利が見つけたこの日、信如は僧になるため旅立っていくのでした。

1896年（24歳）死去

私は19歳の頃から日記をつけていたのですが、死に際して焼き捨てるよう言いつけておりました。でも、妹の邦子が保管し後年公開したため、師・半井桃水への想いがさらされてしまいました。お恥ずかしい限りです。

自然主義・浪漫主義

島崎藤村

詩人から小説家に転じ、破壊的な人生を作品に反映した自然主義の小説家

浪漫派詩人から自然主義作家に転じる

馬籠宿の旧家に生まれた**島崎藤村**は、9歳で上京。明治学院で西洋文学や古典に触れた結果、藤村は文学の道を志し、明治26年（1893）に友人の**北村透谷**らと雑誌「**文學界**」を創刊。詩人として出発します。

その後藤村は、明治女学院の教師時代に経験した教え子との恋愛とその教え子の死、盟友の北村の自殺など、次々に不幸に襲われ、懊悩しますが、明治30年（1897）にはその思いを文学に昇華させた詩集『**若菜集**』を刊行し、浪漫派詩人として名声を得ました。

藤村はその後、小諸義塾の英語教師として長野県の小諸町に赴任し、同地で秦冬子と結婚。3人の子に恵まれました。一方、自然や人生の思索を深めた藤村は詩から離れ、**自然主義**の作家へと転じます。

再び上京した藤村は1年後の明治39年（1906）、3人の愛児を栄養失調ですべて失う貧困のなかで『**破戒**』の自費出版にこぎつけました。これが初めて社会と人間の相克を捉えた、自然主義の原点と反響を呼び、作家としての成功を手にしたのです。

その後も個人的な体験を小説化した『**春**』『**家**』『**新生**』と立て続けに習作を生み出した藤村は、さらに昭和4年（1929）には、父親の伝記的歴史小説『**夜明け前**』を上梓して賞賛を浴びるなど、精力的に活動しました。

そんな藤村には印象的なスキャンダルがあります。妻と死別後、家事手伝いにきていた姪のこま子と関係を持ち、妊娠させてしまったのです。一件が発覚すると、藤村はフランスに逃亡。帰国後にこの騒動を告白して清算を試みた作品が『新生』でした。

『若菜集』『破戒』『夜明け前』

生没年 明治5年（1872）～昭和18年（1943）／71歳没
本名 島崎春樹
出身 筑摩県第八大区五小区馬籠村（現・岐阜県中津川市馬籠）
職業 詩人・小説家
学歴 明治学院普通学部本科
趣味 古典鑑賞／**死因** 脳溢血

ひと言でいうと……

明治の浪漫主義詩人、自然主義作家。近代に苦悩し、自己の解放を求めて戦い続けた作家で、自然主義の代表作『破戒』や『夜明け前』は近代社会の苦悩と矛盾を暴いた傑作として知られています。

人物相関図

自殺を遂げ藤村に衝撃を与える

「文學界」の同人

北村透谷　星野天知

広助（次兄）

激怒

家事手伝いに来ていたこま子と恋仲となり妊娠させる

教え子

親交

姪

佐藤輔子

恋慕

こま子

前妻

後妻

島崎藤村

秦冬子

加藤静子

（四女）（三男）

ゆかりの地MAP 島崎藤村と『夜明け前』の舞台・馬籠宿

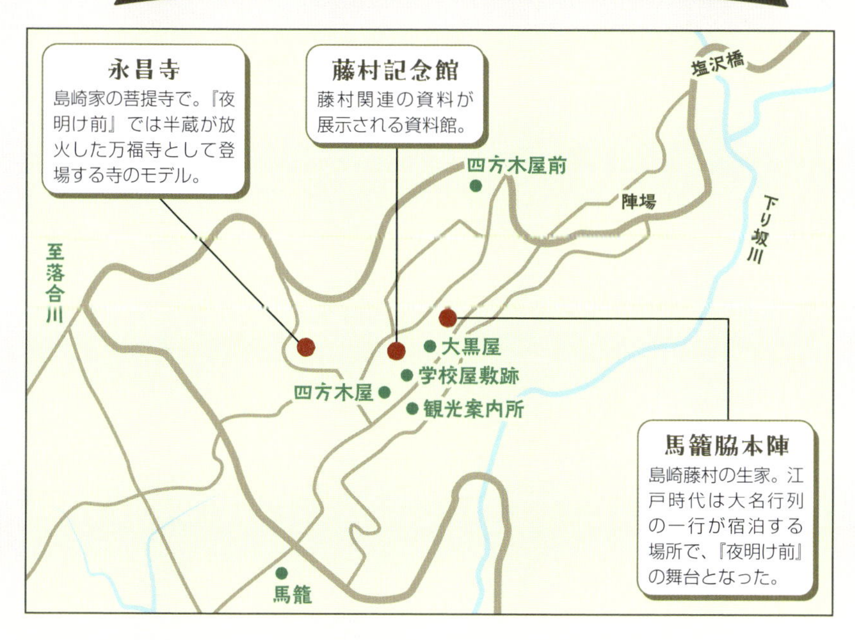
永昌寺
島崎家の菩提寺で。『夜明け前』では半蔵が放火した万福寺として登場する寺のモデル。
藤村記念館
藤村関連の資料が展示される資料館。
塩沢橋
四方木屋前
陣場
下り坂川
至落合川
大黒屋
学校屋敷跡
四方木屋
観光案内所
馬籠脇本陣
島崎藤村の生家。江戸時代は大名行列の一行が宿泊する場所で、『夜明け前』の舞台となった。
馬籠

島崎 藤村の生涯と作品

1872年 誕生

藤村は3月25日、筑摩県第八大区五小区馬籠村（現・岐阜県中津川市馬籠）に誕生し、1881年に兄とともに上京しました。

1891年(19歳)
明治学院卒業。

翌1892年、明治女学校の英語教師となり、この年北村透谷らと知り合い親交を結びます。

1893年（21歳）
雑誌「文學界」に同人として参加。

一方で、教え子の女学生（佐藤輔子）に惚れてしまう。恋情に苦しんだ私は、教師を辞め、関西放浪の旅に出た。

1894年（22歳）
明治学院の教師に復帰。

明治女学校の教師に復職したものの、親友・北村透谷の自殺、佐藤輔子の死が重なりもう何もやる気がなくなった。そんな無気力な私を、生徒たちは「石炭ガラ」と呼んでいた。

その後、1896年に東北学院教師として、仙台に赴任。この間に直面した母の死を機に、藤村は詩作を始めます。

1897年（25歳）
『若菜集』を刊行する。

翌1898年には『一葉舟』、『夏草』を刊行。その後の『落梅集』をもって詩作を離れた。

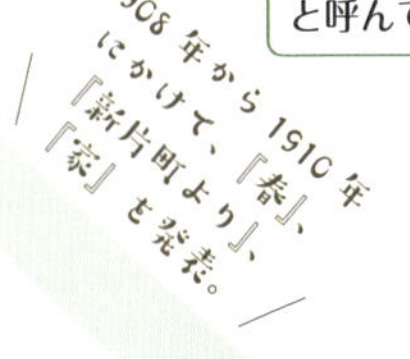

1906年（34歳）
『破戒』を自費出版。

『破戒』は、夏目漱石が「明治の小説としては後世に伝うべき名篇なり」と絶賛したといわれ、人気を博しますが、その間は極貧生活が続き、前年から1906年にかけて幼い3人の娘を次々と失ってしまいます。

1908年から1910年にかけて、『春』、『新片町より』、『家』を発表。

1899年（27歳）
結婚

小諸義塾教師として長野に赴任した藤村は、同地で明治女学校の卒業生・秦冬子と結婚。長女を授かった頃から、藤村は詩と決別して散文に力を入れるようになります。

いよく明日は、学校へ行つて告白（うちあ）けよう。（中略）彼是（かれこれ）するうちに、鶏が鳴いた。丑松は新しい暁の近いたことを知つた。

解説 被差別部落出身の青年教師・瀬川丑松。父の戒めにより素性を隠して生き、苦悩するも、同族の先輩の生きざまに学んで出自を告白し、新天地へと旅立つまでを描きます。苦悩する主人公の緻密な心理描写と社会課題を描き、当時の若者の心を捉えました。

文豪びっくりエピソード

姪に手を出す

妻・冬子が死去したのち、家事手伝いに迎えたのが、次兄・広助の次女・こま子でした。藤村はこの姪に手を出し、愛人関係となったばかりか妊娠させてしまいます。すると藤村はフランスへ逃亡。3年後に帰国すると、この恋愛を題材にした『新生』を発表します。当人はこま子との清算を図るつもりでしたが、次兄は当然激怒し絶縁状態に。世間からも非難を浴びてしまいます。

この男、鬼畜!!!

刺そうかな…

1910年（38歳）
妻冬子が死去。

1913年（41歳）
同居中の姪こま子を妊娠させる。

1916年（44歳）
7月、フランスより帰国。

実は親父も異母妹との近親関係がうわさされている。これを気に病んだ私の母親も不倫に走った過去がある。父はその後牢死している。これが「親譲りの憂鬱」ってやつだ。

帰国後の藤村は1918年にかけて、『幼きものに』、『新生』、『海へ』と次々に作品を発表しています。

1926年（54歳）
『嵐』を発表する。

1928年（56歳）
再婚

加藤静子と結婚。静子とは24歳も離れていましたが、「私の過去はすべて未完成でした。どうかして最後にこの一つを完成したい。これを一生の傑作としたい。」という藤村によるプロポーズの手紙が残っています。

その後藤村は、1935年に日本ペンクラブ会長に就任。1940年には帝国芸術院会員となり、文壇の重鎮となります。

1929年（67歳）
『夜明け前』発表。

1943年（71歳）
死去

藤村は8月22日、執筆中に脳溢血で倒れ、永眠。大磯地福寺に埋葬、馬籠永昌寺に分葬されました。

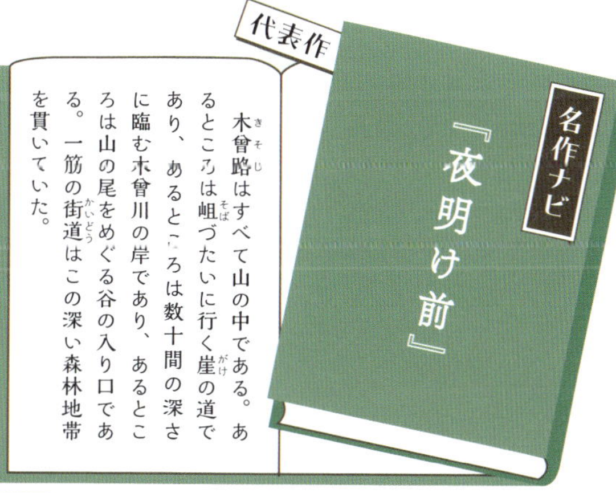

代表作

名作ナビ

『夜明け前』

木曽路はすべて山の中である。あるところは岨づたいに行く崖の道であり、あるところは数十間の深さに臨む木曽川の岸であり、あるところは山の尾をめぐる谷の入り口である。一筋の街道はこの深い森林地帯を貫いていた。

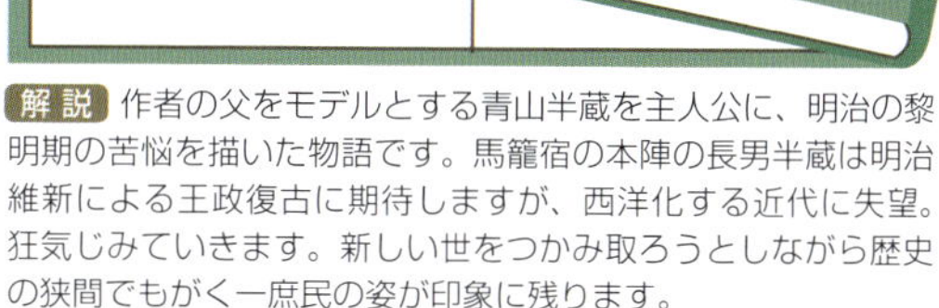

解説 作者の父をモデルとする青山半蔵を主人公に、明治の黎明期の苦悩を描いた物語です。馬籠宿の本陣の長男半蔵は明治維新による王政復古に期待しますが、西洋化する近代に失望。狂気じみていきます。新しい世をつかみ取ろうとしながら歴史の狭間でもがく一庶民の姿が印象に残ります。

自然主義

自己の内面を惜しげもなくさらけ出す作品を描き、私小説の原点となる

田山花袋（たやまかたい）

紅葉門下から自然主義文学作家へ

スキャンダラスな私小説（作者自身の経験をそのまま書いた小説）で知られる**田山花袋**ですが、巡査だった父を西南戦争で失い貧窮生活の中で育った苦労人でした。

少年時代から文学に熱中し、書店の丁稚をしながら独学で修業します。作家活動は**尾崎紅葉**を慕い**硯友社**に入門して始まり、明治24年（1891）に『**瓜畑**』を発表しましたが、美文の書き手でないため紅葉門下では目立たない存在だったようです。生活のために紀行作家として活動し、のちに各地の温泉本も出した経歴から、温泉通としても知られます。

やがて花袋は**島崎藤村**や**国木田独歩**と知り合うと**自然主義**にも触れ、博文館に勤めながら作品を手がけます。とくにフランス自然主義の影響を受けた『**重右衛門の最後**』で自然主義作家として注目されました。

しかし親しい藤村らに後れをとっていた花袋は、明治40年（1907）、思い切った一手に出ます。女弟子・岡田美知代との失恋を暴露する『**蒲団**』を発表したのです。自己の内面を赤裸々に告白したスキャンダラスな描写が世間に衝撃を与え、日本の**私小説**の原点となりました。その後も『生』『妻』『縁』で家庭内を暴露する私小説を発表します。

一方で『**田舎教師**』を執筆し、主観を排除し、対象をありのまま自然に描く「**平面描写**」という手法を主張したのも花袋でした。

やがて芸妓を恋人にしたことから、花柳界の女性を素材とした作品をいくつか残し、晩年は芸妓との関係や愛欲を描いた傑作『**百夜**』を残しています。

『蒲団』
『田舎教師』

生没年 明治5年（1872）～昭和5年（1930）／58歳没
本名 田山録弥
出身 栃木県邑楽郡館林町（現・群馬県館林市）
職業 小説家・記者
学歴 館林東学校
趣味 旅行・温泉巡り
死因 脳溢血と喉頭癌

ひと言でいうと……
主観を交えずできごとの経過をありのままに描く「平面描写」の手法を主張した自然主義文学の中心作家のひとり。『蒲団』など、自己の内面をさらけ出す作品を描き、日本独自の「私小説」というジャンルを確立し、多くの作家に影響を与えました。

人物相関図

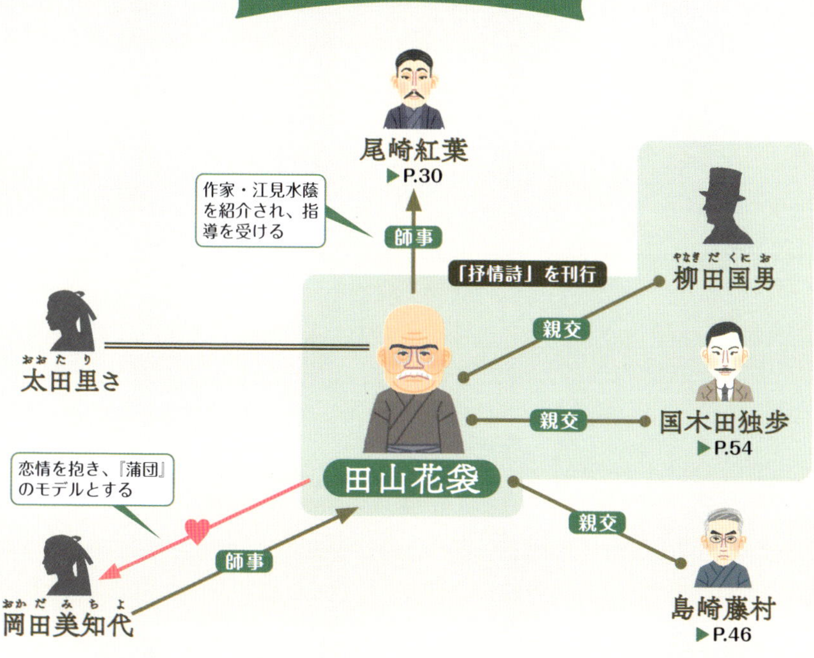

ゆかりの地MAP 田山花袋の故郷館林

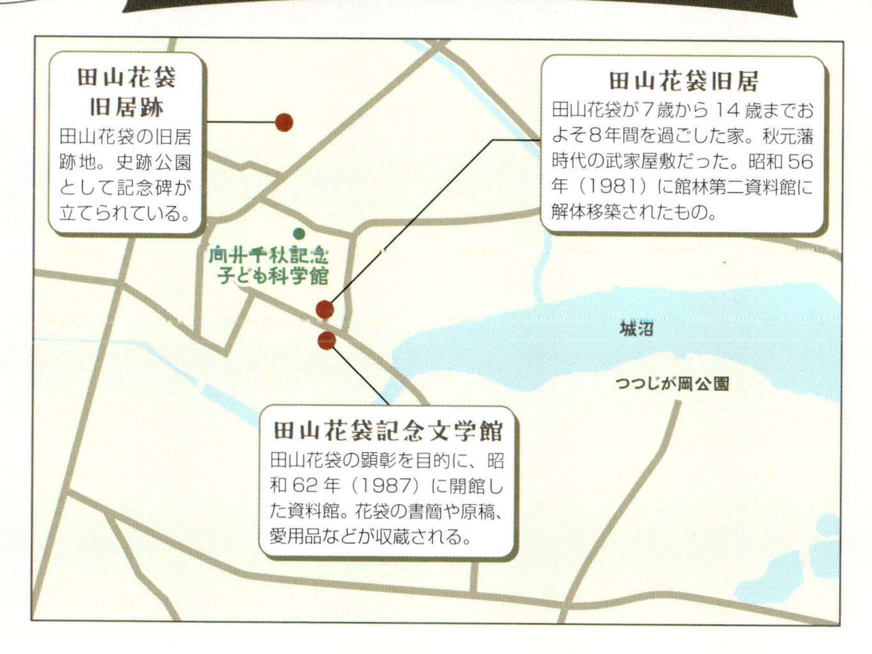

田山花袋旧居跡
田山花袋の旧居跡地。史跡公園として記念碑が立てられている。
田山花袋旧居
田山花袋が7歳から14歳までおよそ8年間を過ごした家。秋元藩時代の武家屋敷だった。昭和56年（1981）に館林第二資料館に解体移築されたもの。
向井千秋記念子ども科学館
城沼
つつじが岡公園
田山花袋記念文学館
田山花袋の顕彰を目的に、昭和62年（1987）に開館した資料館。花袋の書簡や原稿、愛用品などが収蔵される。

田山 花袋の生涯と作品

1872年 誕生

1月22日、旧秋元藩士で、警視庁の邏卒を務める田山鍋十郎・てつの次男として生まれました。

1877年（5歳）

父・鍋十郎が西南戦争にて戦死。

1891年（19歳）

尾崎紅葉を訪ねる。小説「瓜畑」を発表。

尾崎紅葉に憧れて上京したものの、どうも師からは好かれなかった。硯友社からは遠ざかって出版社の博文館で編集員として働くなかで、国木田独歩や島崎藤村ら自然主義の小説家と交流を持った。

1896年（24歳）

この頃、島崎藤村・国木田独歩に出会う。

しかし、花袋の作品はあまり売れませんでした。自然主義が流行し、友人の島崎藤村や国木田独歩が人気を博すなか、不遇の時代を送っていた花袋は、のちにこの頃のことを『東京の三十年』で、「私は一人取残されたやうな気がした」と独白しています。

1899年（27歳）結婚

27歳で太田玉茗の妹・里さと結婚しました。またこの年、博文館に入社し、校正を担当しました。

1902年（30歳）

『重右衛門の最後』を発表。

1904年（32歳）

日露戦争第二軍の写真班員として従軍。

この時鷗外さんが所属する第二軍に配属されたため、鷗外さんと知遇を得ることができた。戦地でもたびたび訪ねて文学談義に花を咲かせたよ。

文豪びっくりエピソード

ストーキング小説

ありのままをありのままに書くのが自然主義文学だと宣言し、『蒲団』と同じ年、『少女病』を発表。妻子持ちでロリータ趣味を持つ37、8歳の主人公の男が、妄想全開で美少女を尾行するという、ストーキングストーリーでした。男のモデルは田山自身。書いたのは「ありのままの自分」だそうです。

文豪びっくりエピソード

出版社の前社長と喧嘩する

花袋には、新潮社の前社長と酒を飲んで喧嘩になり、相手を投げ飛ばした挙句馬乗りになって降参させたという逸話が伝わっています。結果新潮社との関係はしばらく途絶えましたが、のちに和解し作品が新潮社から発刊されています。

代表作

名作ナビ

『蒲団』

性慾と悲哀と絶望とが忽ち時雄の胸を襲った。時雄はその蒲団を敷き、夜着をかけ、冷めたい汚れた天鵞絨の襟に顔を埋めて泣いた。
薄暗い一室、戸外には風が吹暴れていた。

解説 中年の作家・竹中時雄は、弟子入りしてきた女学生に恋をし、彼女に恋人がいると知ると嫉妬に狂い、別れさせようとした末についに破門します。未練たっぷりの竹中は去った女弟子の蒲団に顔を埋め……。衝撃のラストシーンは当時、センセーションを巻き起こしました。

文豪びっくりエピソード

衝撃を与えた描写

『蒲団』のヒロインのモデルは、花袋の弟子の岡田美知代。当時32歳で妻子のあった花袋は、19歳の美知代に好意を寄せますが、相手に恋人ができて悶え苦しみました。当時美知代は花袋の家に寄宿していましたが、恋人との関係を知られると帰郷してしまいます。この出来事を小説に書き上げたのが『蒲団』。去った女の蒲団に顔を埋め、その匂いを嗅ぎながら泣くという描写が世間に衝撃を与えました。

おーいおいおいおい
くんかくんか
いい匂い…

1907年（35歳）
『蒲団』が好評を得て自然主義文学の代表となる。

ヒロイン芳子のモデルとした美知代からは猛烈に抗議され、結局詫び状を書いて謝ったよ。

1909年（37歳）
『妻』『田舎教師』を発表。

しかし、大正に入ると、自然主義の衰退と新進作家の台頭により、流行作家の地位を失っていきました。

1912年（40歳）
博文館を退社。

代表作

名作ナビ

『田舎教師』

四里の道は長かった。その間に青縞の市のたつ羽生の町があった。田圃にはげんげが咲き、豪家の垣からは八重桜が散りこぼれた。赤い蹴出しを出した田舎の姐さんがおりおり通った。

解説 向学心はあるものの貧しいがゆえに小学校教師に留まる林清三。学問や恋に挫折し、友情も遠ざけて空虚な日々を送りますが、気持ちを一新しやり直そうと決めた時には病に侵されていました。自然の風景と重ねながら、飾らない文体で淡々と描かれた日常が胸にしみます。

晩年の田山は歴史ものに注力します。

1924年（52歳）
『源義朝』を発表。

脳溢血と喉頭癌を発症し、5月13日に没しました。

1930年（58歳）死去

自然主義

抒情詩人から作家に転じた
自然主義のパイオニア

国木田独歩

くにきだどっぽ

逃げた妻との思い出を紡ぎ自然主義の先駆者となる

国木田独歩は裁判所勤務の父の赴任先の山口から16歳で上京します。東京専門学校（現・早稲田大学）時代に文学と親しみ、内省を深め、文学への道を志しましたが、世に出る機会に恵まれませんでした。大分での教師生活を経て東京へ戻ると、「**国民新聞**」の**民友社**に入社。日清戦争の従軍記者となって「**愛弟通信**」でようやく注目を集めるに至ります。

また、独歩はこの頃にある女性と運命的な出会いを果たしました。その女性は**佐々城信子**といい、大恋愛の末、彼女の母の反対を押し切って結婚したのです。しかし障害あってこその愛だったのか、まもなく信子は貧しさに耐えられず半年で出奔してしまいます。

独歩は半狂乱になりましたが、これが人生観に深みを加え、創作熱を高めました。

浪漫的な詩を発表したのち、明治30年（1897）に小説家へと転じ、翌年に『**武蔵野**』を発表します。その後は現実的な傾向を強めますが、事実をありのままに描く自然主義の先駆ともいえる独歩の文学は評価されず、新聞記者や編集者をして食いつなぐしかありませんでした。日露戦争時には、『**戦時画報**』で編集者として手腕を発揮しています。

その後は自ら出版社を立ち上げ、多くの雑誌を手掛けたものの生活は苦しく、ついには独歩自身が肺結核を患ってしまいます。

自然主義運動が盛り上がり、時代が独歩の独創性に追いついたのはこの頃のこと。明治39年（1906）の短編集『**運命**』が評価され、『**竹の木戸**』などの作品で、下層民の運命を描く自然主義の作家と目されました。

代表作 『武蔵野』『牛肉と馬鈴薯』『空知川の岸辺』

生没年 明治4年（1871）～明治41年（1908）／36歳没
本名 国木田哲夫
出身 宮谷県海上郡銚子（現・千葉県銚子市）
職業 詩人・小説家・新聞記者・編集者
学歴 東京専門学校（現・早稲田大学）英語政治科中退
趣味 自然観賞／**死因** 肺結核

ひと言でいうと……

自然主義文学の先駆者。明治を代表する短編小説作家でエッセイ風の短編を多く残しました。自然賛美、民衆の視点に立った社会批判が特徴で、『武蔵野』『空知川の岸辺』などの代表作があります。

人物相関図

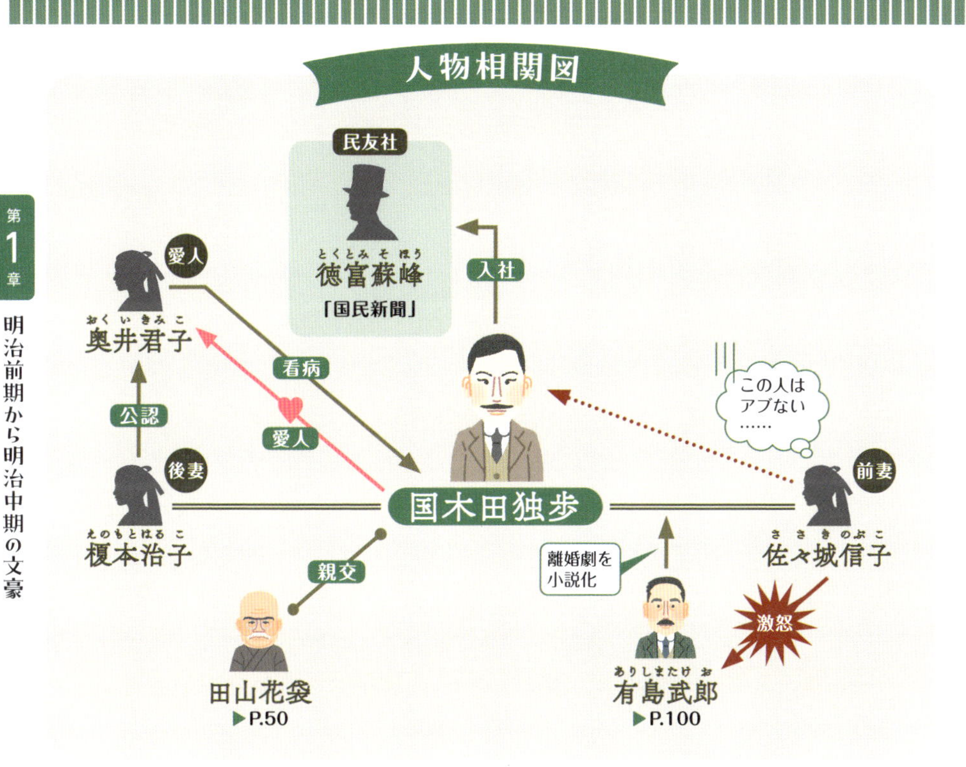

ゆかりの地MAP 国木田独歩と武蔵野

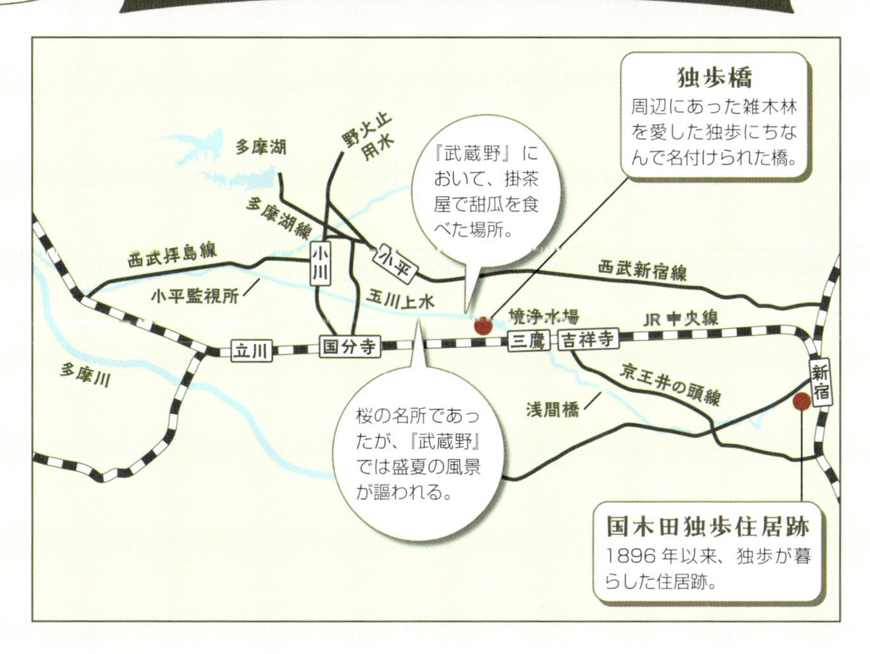

◆ 国木田 独歩の生涯と作品 ◆

1871年 誕生

宮谷県海上郡銚子で誕生。父親は旧龍野藩士で、司法省の役人を務めていました。

1888年（17歳）
東京専門学校に入学。

1891年（20歳）
キリスト教に入信し、東京専門学校を中退。

1894年（23歳）
民友社に入り、国民新聞社の記者となる。

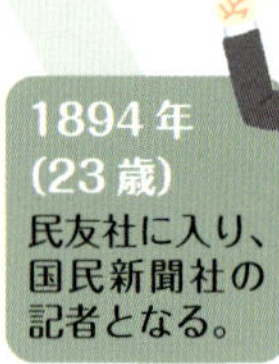

民友社に参加後、国民新聞の記者となったのは発行者である徳富蘇峰との縁から。独歩は学生時代に蘇峰の知遇を得ていました。この年、日清戦争の従軍記者として書いた記録をまとめた『愛弟通信』を手掛け、一躍有名になりました。

1895年（24歳）結婚

24歳で佐々城信子と結婚しましたが、翌年早くも離婚に至ります。

離婚の顚末は、有島武郎によって『或女』として小説化されてしまいました。信子は激怒して抗議しようとしたらしいです。

1897年（26歳）
『源叔父』を発表。

代表作 名作ナビ 『武蔵野』

武蔵野に散歩する人は、道に迷うことを苦にしてはならない。どの路でも足の向くほうへゆけばかならずそこに見るべく、聞くべく、感ずべき獲物がある。

解説 独歩が武蔵野の自然のなかを散策して新鮮な感覚で描いた作品。秋から冬、落葉樹、野原、道の面白さなど様々な角度から武蔵野の魅力を述べ、武蔵野の趣は自然と人々の生活の営みの融合にあると、自然と人間を結び付けます。自然の美しさに心洗われる作品です。

文豪びっくりエピソード 半年で妻に逃げられる

日清戦争後に催された従軍記者を集めた晩餐会で信子を見た独歩はひと目惚れし、すかさずアプローチ。4か月後に蘇峰の媒酌で結婚に至りますが、信子は貧困に加え、財産も行動もことごとく管理しようとする独歩の束縛体質に嫌気がさし、わずか半年で独歩のもとを逃げ出してしまいました。信子の従妹の手記によると、結婚に至る経緯はさらに凄惨で、結婚に迷う信子に独歩は刃物を突き付けて結婚を迫ったとされ、狂気性すらうかがえます。離婚の際、信子は教会の礼拝に参加後、友人に会うと独歩を欺いて姿を消しました。しかも離婚後に独歩の娘を出産し、その後独身のまま71歳まで生きたそうです。

独歩の功績

独歩は小説を手掛ける一方、1905年から1906年初頭にかけて新しい雑誌を次々と企画・創刊し、編集者として活躍しています。子供向けの「少年知識画報」「少女知識画報」のほか、男性向けに芸妓の写真を集めたグラビア誌「美観画報」、そして、現在まで続く女性向けの「婦人画報」も彼によって創刊されました。最盛期には12誌の編集長を兼務。多忙を極めた末に肺結核に倒れたのでした。

1898年（27歳）再婚

榎本治子と再婚。この年、『武蔵野』『忘れえぬ人々』を発表しました。

1898年（27歳）
『武蔵野』『忘れえぬ人々』を発表。

信子との離婚後、彼女とのデートコースである武蔵野を偲んで、その風景を描いた作品が『武蔵野』です。のちに自然文学の代表作として教科書の定番となったようですが、私の代表作は傷心を癒すなかで書かれたものなのです。

1901年(30歳)
『牛肉と馬鈴薯』を発表。

1902年（31歳）
『空知川の岸辺』を発表する。

1905～1906年
短編集『独歩集』、『運命論者』なども発表。

離婚後の独歩の女性関係もあまり褒められたものではなく、1898年に再婚しますが、愛人も抱えており、後妻の長女出産と同時期に愛人にも男児を生ませてしまいました。さらに、父親の看護師さえも愛人にしていますが、こちらは後妻も認めていたといわれます。

1906年（35歳）
独歩社を創設する。

1907年（36歳）
独歩社が破産。独歩は肺結核にかかる。

自ら出版社を立ち上げてみたが、うまくいかなかった。

1908年（36歳）死去

肺結核により6月23日に死去。36歳でした。

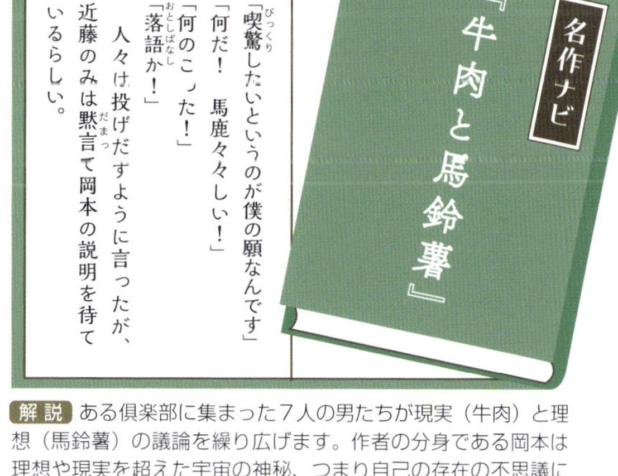

代表作
名作ナビ
『牛肉と馬鈴薯』
「喫驚（びっくり）したいというのが僕の願なんです」
「何だ！　馬鹿々々しい！」
「何のこった！」
「落語（おとしばなし）か！」
人々は投げだすように言ったが、近藤のみは黙言（だまっ）て岡本の説明を待ているらしい。

解説 ある倶楽部に集まった7人の男たちが現実（牛肉）と理想（馬鈴薯）の議論を繰り広げます。作者の分身である岡本は理想や現実を超えた宇宙の神秘、つまり自己の存在の不思議に驚きたいという驚異哲学を展開。独歩の現実主義がみられる作品です。

自然主義

徳田秋聲

自身の女性経験を活かし、女性の生き方を描く秀作を連発

巧みな文章で徹底したリアリズム描写

徳田秋聲は、**自然主義**を極めた作家ですが、作家生活は擬古典主義の**尾崎紅葉**の門下生としてスタートしました。

紅葉に憧れた秋聲でしたが、一度入門を断られるなど、文学の道へ進む機会がつかめず、半放浪的な生活を送ります。

しかし24歳の時、同郷の**泉鏡花**の勧めで、**紅葉**の門下生になると、じきに頭角を現し、**紅葉門下の四天王**に数えられました。

ところが、リアリズム描写に徹した作風から、文壇においては自然主義の旗手と評価されたものの、地味な作風のために大衆受けしませんでした。

そうした風向きがようやく変わるのは日露戦争後のこと。**自然主義文学**が台頭するなか、秋聲は明治41年（1908）から連載した『**新世帯**』で家庭生活を心理的に描いて、作家としての名声を確立したのです。

さらに『**黴**』などで客観的な描写を無解決、無理想の境地にまで高めました。

秋聲は近代日本の庶民的な女性の生き方の赤裸々な描写も得意としました。女性関係も派手で、自身の恋愛を小説の糧にしています。妻のはまをモデルにした作品のほか、50代のときには、作家志望の**山田順子**との別れてはよりを戻すといった騒動を「**順子もの**」として次々と作品化し、『**仮装人物**』で芸術の域へと昇華させました。

昭和16年（1941）から連載した『**縮図**』も、晩年の愛人で芸妓の小林政子をモデルにした作品でしたが、こちらは未完に終わっています。

『新世帯』『黴』『あらくれ』

- **生没年** 明治4年（1871）～昭和18年（1943）／71歳没
- **本名** 徳田末雄
- **出身** 金沢県金沢町第四区横山町（現・石川県金沢市横山町）
- **職業** 小説家
- **学歴** 第四高等中学校中退
- **趣味** 旅行（というより放浪）、恋愛
- **死因** 肋膜癌

ひと言でいうと……

自然主義文学の草分け的存在。日常をありのままに描く徹底したリアリズム描写で無解決、無理想に至り、『黴』などの名作を残します。女性の生き方を生々しく描いた作品も得意とし、『新世帯』と『町の踊り場』でその真骨頂を発揮しました。

人物相関図

〈紅葉門下生〉

泉鏡花
▶P.38

師を揶揄して殴られる

田山花袋
▶P.50

親交

尾崎紅葉
▶P.30

師事

私小説『黴』のモデルに

妻

小沢はま

徳田秋聲

「順子もの」の源泉に

愛人

山田順子

『縮図』のモデルに

小林政子

「順子もの」を批判

憤慨

人の商売の邪魔をするな！

正宗白鳥（まさむねはくちょう）

ゆかりの地MAP 徳田秋聲の放浪生活

長岡の新聞社に勤務する。
1895年、再び上京し、電信学校の予備校講師、博文館の雑務などに従事。その後、泉鏡花の勧めで紅葉の門を再度叩く。
北陸自由新聞で働く。
金沢
長岡
福井
大阪
東京
1
2
3
4
5
6
帰郷後、大阪の兄のもとで1年を過ごす。
尾崎紅葉旧居跡
当初門前払いされるも1895年に入門を許され、一時寄寓。
徳田秋聲旧居跡
1905年から38年間居住した本郷の邸宅。ここから多くの名作が誕生した。

徳田 秋聲の生涯と作品

文豪びっくりエピソード

ふてくされて放浪

友人と上京し尾崎紅葉の門を叩いた秋聲でしたが、不在で会えませんでした。その後、原稿を郵送するも、「柿も青いうちは鴉も突き不申候」という返書とともに送り返されてしまいます。これに拗ねた秋聲は、郡役所の雇員、新聞記者、英語教師などをしながら半放浪的生活を送りました。泉鏡花の勧めで紅葉を再び訪ね、門下生となるのは3年後の1895年のことでした。

1871年 誕生

金沢県金沢町第四区横山町に徳田雲平の三男、六番目の子として生まれました。母は雲平の四番目の妻でした。

1892年（21歳）
小説家を目指し上京。尾崎紅葉を訪ねる。

この時紅葉の玄関番として応対したのが、同郷の泉鏡花でした。彼との友情は彼が死ぬまで続きましたよ。紅葉先生が亡くなった後、軽口を叩いたらぶん殴られましたけど。

1896年（25歳）
『藪かうじ』を発表。

『藪かうじ』が私の文壇的処女作です。私の小説のテーマは地味と言われますが、のちに川端康成からは「日本の小説は源氏に始まって西鶴に飛び、西鶴から秋聲に飛ぶ」なんて褒められましたよ。

1900年（29歳）
『雲のゆくへ』を連載開始。

好評を得て、出世作となる。

1904年（33歳） 結婚

相手は2年前から下宿に手伝いに来ていた女性の娘・小沢はま。すでに2年前に男女の関係となって夫婦生活が始まっていました。

1905年（34歳）
北國新聞に『わかき人』を連載。

以後も同紙には『秘密の秘密』『煩悶』『順運逆運』などを次々と寄稿しています。

1908年（37歳）
高浜虚子の依頼で『新世帯』を連載する。

1911年（40歳）
『黴』の連載が始まる。

『黴』は夏目漱石の推薦で連載された作品です。本作をもって秋聲は、自然主義文学の代表的作家のひとりとなりました。以後、『あらくれ』『誘惑』など、ヒット作が続きます。

「一日何をしているんだな。お前なぞ飼っておくより、猫の子飼っておく方が、どのくらい気が利いてるか知れやしねえ。」と戯談（じょうだん）のように言う。
お作は相変らずニヤニヤと笑って、じっと火の起るのを瞶（みつ）めている。

解説 新婚生活の現実を描いた夫婦小説。商売人の新吉が結婚した若妻・お作は、気立てはよいものの、要領が悪く夫婦の心はすれ違います。ところが、妻の帰省中、友人の妻が転がり込んできたため、3人の気まずい生活が始まります。

代表作 名作ナビ 『町の踊り場』

私は二枚ばかりのチケットをポケットに残して、アトリエを出た。筋肉運動が、憂鬱な私の頭脳を爽かにした。
帰ると直ぐ、私は客間につられた広い青蚊帳のなかで、甘い眠りに陥ちた。

解説 故郷にいる姉が死去し、その葬儀のために帰省した際、ふと立ち寄った裏町のダンスホールでの体験を描いています。悲しいという主観を手放し、起きたことを客観的に書く手法が川端康成に評価されました。

文豪びっくりエピソード 絶倫作家

妻はまの死後、恋仲となった山田順子は、当時すでに初老の域に達していた秋聲が精力絶倫で、若い女でも参ってしまうほどだったと証言しています。結局順子は秋聲との結婚を前にほかの男性に走ってしまいました。

1921年（50歳） 菊池寛らと小説家協会を設立。

1926年（55歳） 妻はまが脳溢血で没する。

『元の枝へ』『春来る』など「順子もの」の発表が続く。

妻の死と前後して女弟子の山田順子と急接近し、交際が数年間続き、自由奔放な彼女との交際を描いた「順子もの」と呼ばれる作品群が生まれた。しかし、同じ自然主義の作家・正宗白鳥から批判を食らい、「人の商売の邪魔をするな（広津和郎『一つの時期』）」と思わず激怒してしまったよ。白鳥とは仲が良いのだが、この時期はしばらく口を利かなかった。

この頃は執筆依頼がほとんどない低迷期に入っており、ダンスを習い始めたのも、もてあました時間を埋めるためであった。当然そののちの作品の糧ともなったよ。

1930年（59歳） 社交ダンスを始める。

1933年（62歳） 『町の踊り場』を発表。

『町の踊り場』は金沢のダンスホールを舞台にした作品。社交ダンスが作品を生んだというわけだ。

1941年（70歳） 『縮図』を連載開始。

戦時統制の煽りを受け、情報局の干渉により中断。

文豪びっくりエピソード 恋愛経験を赤裸々に小説化

「順子もの」は愛人となった作家志望の山田順子との恋愛体験をもとにした作品群。実は順子はほかの男性に走った後も、秋聲に接近しふたりはくっついたり離れたりの関係を続けたのでした。こうしたなかから生まれたのが、『元の枝へ』『仮想人物』などの作品群。ほかにも『足跡』ははまをモデルとした作品、未完に終わった『縮図』も芸者の小林政子との出会いから生まれるなど、恋愛経験を作品に直結させた小説家でもあります。

1943年（71歳）死去

11月18日、肋膜癌により永眠。71歳でした。

余裕派

森鷗外

栄光に満ちた軍歴を歩む一方で、文壇においても近代文学の礎を固めた

軍医として栄光をつかんだ文豪

医者、作家という二足のわらじで活躍した森鷗外は、文久2年（1862）、津和野藩の藩医を務める家に生まれました。母親の期待を一身に受けて英才教育を受け、現在の東京大学医学部を卒業し、陸軍省の軍医となります。明治17年（1884）に念願かなってドイツに留学した鷗外は、医学だけでなく、文学、哲学など幅広く西洋文化を吸収し、これがのちの創作活動に生かされることになります。帰国後は軍医として日清・日露戦争への従軍を経て**陸軍省医務局長**という軍医の最高位へ上り詰めました。

鷗外は医業の傍ら創作の分野でも才能を発揮します。明治22年（1889）に日本初の文学評論雑誌「**しがらみ草紙**」を創刊。ドイツの留学経験も、『**舞姫**』『**うたかたの記**』などドイツを舞台とした作品として結実させ、近代小説家の地位を確立しました。

戦時は創作を離れましたが、日露戦争後、夏目漱石の登場に刺激されて作家活動に復帰し、明治42年（1909）に『**ヰタ・セクスアリス**』を著すと、明治44年（1911）からは『**雁**』などを格調の高い口語体の文体で執筆。明治の終わりを象徴する乃木将軍の殉死を機に歴史小説に転じ、史伝、考証と執筆の領域を広げ、近代文学の礎を築きました。

鷗外は教養のある近代人を自負しており、正しいと思ったことを貫く一徹さから、若い頃は医学界を批判して小倉へ左遷されたことがありました。また坪内逍遙と**没理想論争**を展開して、小説には理想が必要であると主張しています。

『舞姫』『山椒大夫』『高瀬舟』

生没年 文久2年（1862）〜大正11年（1922）／60歳没
本名 森林太郎
出身 石見国鹿足郡津和野町（現・島根県鹿足郡津和野町）
職業 軍医・小説家・大学講師
学歴 東京医学校医学部本科
趣味 墓巡り／**死因** 肺結核

ひと言でいうと……

陸軍軍医、作家ともに頂点を極め明治の精神を体現した知識人。『舞姫』などドイツ三部作で近代文学を確立し、格調の高い文体で多彩な作品を発表。晩年は歴史小説に興味を向け、史伝などを手掛けて明治文学の領域を広げました。

人物相関図

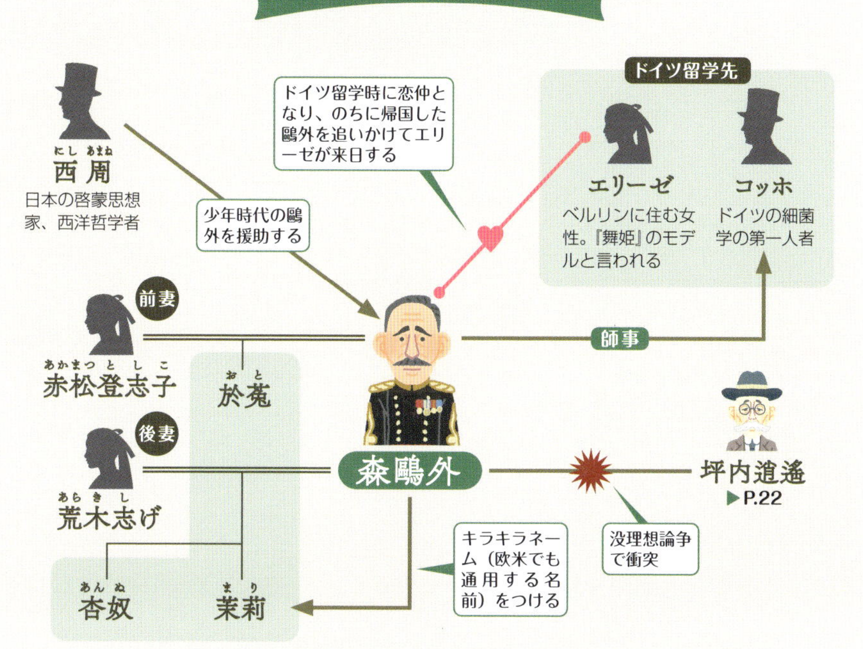
ドイツ留学先
ドイツ留学時に恋仲となり、のちに帰国した鷗外を追いかけてエリーゼが来日する
にし あまね
西周
日本の啓蒙思想家、西洋哲学者
少年時代の鷗外を援助する
エリーゼ
ベルリンに住む女性。『舞姫』のモデルと言われる
コッホ
ドイツの細菌学の第一人者
前妻
あかまつとしこ
赤松登志子
おと
於菟
師事
後妻
あらきしげ
荒木志げ
森鷗外
坪内逍遙
▶P.22
キラキラネーム（欧米でも通用する名前）をつける
没理想論争で衝突
あんぬ
杏奴
まり
茉莉

森鷗外と上野界隈

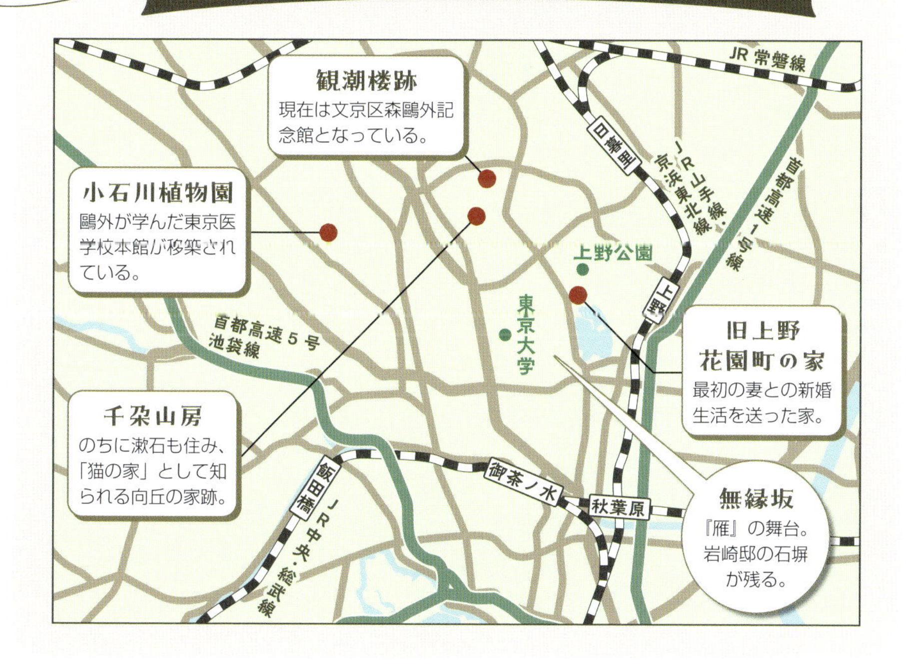
ゆかりの地MAP
JR常磐線
観潮楼跡
現在は文京区森鷗外記念館となっている。
日暮里
JR山手線・京浜東北線
首都高速1号線
小石川植物園
鷗外が学んだ東京医学校本館が移築されている。
上野公園
上野
東京大学
首都高速5号池袋線
旧上野花園町の家
最初の妻との新婚生活を送った家。
千朶山房
のちに漱石も住み、「猫の家」として知られる向丘の家跡。
飯田橋
御茶ノ水
秋葉原
JR中央・総武線
無縁坂
『雁』の舞台。岩崎邸の石塀が残る。

森鷗外の生涯と作品

西洋家屋の危険性を訴える

鷗外は衛生学を専攻した出発期に『日本家屋論』を執筆し、地下水の汚水を排する設備が整わない限り、むやみに日本家屋を西洋家屋に改めるべきではないと、急速に進む西洋化に警鐘を鳴らしました。

津和野藩は維新に出遅れた藩でした。隣りの長州藩の侍たちが出世していくのを見た両親は、鷗外に期待をかけて育てます。その影響で出世欲の強い性格になりました。

1872年（10歳）
上京し、本郷の進文学社でドイツ語を学ぶ。

上京した吾輩の面倒を見てくれたのが、親戚の西周である。

1874年（12歳）
東京医学校（現・東京大学医学部）予科に入学。

学生時代はとにかく読書をした。文章のみならず、和歌や漢文にも力を入れ、のちの文筆活動の糧となった。

東京医学校進学時、我輩はまだ数え12歳。入学資格は14歳からで2歳サバを読んでいた。だが許されてしまったのがこの時代。

1884年（22歳）
ドイツ留学を命ぜられる。

留学時代、来日経験のあるドイツの新聞記者が、偏見に満ちた日本論を述べていたのに腹を立てた吾輩は、真っ向反論し、新聞紙上で論争を繰り広げた。何かと論争に強いのはこの時に学んだ論破術のおかげだ。

1888年（26歳）
帰国し、陸軍軍医学舎教官となる。

お相手は赤松登志子という男爵家の令嬢でしたが、この結婚はうまくいかず、翌年離婚しています。

1889年（27歳）
結婚

文豪びっくりエピソード

面食いだった鷗外

鷗外の最初の妻・登志子との離婚の理由はよくわかっていません。しかし、のちに彼女の訃報を聞いた鷗外の日記には、「顔は美しくないが、色白で、背の高い女性であった。」と失礼な文面がある一方、再婚相手の志げについては、「美術品のよう」と友人に報告。たびたび美人であることを吹聴していたようです。ここから、鷗外は面食いであり最初の妻の容姿が気に入らず離婚したのではないかと指摘されています。

文豪びっくりエピソード

大きすぎる頭

頭脳明晰な鷗外は大変大きな頭を持っていました。それは長女の茉莉が「ジュピタアか、アグリッパ位の大きな頭」と落書きに残すほど特徴的だったようです。ただ、頭が大きすぎたため、帽子を探すのに難儀しました。とはいえ、それを帽子屋に伝えるのも鷗外のプライドが許しません。そこで「もっと上等な帽子はないか？」と注文していたそうです。

なんで帽子って
どれもこれも
ちっちゃいん？

人気作
名作ナビ
『舞姫』

人の見るが厭はしさに、早足に行く少女の跡に附きて、寺の筋向ひなる大戸を入れば、欠け損じたる石の梯あり。これを上ぼりて、四階目に腰を折りて潜るべき程の戸あり。少女は鏽びたる針金の先きを捩ぢ曲げたるに、手を掛けて強く引きしに、中には咳枯れたる老媼の声して、「誰ぞ」と問ふ。

解説 受動的だったエリート青年太田豊太郎はドイツに留学して自我に目覚め、貧しい踊り子エリスと恋に落ちます。しかし豊太郎が、仲間の讒言によって失職したうえ、エリスが妊娠。窮地に立たされた豊太郎が選んだのは恋か野心か……。知識人の内面の矛盾を清新な文体で描いた作品です。

1907年（45歳）
陸軍軍医総監・陸軍省医務局長となる。

再婚相手は荒木志げという。18歳年下の美人である。

1902年（40歳）
再婚

日清・日露戦争で軍務に忙殺される。

1899年（37歳）
第12師団軍医部長として小倉へ。

日清・日露戦争で日本軍に蔓延したのが脚気という病気だ。今でこそビタミンBの不足が原因と知られているが、当時は細菌説が主流だった。そうしたなか、細菌説に懐疑的であった海軍は兵食を麦飯に変えたのだが、陸軍は白米のままだったため、多くの死者を出してしまう。どうやら後世、この責任を私に負わせる風潮があるようだが、私は兵食を決定する立場にはなかったぞ。

1891年（29歳）
坪内逍遙と「没理想論争」を繰り広げる。

1890年（28歳）
『舞姫』発表。

「しがらみ草紙」は、私が主宰した月刊誌で、幸田露伴らが執筆を担当した。

1889年（27歳）
『於母影』発表。
「しがらみ草紙」創刊。

文豪びっくりエピソード

舞姫のモデル

ドイツ留学時、ドイツ人女性エリーゼ・ヴィーゲルトと交際していた鷗外は、帰国の際、彼女をあっさり捨てて帰国。のちに日本まで追いかけてきた彼女を親族たちが説得し追い返してしまいました。この女性が舞姫のエリスのモデルとされます。

恋人捨てるんか!?

文豪びっくりエピソード

キラキラネームの元祖

鷗外は留学時代になかなか名前を覚えてもらえなかったため、子供たちにドイツでも通用する名前をつけました。長男は「於菟」→オットー、長女「茉莉」→マリー、次男「不律」→フリッツ、次女「杏奴」→アンヌ、三男「類」→ルイと、相当珍しい名前。さらに、長男の於菟の子もそれを受け継ぎ、長男が「真章」→マークス、次男が「富」→トム、三男「礼於」→レオ、四男「樊須」→ハンス、五男「常治」→ジョージと名付けられています。このうち長男と次男は鷗外の命名でした。

これからはワールドワイドな
名前じゃないとね〜

問題作

名作ナビ

『ヰタ・セクスアリス』

金井君は筆を取って、表紙に拉甸語(ラテン)で
VITA SEXUALIS
と大書した。そして文庫の中へばたりと投げ込んでしまった。

解説 哲学者の主人公が息子の性教育を目的に、自らの性体験を振り返る奇作。幼い頃に見た春画や友人との「三角同盟」、遊郭での初体験などを冷静な文章で描いた自伝小説です。しかし、「性欲的生活」というタイトルが問題視され、発禁処分となりました。

本作は、性欲の対象を淡々と述べた内容でしたが、ラテン語で「性欲的生活」を意味するタイトルだけで、掲載した「昴」諸共発禁処分とされてしまいます。以降、鷗外作品の主人公から熱っぽさが消えていきます。

1909年（47歳）
『ヰタ・セクスアリス』発表。

1911年（49歳）
『雁』発表。

1912年（50歳）
『かのやうに』
『興津弥五右衛門の遺書』
を発表する。

1913年（51歳）
『阿部一族』発表。

文豪びっくりエピソード

風呂嫌いの理由

ドイツで最先端の細菌学を学んだ鷗外は、「湯舟にどれだけの菌がいるか」と想像したら風呂に入れなくなってしまいます。また、食品の菌を恐れて果物や野菜は火を通したものしか口にしないなど、極端な潔癖症になりました。

代表作

名作ナビ

『雁』

僕は岡田と一しょに花園町の端(はな)を横切って、東照宮の石段の方へ往った。二人の間には暫く詞が絶えている。「不しあわせな雁もあるものだ」と、岡田が独言の様に云う。僕の写象には、何の論理的連繋(れんけい)もなく、無縁坂の女が浮ぶ。

解説 高利貸しの妾お玉は散歩の途中見かけた岡田に慕情を抱きます。お玉は岡田を呼び止める決意をしましたが、同行がいてうまくいかず、翌日岡田はドイツ留学へと旅立ちました。自我に目覚めつつも運命に翻弄されたお玉の姿を描いています。

軍医を辞めたあとも、
帝室博物館総長兼図書頭、帝国
美術院初代院長などを歴任！

1916年（54歳）
『渋江抽斎』『高瀬舟』『寒山拾得』発表。

1916年に鷗外は予備役に編入されます。軍務から解放された鷗外は、次々に名作を生み出していきました。

1917年（55歳）
『北条霞亭』発表。

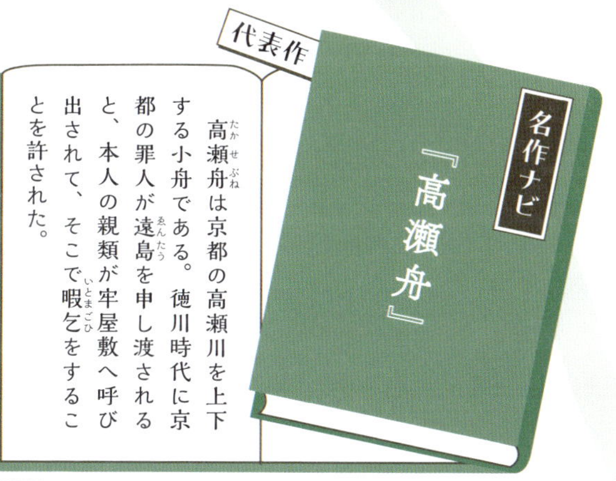
代表作
名作ナビ
『高瀬舟』

高瀬舟は京都の高瀬川を上下する小舟である。徳川時代に京都の罪人が遠島を申し渡されると、本人の親類が牢屋敷へ呼び出されて、そこで暇乞をすることを許された。

解説 貧困ゆえに自殺を図ったものの死にきれなかった弟に頼まれ、引導を渡した喜助は島流しとなりました。彼を護送する役となった同心・羽田庄兵衛は晴れ晴れとした表情の喜助を見て、その心境を問うと、罪人の意外な感謝の気持ちを聞くこととなります。欲望と安楽死という2つのテーマが描かれた作品です。

1915年（53歳）
『山椒大夫』を発表する。

最後の言葉は
「馬鹿らしい！
馬鹿らしい！」
だった。

1922年（60歳）死去

鷗外は7月9日、肺結核で死去し、向島弘福寺に葬られました。（のちに三鷹市禅林寺に改葬）

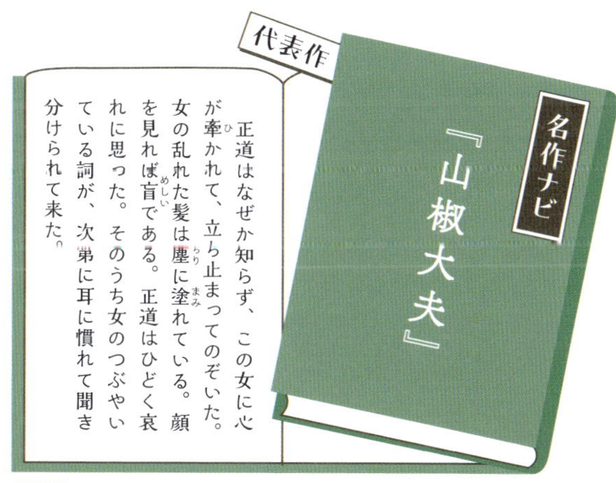
代表作
名作ナビ
『山椒大夫』

正道はなぜか知らず、この女に心が牽かれて、立ち止まってのぞいた。女の乱れた髪は塵に塗れている。顔を見れば盲である。正道はひどく哀れに思った。そのうち女のつぶやいている詞が、次第に耳に慣れて聞き分けられて来た。

解説 安寿と厨子王は人買いに欺され、母とも別れ、山椒大夫に売られます。姉のおかげで逃れた厨子王は姉から託されていた守り本尊のおかげで丹後の国守へと出世しました。やがて姉は亡くなりましたが、母と感動的な再会を果たすシーンは涙なしには読めません。

余裕派

夏目漱石

子規との交流、神経衰弱…苦悩の末に達した「則天去私」の境地

神経衰弱が創作活動のきっかけとなる

夏目漱石が小説を書き始めたのは意外と遅く38歳のとき。果たしてどのようなきっかけがあったのでしょうか。

幼少より優れた才能を発揮していた漱石は、大学予備門（のちの第一高等中学）へ進み、**正岡子規**と親交を結びます。

やがて帝国大学英文科へ進みますが、英文学になじめず、東京から逃げるように松山や熊本で教師を勤め、子規の影響で俳句を作りました。そうしたなか、明治33年（1900）、ロンドンに官費留学生として派遣された漱石は、英語を猛勉強した結果、神経衰弱に陥ってしまったのです。さらに帰国後、東京帝大の英文科講師となりますが、幻聴や被害妄想に悩まされることに……。

文豪・夏目漱石はこうしたなかで誕生します。亡き子規の弟子、**高浜虚子**に気分転換を勧められて書いた『**吾輩は猫である**』が人気を呼んだのです。

漱石は当時主流の**自然主義**とは一線を画した作風で、その後も『**倫敦塔**』や松山時代の経験から『**坊っちゃん**』などの名作を発表。2年後に朝日新聞の専属作家となると、近代自我をテーマにした**前期三部作**『**三四郎**』『**それから**』『**門**』を発表しました。明治43年（1910）、胃潰瘍で生死の境を彷徨いますが、復活後は近代人のエゴイズムを掘り下げた『**こころ**』など**後期三部作**に着手します。

やがて文筆活動の末にエゴを超えるという「**則天去私**」の境地に至った漱石は、集大成として『**明暗**』に取り掛かりますが、未完に終わりました。

ひと言でいうと……

明治の大作家で『坊っちゃん』『こころ』『三四郎』などがあります。自然主義とは一線を画し、現実を客観的に観察する作風で余裕派とも呼ばれました。また、後年は心理分析や内面の洞察を掘り下げ、「則天去私」の境地を示しています。

『吾輩は猫である』
『三四郎』『坊っちゃん』
『こころ』

生没年 慶応3年（1867）～大正5年（1916）／49歳没
本名 夏目金之助
出身 武蔵国江戸牛込馬場下横町（現・東京都新宿区馬場下町）
職業 小説家・評論家・英文学者・教師
学歴 帝国大学英文科
趣味 漢詩／**死因** 胃潰瘍

人物相関図

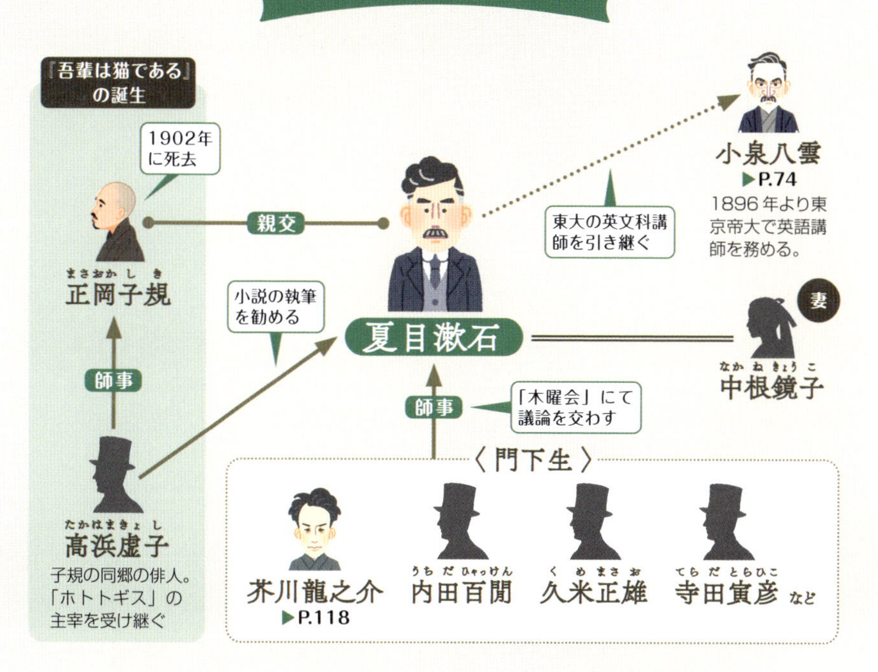
『吾輩は猫である』の誕生
1902年に死去
正岡子規
親交
師事
高浜虚子
子規の同郷の俳人。「ホトトギス」の主宰を受け継ぐ
小説の執筆を勧める
夏目漱石
東大の英文科講師を引き継ぐ
小泉八雲
▶P.74
1896年より東京帝大で英語講師を務める。
妻
中根鏡子
師事
「木曜会」にて議論を交わす
〈門下生〉
芥川龍之介
▶P.118
内田百閒
久米正雄
寺田寅彦 など

ゆかりの地MAP

『坊っちゃん』ゆかりの地・松山

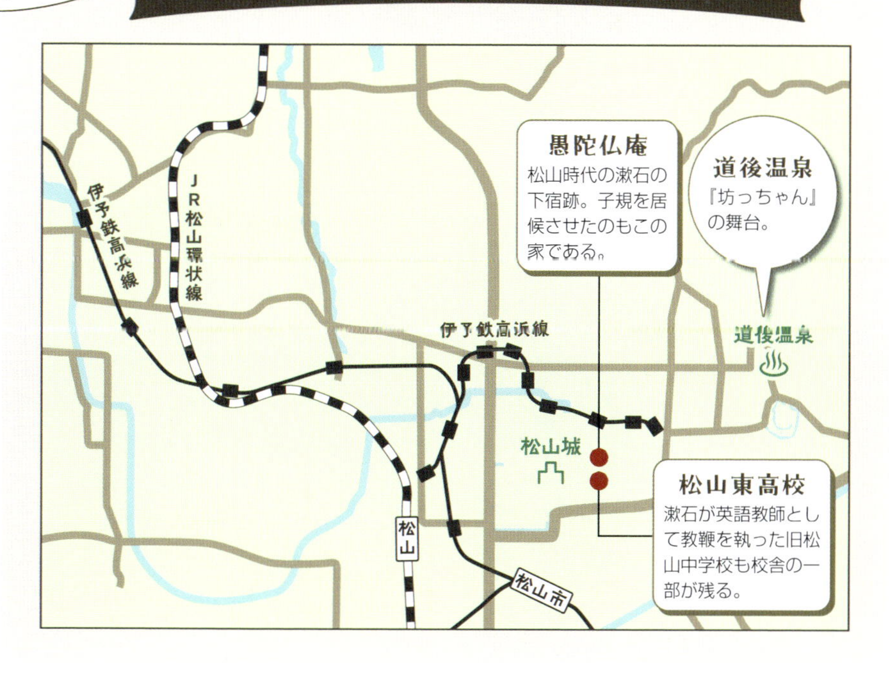
愚陀仏庵
松山時代の漱石の下宿跡。子規を居候させたのもこの家である。
道後温泉
『坊っちゃん』の舞台。
松山東高校
漱石が英語教師として教鞭を執った旧松山中学校も校舎の一部が残る。
伊予鉄高浜線
JR松山環状線
伊予鉄高浜線
道後温泉
松山城
松山
松山市

夏目 漱石の生涯と作品

夏目漱石は、明治維新の直前、江戸の牛込・馬場下横町で父・夏目直克の五男として誕生しました。

1867年
誕生

いわゆる恥かきっ子といわれる高齢出産の子でな、1歳で他家の養子に出されてしまった。物心つく前のことではあるが、吾輩の人生に大きな影を落とした。

疱瘡は天然痘のこと。種痘が原因で感染し、命は長らえたものの、顔にあばたが残ってしまいました。

1870年（3歳）
種痘がもとで疱瘡にかかる。

1879年（12歳）
東京府第一中学校正則科（現・都立日比谷高校）に入学。

漢文や英語に早くから親しんだため、成績は大変優秀であった。19歳で腹膜炎を患って落第を経験したが、卒業まで首席を通した。

1884年（17歳）
大学予備門予科に入学する。

大学予備門は、1886年、第一高等中学校に改称される。

吾輩の人生を変える正岡子規との出会いは1889年、22歳の頃のこと。「漱石」のペンネームは、子規の『七草集』の批評を書いたときに初めて用いたものだ。もともと子規が使っていた名で、「漱石枕流（石にくちすすぎ流れに枕す）」に由来。「負け惜しみの強い頑固者」という意味があり、吾輩にぴったりの言葉と言えるかもしれん。

1888年（21歳）
夏目家に復籍。また、第一高等中学校予科を卒業し、本科英文科に入学する。

高等師範学校の英語教師の職を得たものの、相次ぐ近親者の死から神経衰弱になり辞職。漱石の拠点は愛媛へと移ります。

正岡子規（まさおかしき）
俳句の革新に挑んだ俳人・文学者。

子規は漱石の漢文の素養に感動して「我が兄のごとき者は千万人に一人なり」と絶賛し、一方の漱石も子規の見識の広さに一目置くようになりました。

1890年（23歳）
東京帝国大学英文科入学。

文部省の貸費生である。どうだ、すごいだろう。

1893年（26歳）
帝国大学を卒業し、大学院に進む。

女性に対して大変奥手な漱石でしたが、29歳で貴族院書記官長・中根重一の長女・鏡子さんと結婚。写真を見て気に入り、2か月後に婚約しました。ただ、鏡子さんは慣れない熊本の生活に参ってしまったうえに流産が加わって自殺未遂やヒステリーを起こします。それでも2男5女をもうけました。

甘党の執念

大の甘党であった漱石はジャムを瓶に入れたまま舐めるのが好きで、1日で1瓶開けたこともありました。また、アイスクリーム製造機を取り寄せるほどの筋金入り。胃潰瘍になっても、甘いものを食べるのを辞めず、妻が甘いものを隠すと娘に命じて探させたほどでした。晩年、こうした生活が祟り、漱石は糖尿病に悩まされることとなります。

1896年（29歳）結婚

菓子
菓子
菓子
菓子
菓子
その執念どこから来るん…？
こわっ

1896年（29歳）
熊本の第五高等学校（現・熊本大学）に赴任。

この頃の経験が『坊っちゃん』に生きるのだ。ちなみに、私は教師時代、そのしかめっ面から「鬼瓦」と呼ばれていた。

1895年（28歳）
松山中学（愛媛県尋常中学校）に赴任する。

1900年（33歳）
イギリスに留学する。

これは文部省の命令によるもの。そのため国費留学でしたが費用が乏しく困窮。生来の内向的な性格も手伝って、漱石は劣等感と孤独感の虜となったあげく、神経衰弱にかかってしまいます。

体のこと考えると鰻しか食えんのんよ
誰の金で食うとるん
も～
ぐもぐ

のちに作品にも登場するロンドン塔。

報告書を白紙で出したら、文部省内で「漱石が発狂した」という噂が流れてしまった。

文豪びっくりエピソード

傍若無人の子規

漱石は松山中学の教師時代に松山で子規と同居していた時期があります。病気の子規が故郷松山で療養した際、これを迎え入れたのです。ところが、子規は漱石の家にいる間、毎日のように鰻を注文して食い、「君、払ってくれたまえ」と鰻代を漱石に払わせて知らん顔をしていたそうです。

松山を去る際、漱石は「御立ちやる可　御立ちやれ　新酒菊の花」と送別の句を送り、子規は「行く我にとどまる汝に秋二つ」と詠み、それとなく永遠の別れを漂わせました。その後漱石はイギリスへ留学。子規は闘病生活を送りながら短歌の革新運動に邁進し、34歳の生涯を閉じました。

親譲りの無鉄砲で小供の時から損ばかりしている。小学校に居る時分学校の二階から飛び降りて一週間ほど腰を抜かした事がある。なぜそんな無闇をしたと聞く人があるかも知れぬ。別段深い理由でもない。

解説 曲がったことが大嫌いな東京生まれの坊っちゃん。四国の学校に赴任し、個性豊かな教師や生意気な生徒たちを相手に騒動を巻き起こします。やがて迎えた卑怯な教頭「赤シャツ」との対決。物語はどんな結末を迎えるのか……。痛快な反抗精神と軽妙な語り口でスカッとする作品です。

この頃になると、吾輩は多くの弟子を抱えるようになっておかしな奴もたくさんいた。吾輩には執筆に行き詰まると原稿用紙に鼻毛を並べるという癖があった。その鼻毛を拾って大切に保管するという気色悪い方向で、吾輩への尊敬の念の発露をしたのが弟子の内田百閒だった。

1907年（40歳）
教職を辞して朝日新聞社に入社し、職業作家となる。

東大教授の話もあったのだが、それを蹴って1907年に朝日新聞社に入社した。このときの給料は年俸2400円。大学は800円だったから3倍である。しかも朝日新聞の社長の月給は150円であり、大変な好待遇であった。

1906年（39歳）
『坊っちゃん』『草枕』を発表。

1905年（38歳）
『吾輩は猫である』を雑誌「ホトトギス」に発表する。

文豪びっくりエピソード

軽い気持ちで小説家に

明治の文豪の代表格とされる漱石ですが、処女作となる『吾輩は猫である』を描いたのは38歳のときでした。しかもこれは神経衰弱に陥った際、高浜虚子の勧めで気分転換とリハビリを兼ねて小説を書いてみたことが発端。軽い気持ちで書いたものの、意外にも人気を博したのでした。

デビュー作

名作ナビ

『吾輩は猫である』

吾輩は猫である。名前はまだ無い。どこで生れたかとんと見当がつかぬ。何でも薄暗いじめじめした所でニャーニャー泣いていた事だけは記憶している。吾輩はここで始めて人間というものを見た。

解説 中学教師の家に住み着いた「吾輩」こと猫が主人公。猫の目を通してこの家に出入りする知識人を観察し、その思想や生活などを風刺的に述べています。吾輩の最期の瞬間まで、ダジャレや滑稽な逸話などユーモアと痛烈な風刺に溢れています。

1903年（36歳）
イギリスより帰国する。

帰国後、日本人初の東京帝国大学英文科講師を拝命したものの、前任が評判の高かった小泉八雲。相対的に吾輩の講義の評判は悪く、叱責した学生が自殺する事件まで起こり、悩んだ吾輩はまた、神経衰弱になってしまう。

1908年（41歳）
『坑夫』『文鳥』『夢十夜』『三四郎』を発表。

1909年（42歳）
『それから』を連載開始。

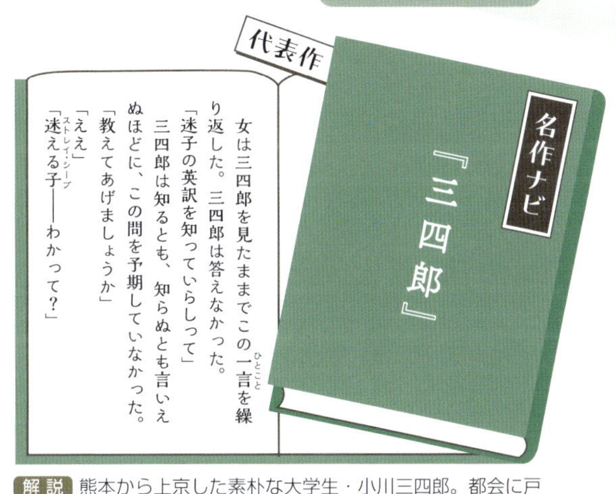

代表作
名作ナビ
『三四郎』
女は三四郎を見たままでこの一言を繰り返した。三四郎は答えなかった。
「迷子の英訳を知っていらしって」
三四郎は知るとも、知らぬとも言いえぬほどに、この問を予期していなかった。
「教えてあげましょうか」
「ええ」
「迷える子――わかって？」

解説 熊本から上京した素朴な大学生・小川三四郎。都会に戸惑いながらも人々と交流し、新しいタイプの女性・美禰子の謎めいた言動に振り回されます。都会に出た時のワクワク感と不安と恐れ、これはいつの時代にも共通するのではないでしょうか。

神経衰弱と胃潰瘍が悪化し吐血した漱石は一時危篤状態となります。復活した漱石でしたが、以降、漱石はノイローゼと胃潰瘍に悩まされるようになります。同時に作風も、『三四郎』までのエンタメ性あふれるものから大きく変化し、人間のエゴや心の闇を解き明かすものとなっていきました。

1910年（43歳）
『門』を連載中に胃潰瘍を発症し入院。

代表作
名作ナビ
『こころ』

私は殉死という言葉をほとんど忘れていました。平生使う必要のない字だから、記憶の底に沈んだまま、腐れかけていたものと見えます。妻の笑談を聞いて始めてそれを思い出した時、私は妻に向ってもし自分が殉死するならば、明治の精神に殉死するつもりだと答えました。

解説「先生」は恋愛で友を裏切った罪の意識から逃れられず、この業から逃れるには自分を滅ぼすしかないと死を決意しました。生きていく上で人はエゴイスティックな罪から逃れられないのか。心の中に潜む、人のエゴによる罪の意識を真正面から問いかけた作品です。

1912年（45歳）
『彼岸過迄』『行人』を発表。

1914年(47歳)
『こころ』を発表。

リウマチ治療のため湯河原に移り、『明暗』を朝日新聞に連載しますが、胃潰瘍が悪化して世を去りました。49歳でした。

Topics ✦ 木曜会

1906年から始まった、漱石を囲む会合が木曜会である。これは毎週木曜日に、若手文人や漱石の教え子たちが漱石の邸宅に集まって交流を持つもので、芥川龍之介、内田百閒、鈴木三重吉など、のちに名をなす多くの作家たちが参加していた。

日本の怪談を世界に紹介した青い目の文豪

小泉八雲

こいずみやくも

『怪談』を生んだ元武家の妻との結婚

ギリシャ・リュカディア島生まれの**ラフカディオ＝ハーン**が来日したのは、40歳の時でした。

それまでの前半生は不遇で、アイルランド人軍医の父とギリシャ人の母が早くに離婚し、養母となった父方の大叔母が破産。ハーンは学校を中退し、1869年にイギリスを捨て、一文無しでアメリカに渡りました。独学してジャーナリストとなりますが、今度は黒人女性との結婚により失職する憂き目に遭います。人嫌いで猜疑心が強いと言われた性格も、こうした苦い体験が影響したのかもしれません。

ハーンは明治23年（1890）、40歳の時に一念発起し、記者仲間から話を聞いて憧れていた日本に渡ります。知人の紹介で、島根県松江市の中学校の英語教師の職を得たハーンは、江戸時代の面影を残す松江に住み、元武家の娘セツと結婚しました。

ハーンは明治29年（1896）、日本に帰化して**小泉八雲**と名乗り、セツとの間に4人の子をもうけ、家庭の安らぎを得ます。このセツが語る民話や古典を、ハーンが再構成して英訳したのが、明治37年（1904）、亡くなる直前に出版された**『怪談』**でした。またハーンは、日本全国を旅して紀行文、小説を書き、**『日本の面影』**など、日本のありのままの姿を西洋に伝えたことでも知られます。

やがて東京帝大で英文学の講義を始めると、これが分かりやすいと好評でハーンは学生から慕われます。

その後、早稲田大学に移り、そのまま日本で永眠しました。

『日本の面影』『心』『怪談』

生没年 1850年～1904年／54歳没
本名 パトリック・ラフカディオ＝ハーン
出身 イギリスの保護領リュカディア島
職業 小説家・新聞記者・教師
学歴 聖カスバート・カレッジ
趣味 語学
死因 狭心症

ひと言でいうと……

『怪談』『知られざる日本の面影』など、日本文化を取材、研究し、日本の様子、あるいは日本人の内面の姿を、著作を通して西洋に伝えた伝道師です。西洋的な趣味や優越感を排除して真実の姿を伝えたのが特徴です。

人物相関図

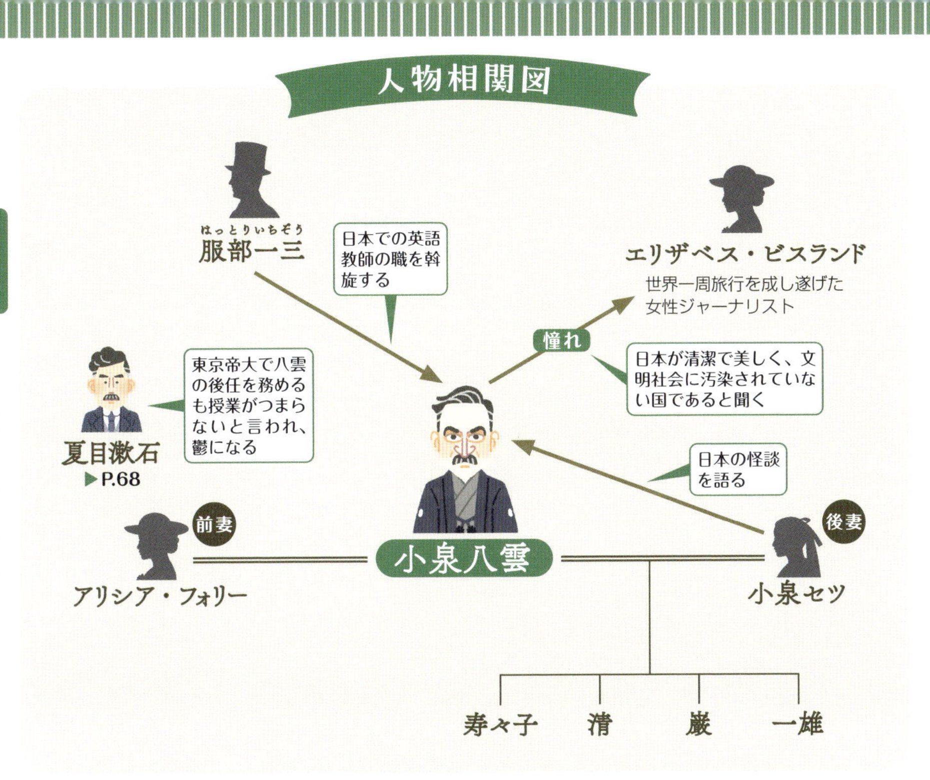
はっとりいちぞう
服部一三
日本での英語教師の職を斡旋する
エリザベス・ビスランド
世界一周旅行を成し遂げた女性ジャーナリスト
憧れ
日本が清潔で美しく、文明社会に汚染されていない国であると聞く
東京帝大で八雲の後任を務めるも授業がつまらないと言われ、鬱になる
夏目漱石
▶P.68
日本の怪談を語る
前妻
アリシア・フォリー
小泉八雲
後妻
小泉セツ
寿々子
清
巌
一雄

小泉八雲と『怪談』の源泉・松江

ゆかりの地MAP

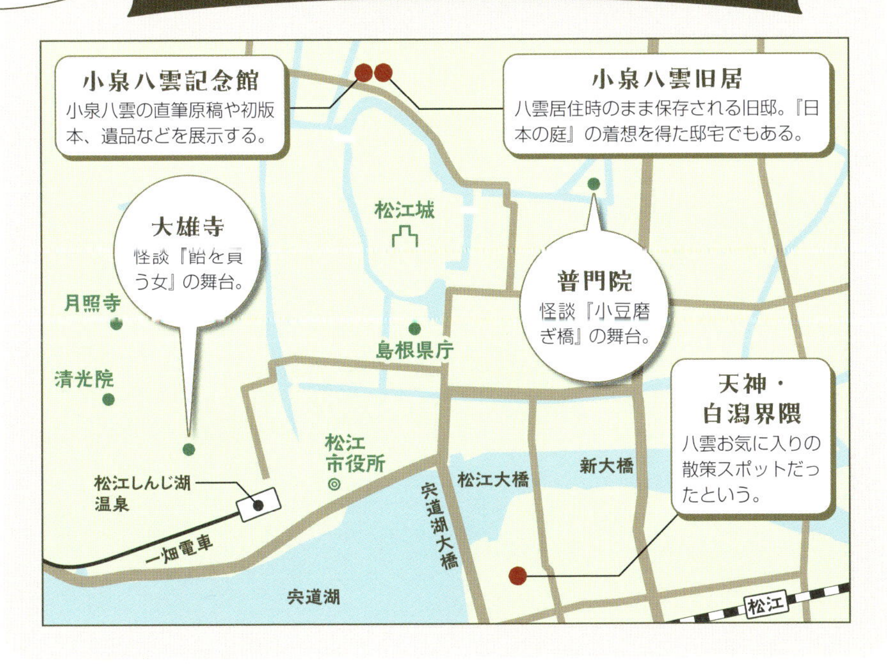
小泉八雲記念館
小泉八雲の直筆原稿や初版本、遺品などを展示する。
小泉八雲旧居
八雲居住時のまま保存される旧邸。『日本の庭』の着想を得た邸宅でもある。
松江城
大雄寺
怪談『飴を買う女』の舞台。
普門院
怪談『小豆磨ぎ橋』の舞台。
月照寺
島根県庁
清光院
天神・白潟界隈
八雲お気に入りの散策スポットだったという。
松江市役所
松江しんじ湖温泉
新大橋
松江大橋
宍道湖大橋
一畑電車
宍道湖
松江

小泉 八雲の生涯と作品

1850年 誕生

ギリシャのイオニア群島のリュカディア島に、アイルランド人のチャールズ・ブッシュ・ハーンとギリシャ人のローザ・アントニオ・カシマティの第二子として生まれ、ダブリンで育ちました。

1854年（4歳）
母ローザがギリシャに帰る。

幼少期に母親が精神を病んで以降、両親の離婚問題に翻弄され、アイルランドにて父方の大叔母サラ・ブレナンに育てられました。この大叔母が厳格なカトリックであったため、キリスト教が大嫌いになりました。

1863年（13歳）
イギリスのウショーにある聖カスパート・カレッジに入学する。

在学中の1866年、ハーンは回転ブランコで遊んでいた際、ロープの結び目で左眼を打ち、失明してしまいます。

1866年（16歳）
聖カスパート・カレッジを中退する。

これは大叔母が破産したため。なかなかの苦労人でしょ？

1869年（19歳）
アメリカでジャーナリズムの仕事を始める。

その後、フランス、ロンドンを経て、シンシナティーの親戚を頼って1869年にアメリカの地を踏みました。

1874年（24歳）
挿し絵画家ファーニーと「イ・ジグランプス」を創刊。発行巻数9号。

相手は黒人女性アリシア・フォリー。しかし、2年後には破局してしまいます。

1875年（25歳） 結婚

日本に来た理由ですか？ アメリカの女性記者エリザベス・ビスランドから日本の話を聞いたことがきっかけですかねぇ。彼女は美貌もさることながら、世界一周旅行を成し遂げた女性です。

1890年（40歳）
ハーバー・マガジンの通信員として来日する。

この年の7月、ハーンは島根県尋常中学校（現・松江北高等学校）、師範学校の英語教師に任命されました。

文豪びっくりエピソード

騙されたハーン

ハーンは1879年に「不景気屋」という食堂の経営を始めましたが、相棒の売上金持ち逃げにより、失敗してしまいます。いろいろと苦労の多い前半生でした。

解説 日本人の心の営みに着目したエッセイ集。『停車場にて』『ある保守主義者』など15話を収録。日本人の勇気、愛情、精神など内面的豊かさを描いています。『停車場にて』は、殺人事件の犯人が被害者の子供に泣きながら詫び、周りも涙したという日本人の機微を描いています。

八雲の名の由来は、彼が愛した島根県の旧国名出雲の国の枕詞である「八雲立つ」に由来するといわれます。

1896年（46歳）
帰化手続きを完了し、小泉八雲と名乗る。

1896年（46歳）
『心』を出版する。

1899年（49歳）
『霊の日本』発表。

1903年に東京帝国大学を退職した八雲は、翌年に早稲田大学文学部の講師の職を受けます。

この年の9月、東京帝国大学文科大学講師に任命され、東京に移りました。

1894年（44歳）
神戸クロニクル社に転職。『日本の面影』を発表。

1890年（40歳）
再婚

相手は旧松江藩士の娘・小泉セツさんです。

セツが話す「耳無し芳一」や「雪女」などの怪談を八雲が解釈し、英訳したのが『怪談』でした。文章は英語で書かれており、日本人向けというより、欧米人に日本を紹介する内容でした。

1904年（54歳）
『怪談』を発表。

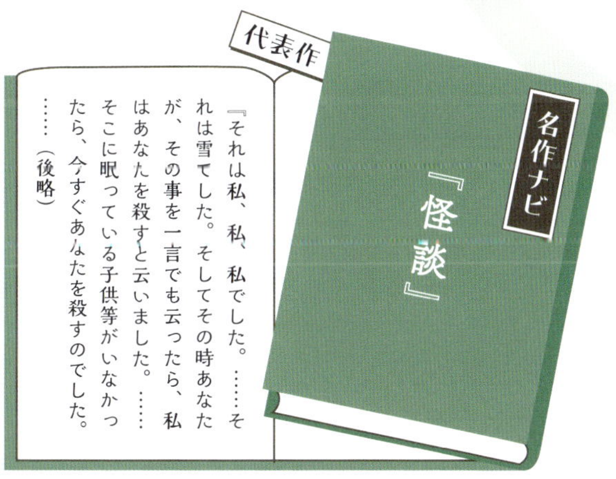

代表作
名作ナビ
『怪談』
『それは私、私、私でした。……それは雪でした。そしてその時あなたが、その事を一言でも云ったら、私はあなたを殺すと云いました。……そこに眠っている子供等がいなかったら、今すぐあなたを殺すのでした。……（後略）

解説 妻のセツから聞いた怪談の民話や古典を再構成した英語の短編小説集。『耳無し芳一』や『雪女をみた渡し守り巳之吉の運命』などがとくに有名。雪女は巳之吉が妻のお雪に昔、雪女を見たことを話すとお雪は自分がその雪女であると告げ、姿を消す話です。

1904年（54歳）
死去

9月26日、東京の自宅にて狭心症のために亡くなりました。

訪ねてみたい 名作の舞台 明治編

羽生
谷中
龍泉寺界隈
熱海

羽生（はにゅう）（埼玉県）

『田舎教師』
田山花袋 ▶P.52

田舎教師のモデルとなった実在の人物である小林秀三の下宿先である建福寺やその墓が残る。

川端康成らの「田舎教師巡礼」の記念句碑もあるよ。

谷中（やなか）（東京都）

『五重塔』幸田露伴 ▶P.36

日暮里の天王寺にあった五重塔が舞台。塔自体は1957年に起こった心中放火事件で焼失してしまった。

江戸時代の天王寺は富くじで人気だったようだ。

龍泉寺（りゅうせんじ）町界隈（東京都）

『たけくらべ』
樋口一葉 ▶P.45

東京都台東区の龍泉寺町界隈と遊廓吉原が舞台となっており、物語に登場する千束神社や記念碑などが点在する。

一葉記念館もぜひ訪れてくださいね。

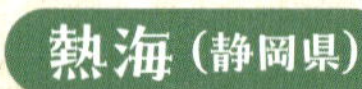

熱海（静岡県）

『金色夜叉』
尾崎紅葉 ▶P.33

寛一がお宮を蹴り飛ばし、別離の舞台となった熱海。「お宮の松」（現在は２代目）と1986年に建てられた「貫一・お宮の像」が観光名所となっている。

毎年１月には尾崎紅葉祭が開かれているよ。

天生峠（あもうとうげ）（岐阜県）

『高野聖』泉鏡花 ▶P.40

飛騨の天生峠を越え信州に入ろうとする高野聖が不思議な体験をする場所。

急カーブが連続する交通の難所で、今も大型車は通れません。

馬籠宿（まごめじゅく）（岐阜県）

『夜明け前』島崎藤村 ▶P.49

馬籠宿で17代続く本陣の当主で庄屋の青山半蔵が主人公。「木曽路はすべて山の中である」と書き出される当時の風景が、そのまま残っている。

私の生家跡に建てられた記念館には約6000点の資料が収蔵されています。

松山（愛媛県）

『坊っちゃん』夏目漱石 ▶P.72

「坊っちゃん」が最初に泊まった宿（山城屋）のモデルとなったきどや旅館跡、同じく作中で「あの松を見たまえ……。ターナーの画にありそうだね」と言及される四十島などのゆかりの地が点在する。

物語の舞台となった松山中学校跡には吾が松山を去る際に詠んだ句を刻んだ碑が残る。

弟子入りと作品の発表まで

作家への道を文豪たちはどのように切り開いたのか?

小説家になるにはいったいどうしたらよいのか。文豪たちが世に出るまでに経た道をたどってみましょう。

多くの文豪たちが通ったのが弟子入りという道です。尾崎紅葉に多くの門人がいたのは有名で、その門下からは徳田秋聲や泉鏡花らが輩出されましたし、夏目漱石のもとからは内田百閒や芥川龍之介らが世に出ました。

弟子たちは師匠のもとに寄宿し、身辺の世話をしながら仕事を手伝い、その過程で、師匠の技を盗んでいきます。また寝食を惜しんで自分の作品を書き、師匠の指導を受けながら作品を仕上げていきます。

やがて作品が出来上がったとき、どのように発表するのでしょうか。

作品の発表の場となるのが、現代同様、新聞および文芸雑誌です。雑誌に載る作品には個人の投稿がある一方、新人作家にとってデビューの近道となったのが、師匠から付き合いのある新聞社の記者や出版社の編集者を紹介してもらい、新聞、または文芸雑誌に掲載するという方法でした。

また、特定の師匠に師事していない学生たちが発表の場としたのが、同人誌です。文学好きの仲間たちが集まり、雑誌を創刊するもので、文芸同人誌としては、明治18年(1885)に尾崎紅葉が、山田美妙、石橋思案らとともに設立した硯友社(P.30)発行の「我楽多文庫」(P.30)が最初とされます。

その一方で　明治期には投書雑誌(読者から投稿された小説・詩歌などを掲載する雑誌)や新聞の投稿で入選することが作家として名を知られる機会のひとつでした。それが明治末以降、芥川龍之介・菊池寛らによる「新思潮」(P.84)(第三次)、志賀直哉・武者小路実篤らの「白樺」(P.96)、永井荷風を中心とする「三田文學」(P.86)などの同人誌が創刊され、投書雑誌は衰退していきます。

第2章

明治後期から大正前期の文豪

明治後期から大正前期の時代背景

日露戦争の勝利後、日本が朝鮮半島・満洲への進出を進めるなか、民衆は自分たちの力を確信し、政治を動かし始めます。さらに第一次世界大戦が起こると日本は軍需景気に湧き、好景気の時代を迎えました。こうした時代に隆盛したのが、自然主義への反発から生まれた耽美派と白樺派でした。

民衆パワーによる大正デモクラシー

日露戦争の勝利によって、ロシアの南下を撃退した日本は、以降、朝鮮半島や満洲への進出をもくろみ、欧米列強に並ぶ**帝国主義国家**への道を歩むようになります。

しかし、増大した日露戦争の戦費補塡のための増税や、徴兵などで疲弊した民衆は怒りを爆発させ、立ち上がります。

日露戦争の賠償金を獲得できなかったことに激怒した人々による**日比谷焼き討ち事件**、続く**第一次護憲運動**で桂内閣を倒したことで民衆は自分たちの力を自覚し、民衆が政治を動かす時代へと入ります。

大正時代には民主主義的風潮が高まって**大正デモクラシー**が起こり、社会主義、労働運動などが盛んになりました。さらに第一次世界大戦が起こると、日本は軍需景気に沸き、空前の好景気を迎えます。

自然主義への反発から生まれた耽美派と白樺派

こうした時代に隆盛した文学が、**耽美派**と**白樺派**でした。

現実主義と写実的描写の自然主義は、ありのままの姿に加え人間の醜悪さを強調したため、それに反発し美の復権を求めたのが**永井荷風**と**谷崎潤一郎**、**佐藤春夫**らの耽美派です。

永井は『**ふらんす物語**』などのほか、『**腕くらべ**』など花柳界を題材にした小説を発表。谷崎は『**痴人の愛**』で独自の耽美世界を築きます。

一方、上流階級出身者を中心とした白樺派は、人間の崇高性を強調し、個性尊重と理想主義を掲げました。**武者小路実篤**、**志賀直哉**、**有島武郎**などが中心人物です。

とくに人道的理想主義を掲げた武者小路は、『**友情**』『**お目出たき人**』などの作品を書く一方、自身の理想を実現する「**新しき村**」を創設し、作家の枠を超えた業績を残しました。

明治後期から大正前期のできごと

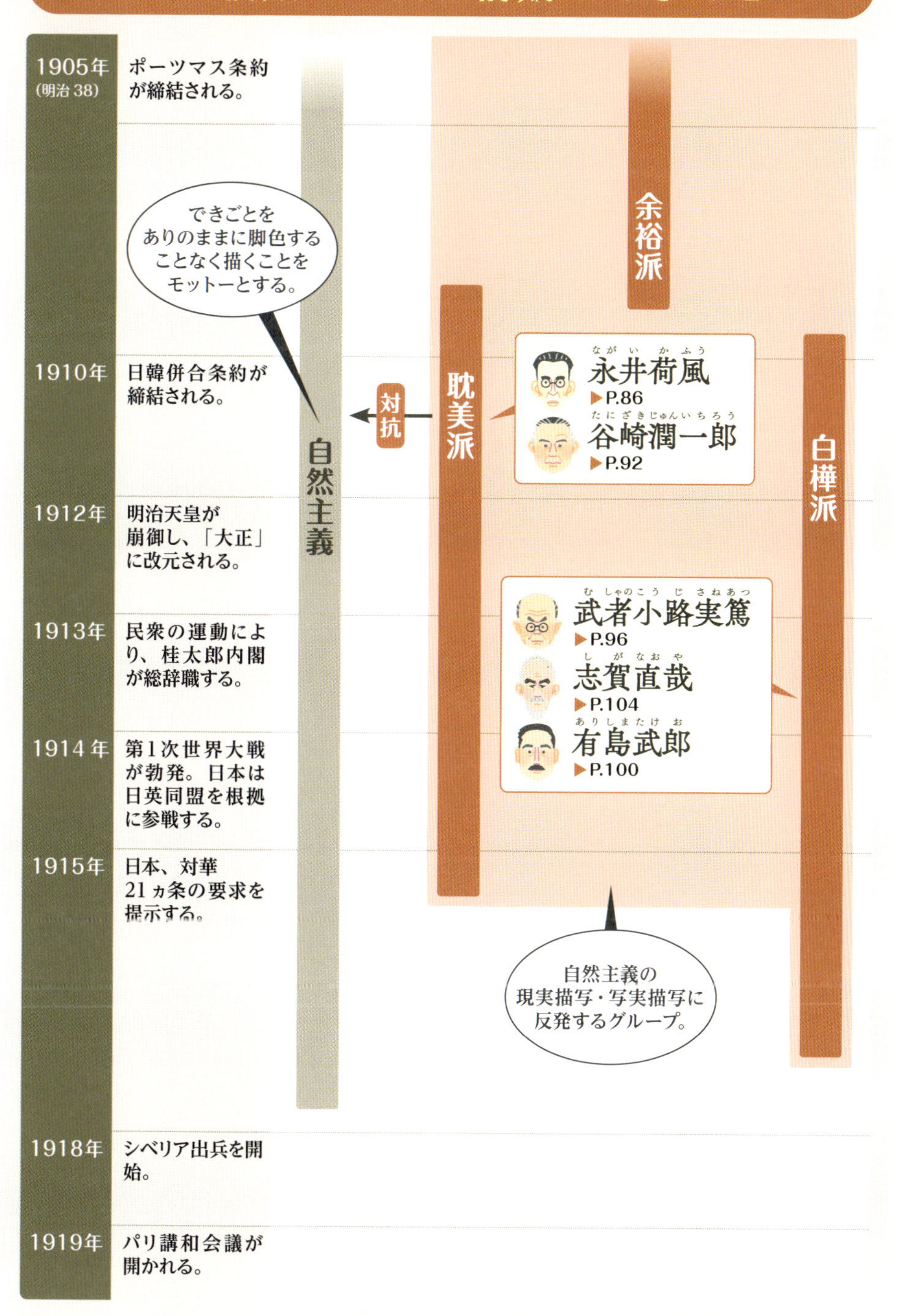

1905年
(明治38)
ポーツマス条約が締結される。
1910年
日韓併合条約が締結される。
1912年
明治天皇が崩御し、「大正」に改元される。
1913年
民衆の運動により、桂太郎内閣が総辞職する。
1914年
第1次世界大戦が勃発。日本は日英同盟を根拠に参戦する。
1915年
日本、対華21ヵ条の要求を提示する。
1918年
シベリア出兵を開始。
1919年
パリ講和会議が開かれる。
できごとをありのままに脚色することなく描くことをモットーとする。
自然主義
対抗
耽美派
余裕派
白樺派
永井荷風(ながいかふう)
▶P.86
谷崎潤一郎(たにざきじゅんいちろう)
▶P.92
武者小路実篤(むしゃのこうじさねあつ)
▶P.96
志賀直哉(しがなおや)
▶P.104
有島武郎(ありしまたけお)
▶P.100
自然主義の現実描写・写実描写に反発するグループ。

文豪相関図❷ 明治後期から大正前期

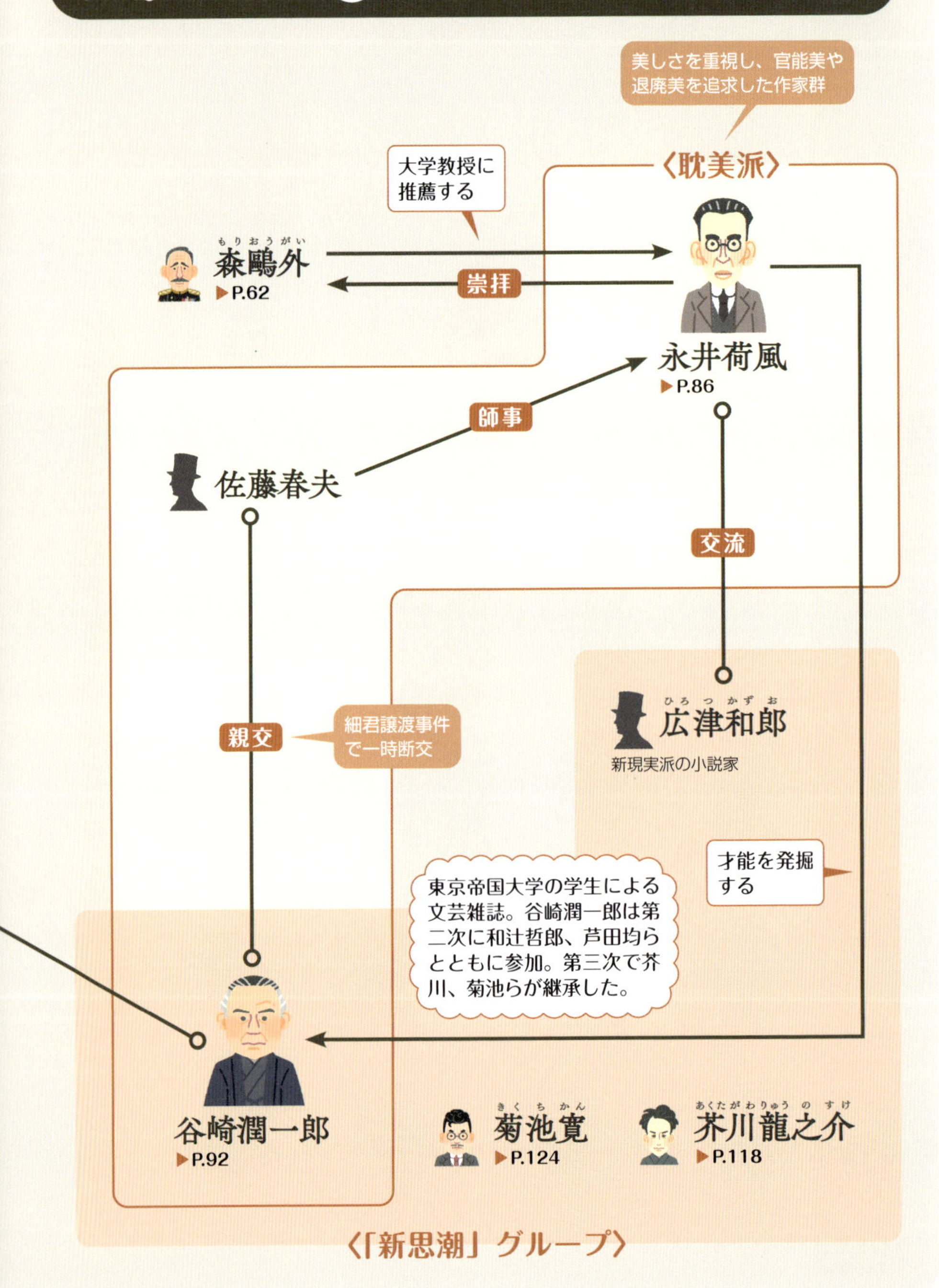
美しさを重視し、官能美や退廃美を追求した作家群
〈耽美派〉
大学教授に推薦する
森鷗外（もりおうがい）
▶P.62
崇拝
永井荷風
▶P.86
師事
佐藤春夫
交流
親交
細君譲渡事件で一時断交
広津和郎（ひろつかずお）
新現実派の小説家
才能を発掘する
東京帝国大学の学生による文芸雑誌。谷崎潤一郎は第二次に和辻哲郎、芦田均らとともに参加。第三次で芥川、菊池らが継承した。
谷崎潤一郎
▶P.92
菊池寛（きくちかん）
▶P.124
芥川龍之介（あくたがわりゅうのすけ）
▶P.118
〈「新思潮」グループ〉

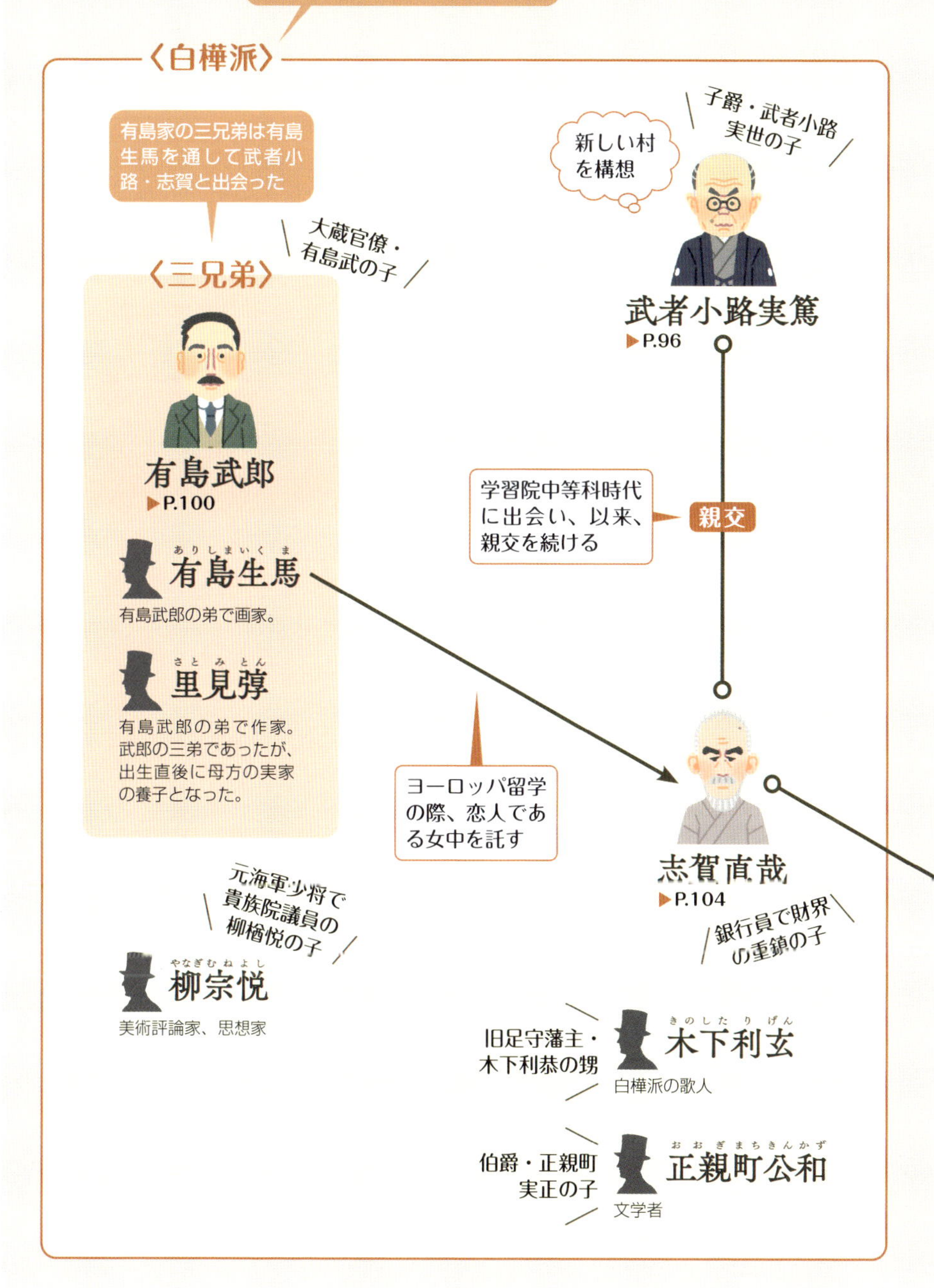
雑誌「白樺」に拠る作家群。個性的な自我を肯定し、人間性の尊厳を回復しようとする理想主義的な作風。作家の多くは上流階級の出身だった
〈白樺派〉
有島家の三兄弟は有島生馬を通して武者小路・志賀と出会った
〈三兄弟〉
大蔵官僚・有島武の子
有島武郎
▶P.100
有島生馬
有島武郎の弟で画家。
里見弴
有島武郎の弟で作家。武郎の三弟であったが、出生直後に母方の実家の養子となった。
子爵・武者小路実世の子
新しい村を構想
武者小路実篤
▶P.96
学習院中等科時代に出会い、以来、親交を続ける
親交
ヨーロッパ留学の際、恋人である女中を託す
志賀直哉
▶P.104
銀行員で財界の重鎮の子
元海軍少将で貴族院議員の柳楢悦の子
柳宗悦
美術評論家、思想家
旧足守藩主・木下利恭の甥
木下利玄
白樺派の歌人
伯爵・正親町実正の子
正親町公和
文学者

耽美派

永井荷風

転居を繰り返しながら、東京を冒険して遊びつくした自由人

気ままな隠遁生活を送り多数の名作を描く

飄々とした自由人の風格を持つ**永井荷風**。その前半生は輝かしいものでした。官僚の父を持つ荷風は、19歳の時に**広津柳浪**の弟子となり、23歳の明治35年（1902）には、現実の醜さを描き出した**『地獄の花』**で文壇に登場します。これを**森鷗外**に絶賛され、以来鷗外を崇拝してやまず、生涯親交を結びました。

荷風はその後、彼を実業家にしようとする父の命で、アメリカとフランスに留学し、新時代の文学の見識を身に付けます。この留学体験は**『あめりか物語』『ふらんす物語』**として発表されました。

帰国後は鷗外の推薦で慶應義塾大学の教授を務めて雑誌**「三田文學」**を創刊し、**谷崎潤一郎**など後輩の育成にも尽くします。

一方で江戸文化に傾倒し、落語家に弟子入り。花柳界に足しげく通い、**『すみだ川』『腕くらべ』**を発表しました。

その性格は人をくったもので、部屋で雑誌を火鉢にくべて暖を取るなど、周囲を驚かせた奇行は枚挙に暇がありません。しかも人との関わりを嫌がったのか、後半生は一転、表舞台から姿を消します。

2度の離婚を経て37歳で大学を辞めた荷風は、父の遺産もあり、気ままな文筆活動をしながら東京を歩き回っては、遊郭や私娼のもとに入り浸り、享楽的な生活を謳歌します。

一方で日記**『断腸亭日乗』**を42年もつけ続け、近代日本の世相、文化、風俗を臨場感豊かに伝える貴重な史料を残しました。

自然主義や時勢に反発し、官能美や退廃美を求めた荷風は、戦時中も時代に迎合せず孤高を貫き79歳で亡くなりました。

『すみだ川』『腕くらべ』『濹東綺譚』

生没年 明治12年（1879）～昭和34年（1959）／79歳没
本名 永井壮吉
出身 東京市小石川区金富町（現・文京区春日）
職業 小説家・翻訳家・詩人
学歴 高等商業学校附属外国語学校清語科中退
趣味 遊郭通い・散策・映画鑑賞
死因 心臓麻痺

ひと言でいうと……

官能美や退廃美を詩情に満ちた文体で描写した、耽美派の代表作家のひとり。エロティックなテーマを芸術へと昇華させました。時勢への反逆と享楽的な孤高の生き様が数々の作品の土台となっています。

人物相関図

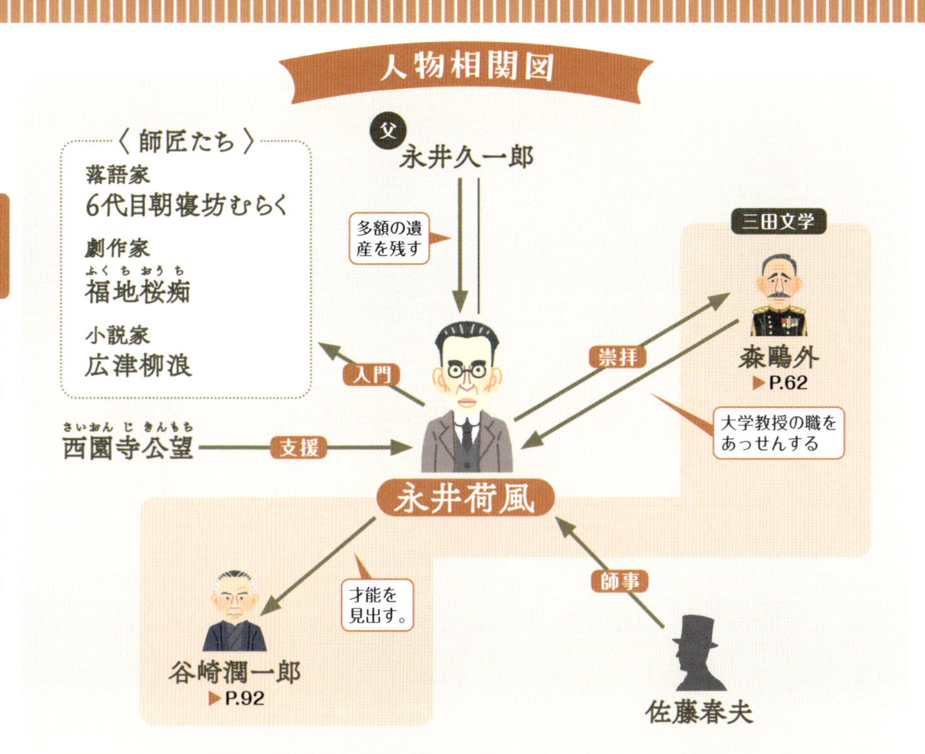
〈師匠たち〉
落語家
6代目朝寝坊むらく
劇作家
福地桜痴
小説家
広津柳浪
父
永井久一郎
多額の遺産を残す
三田文学
森鷗外
▶P.62
崇拝
大学教授の職をあっせんする
入門
西園寺公望
支援
永井荷風
才能を見出す。
谷崎潤一郎
▶P.92
師事
佐藤春夫

ゆかりの地MAP 永井荷風が愛した浅草界隈

どぜう飯田屋
荷風が贔屓にした老舗のひとつ。『断腸亭日乗』に57回も登場する。
アリゾナキッチン
荷風が通い続けた洋食屋。お気に入りのメニューは、チキンレバークレオールだった。
ハトヤ
荷風がジャムトーストを気に入り、頻繁に訪れていた喫茶店。
尾張屋
荷風がほぼ毎日通い続けた蕎麦屋。注文するのは決まって「かしわ南蛮」だった。
浅草駅
松屋の入ったモダンな駅ビル。浅草から玉の井まで、荷風はよく東武鉄道を利用した。
つくばエクスプレス
浅草寺
雷門
浅草
隅田公園
言問橋
首都高速6号線
隅田川
吾妻橋
駒形橋

遊び人伝説

若い頃から芸者遊びや遊郭遊びを覚えていた荷風は、毎日のように浅草に通っては、ストリップ小屋や私娼窟に出入りし、ついには私財を投じて娼屋を作り、壁に覗き穴を空けて覗きを楽しんだそうです。また、57歳になった年から、現在の墨田区向島にあった私娼街「玉の井」に通い始め、『断腸亭日乗』にそれまでに関係を持った「女性リスト」を掲載。芸者、私娼、女給など玄人ばかりを相手にしていました。戦後は浅草ロック座などのストリップ劇場に通い続けるなど、無類の遊び人でした。

リストが増えるたびににやついちゃう〜♡

永井 荷風の生涯と作品

1879年 誕生
荷風は12月3日、東京市小石川区の内務省のエリート官僚の父のもとに誕生しました。

1891年(12歳)
高等師範学校附属中学に入学。

今の筑波大学附属中学・高校のことだね。当時はまだ皆着物を着ていたが1人ハイカラな洋装で登校していたよ。

1897年(18歳)
高等商業学校附属外国語学校清語科に入学。

高等商業学校は、現在の東京外国語大学だね。吉原遊びを覚えたのもこの頃だよ。

1898年(19歳)
広津柳浪に入門する。

歌舞伎や落語、文学を愛した私は、この頃作家の広津柳浪や、落語家、歌舞伎の立役者に弟子入りしたのだけど、父親は実業家にしようとしていたんだよね。

1899年(20歳)
外国語学校を第2学年のまま除籍となる。

1901年(22歳)
年末にゾラの作を読み感動する。

1902年(23歳)
『地獄の花』を刊行。

出世作

名作ナビ

『地獄の花』

此の世間が云ひ囃(はや)す汚い地獄の中に、安心して自分の信ずる道に進む事が出来る

解説 荷風が理想のためには負の部分も明らかにするという立場から、社会悪への挑戦を試みた意欲作。富豪の黒淵家の家庭教師を務める園子は、その醜悪な内幕を知り、恋人の裏切り、女学校の校長からの暴行という地獄を味わいます。この悲劇を乗り越えた園子は、自由な心に従って生涯を送る決意を固めるのでした。

1903年(24歳)
父の勧めで渡米。

荷風は最初、ワシントンの日本公使館で働きましたが、横浜正金銀行ニューヨーク支店に職を得ました。その後フランスの横浜正金銀行リヨン支店に転勤しますが、1908年に銀行を辞め、2か月ほどパリを見物して帰国しました。

1908年(29歳)
『あめりか物語』を博文館より刊行。

1909年(30歳)
『ふらんす物語』を刊行する。

風俗壊乱とされて出版の届出と同時に発売禁止に。

『あめりか物語』も『ふらんす物語』もそれぞれの国の文化を紹介する内容だったのだが、書き方が気に食わなかったのか、風俗を乱すと言われてしまった。

1909年(30歳)
『すみだ川』を執筆。

出世作

名作ナビ

『ふらんす物語』

遥か空のはずれ、白い夏雲の動くあたりに突然エイフェル塔が見えた。汽車の窓の下には青い一帯の河水が如何にも静かに流れている。その岸辺には繁った木葉の重さに疲れたと云わぬばかり、夏の木立が黙然と水の上に枝を垂れている。

解説 永井荷風のフランス遊学の経験をもとにした短編集。異国趣味と新鮮な感覚で人気となりましたが、「軽薄な虚栄心にかられて偽文明の体面をつくろっている偽善の国」などと日本を批判したためか発禁となりました。

1910年(31歳)
慶應義塾大学文学科教授に就任。
雑誌「三田文學」を創刊、主宰する。

1912年に、本郷湯島の材木商・斎藤政吉の次女ヨネと結婚するも、翌年離婚。1914年に市川左団次夫妻の媒酌で、日本舞踊家の(新巴)八重次と結婚しますが、1915年に荷風の浮気で早くも離婚しています。

1912年～1915年
(33歳～36歳)
結婚と離婚を繰り返す。

1913年には父親が死去。荷風は家督と莫大な財産を相続しました。

荷風のボストンバッグ

8億を持ち歩く男

荷風はボストンバッグに土地の権利証、預金通帳、小切手などの全財産を入れて持ち歩いていました。しかし75歳のある日、現在の価値に換算すると8億円にも及ぶ財産を入れたこのバッグを紛失してしまいます。その後バッグは警察に届けられて奇跡的に荷風の元に戻りましたが、この騒動で荷風の財産が知れ渡り、借金の申し込みや保険の勧誘が殺到したそうです。

カフェーというと、今の人間は喫茶店を想像するだろうけど、実態はキャバクラに近い。カフェができたばかりの頃は確かにコーヒーを飲ませる店だったが、昭和初期頃から女給に性的サービスをさせる店が現れ、文人に人気を博した。カフェー・タイガーもそうした店のひとつだね。

1926年（47歳）
銀座カフェー・タイガーに通い始める。

代表作

名作ナビ『すみだ川』

（前略）日盛の暑さにはさすがに家を出かねて夕方になるのを待つ。夕方になると竹垣に朝顔のからんだ勝手口で行水をつかった後そのまま真裸体で晩酌を傾けやっとの事膳を離れると、夏の黄昏も家々で焚く蚊遣の烟と共にいつか夜となり、盆栽を並べた窓の外の往来には簾越しに下駄の音職人の鼻唄人の話声がにぎやかに聞え出す。

解説 常磐津の母と俳諧師を伯父に持ち役者になりたいと願う長吉と、その幼馴染で芸者になったお糸との淡い恋物語を、すみだ川両岸の風物とともにしっとり抒情的に描きます。江戸の面影が残るどこか懐かしい風情を感じられる作品です。

1920年(41歳)
麻布区（現・港区）市兵衛町の偏奇館に引っ越す。

1917年（38歳）
この年から『断腸亭日乗』をつけ始める。

1916年（37歳）
大久保余丁町の本邸に帰り、一室を断腸亭と名づけ起居。『腕くらべ』を連載開始。

代表作

名作ナビ『腕くらべ』

「あなた。電気を消して、よゥ。」しかし男の接吻にその声は半にして遮られた。女はもう蔽うものなき身の耻しさを気にするよりも今はかえっていよいよ迫るわが息づかいの切なさ。男が手を下すをこちらからせがむらしい様子。吉岡は静にその腕から女の身を下へと寝かして麻の掻巻を引きよせたがしかし電燈は決して消さなかった。

解説 新橋花柳界を中心に描いた花柳小説。新橋芸者の駒代は実業家の旦那がいる一方で人気役者と情を通じ、それを知った実業家は別の芸者を身請けし、先輩芸者の画策で駒代は役者から捨てられ……と、花柳界の色と欲の腕くらべ。エロティックな描写も目を引きます。

大学教授を辞めたのは37歳の1916年。翌年から書き始めた『断腸亭日乗』は、荷風の私生活のみならず、当時の日本の世相、文化、風俗を伝える第一級の資料となっています。

文豪びっくりエピソード

365日同じものを食べた荷風

毎日浅草に通っていた荷風は、一年中365日毎日昼食は尾張屋という蕎麦屋で「かしわ南蛮」を食べていました。来店した荷風は一言も発せず、食べ終わったらテーブルに勘定を置いて去っていた。店では「変な爺さんが毎日昼に来るから、奥の席を必ずとっておくこと。お茶を出したら注文は聞かないでいいから、かしわ南蛮を出すこと」と決まっていたようです。『断腸亭日乗』に「正午浅草」という記述が毎日書き込まれています。尾張屋は天ぷらそばが有名だったが、荷風はひたすらかしわ南蛮そばを食べ続けました。

かしわ南蛮そば うまぁ
うまぁ
いやいい加減飽きろ

関東大震災で壊滅した浅草から、私娼が数軒移ってきたのが玉の井繁盛の始まり。格安で遊べた上に、女学生、モダンガール、純和風と色々な格好をした遊女がいて、今でいうコスプレのような遊び方ができたんだ。「玉の井に行けば、惚れた女そっくりの女を抱ける」と言われたほど。

1936年(57歳)
向島の私娼窟玉の井通いを始める。

『濹東綺譚』の後、実は吉原を舞台にした『冬扇記』という小説を書こうとしていたのだが、筆が進まず断念してしまった。

1937年(58歳)
『濹東綺譚』(私家版)を刊行。

1945年(66歳)
3月10日の東京大空襲で偏奇館が焼失し、岡山へ疎開する。

翌々年には日本芸術院会員にも選ばれたよ。

1952年(73歳)
文化勲章受章。

1959年(79歳)死去

4月30日、市川市八幡町の自宅で吐血した姿で発見され、ボストンバッグにあった通帳には、2334万円(現在の価値で約3億円)が記載されていました。79歳でした。

代表作
名作ナビ
『濹東綺譚』

静にひろげる傘の下から空と町のさまとを見ながら歩きかけると、いきなり後方から、「檀那、そこまで入れてってよ。」といいさま、傘の下に真白な首を突込んだ女がある。油の匂で結ったばかりと知られる大きな潰し島田には長目に切った銀糸をかけている。

解説 老作家の「わたくし」は、玉の井の私娼お雪と知り合い、以降、彼女を訪ねては娼家の様子を観察しました。やがてお雪は主人公に将来をほのめかすようになります。しかし私はお雪を幸せにできないと思い、何も言わず別れました。私娼との淡い情交を江戸の古き良き情緒のなかに描いています。

耽美派

谷崎潤一郎

生涯にわたり女性の官能美を追求した足フェチの大作家

『痴人の愛』で悪魔主義を確立し、老境に至るまでエロスを追求

父の事業の失敗で10代から学費にも事欠く有様となった**谷崎潤一郎**でしたが、伯父の援助のもとで東京帝国大学国文科に進学し、在学中の明治43年（1910）、「**新思潮**」に掲載された『**刺青**』を**永井荷風**に評価されて文壇デビューを飾ります。

大学中退後、作家生活に入った谷崎は、以後、死ぬまで作家専業として過ごします。

谷崎潤一郎といえば、何と言っても理想の女性として育て上げた相手にのめり込む男を描いた『**痴人の愛**』に代表されるアブノーマルで退廃的な**悪魔主義**が有名でしょう。ほかにも『**悪魔**』『**麒麟**』など、官能的でマゾヒズムに満ちた作品を数多く残しました。

ただし、谷崎の文学が悪魔主義一辺倒だったわけではありません。

作風は3期に分かれ、『刺青』『痴人の愛』の**耽美主義**（前期）、『**春琴抄**』などの**古典回帰**、『源氏物語』の現代語訳や大作『**細雪**』を描いた戦時期の中期、そして『**鍵**』などを描いた戦後の老熟期（後期）です。ミステリー、歴史作品などジャンルも幅広く、「大谷崎」と呼ばれました。

ただしテーマは一貫しており、老境に至るまで女性の官能美を追究し続けました。実際、彼自身も美しい女性に目がなく、特に足で踏まれることを好んだと言います。

また、私生活も細君譲渡事件や3度の結婚などスキャンダラスで、『細雪』は3人目の妻・松子の姉妹をモデルに書かれたものです。70代になっても男の性欲をテーマにして「芸術かワイセツか」と論争になった『鍵』を執筆するなど、最後まで意気軒高でした。

代表作 『刺青』『痴人の愛』『春琴抄』『細雪』

生没年 明治19年（1886）～昭和40年（1965）／79歳没
本名 谷崎潤一郎
出身 東京市日本橋区蛎殻町（現・中央区日本橋人形町）
職業 小説家
学歴 東京帝国大学国文科中退
趣味 女性に足で踏まれること
死因 腎不全から心不全を併発

ひと言でいうと……
大正から昭和にかけて耽美派を代表する作家のひとり。生涯にわたり女性の美しさやエロティシズムを追求する作品を、洗練された文体で描写しました。作り込んだ小説を好み、虚構性が強いのも特色です。

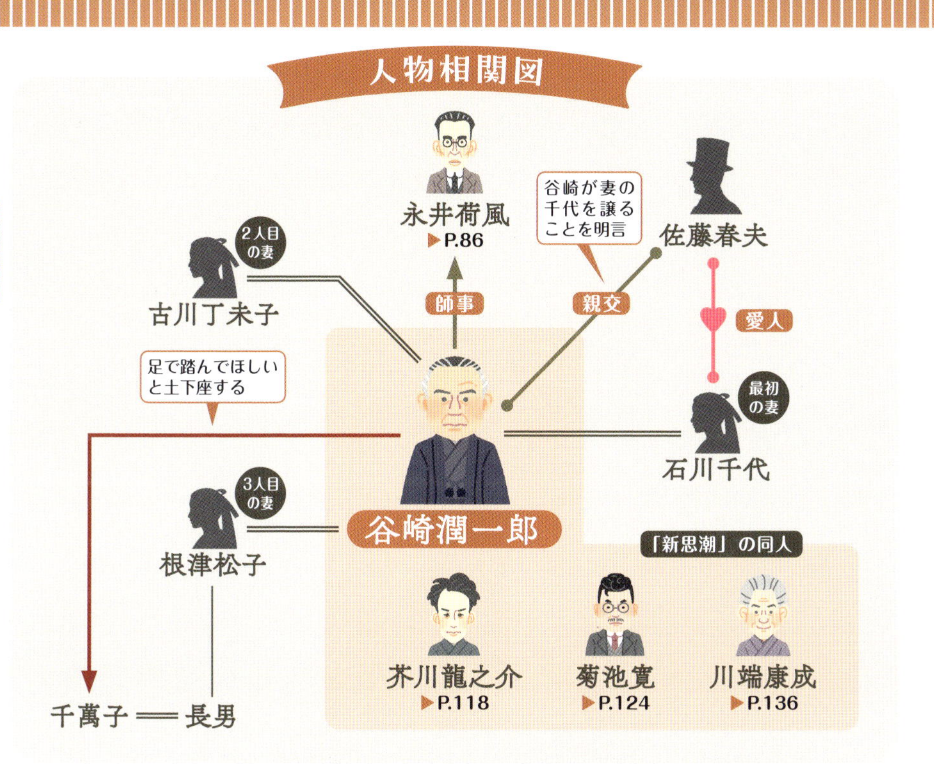
人物相関図
永井荷風
▶P.86
谷崎が妻の千代を譲ることを明言
佐藤春夫
2人目の妻
古川丁未子
師事
親交
愛人
足で踏んでほしいと土下座する
最初の妻
石川千代
3人目の妻
根津松子
谷崎潤一郎
「新思潮」の同人
芥川龍之介
▶P.118
菊池寛
▶P.124
川端康成
▶P.136
千萬子
長男

ゆかりの地MAP

谷崎潤一郎が理想とした蛎殻町

谷崎潤一郎の生家跡
印刷所、米穀取引所を営む実業家の家庭に生まれ、鎧橋を渡っていた。
水天宮
水天宮前
日本橋
牡蛎殻町
日本橋
中洲
清洲橋
日本橋
日本橋兜町
鎧橋
東京メトロ半蔵門線
都営浅草線
阪本小学校
茅場町
日本橋
茅場町
東京メトロ東西線
東京メトロ日比谷線
首都高速都心環状線
宝町
偕楽園跡
小学校以来の親友となる笹沼源之助の実家。東京市内初の本格的中華料理店だった。
永代橋
八丁堀
JR 京葉線

谷崎潤一郎の生涯と作品

1886年 誕生

7月24日、東京市日本橋区の商家に生まれました。

1908年（22歳）
東京帝国大学（現・東京大学）国文科に入学。

荷風先生の評を読む時、雑誌を持つ手がブルブル震えたよ。

谷崎は「新思潮」において『誕生』『象』『刺青』『麒麟』などを発表。なかでも、『刺青』は永井荷風の高い評価を得ました。

1910年（24歳）
和辻哲郎、芦田均らと第二次「新思潮」を創刊。

ちなみに第一次「新思潮」は1907年の創刊。小山内薫の編集により6号まで刊行されたが、振るわず挫折している。

1912年（26歳）
『悪魔』を発表。

1915年に『お艶殺し』を発表した谷崎は、以降、1919年にかけて『独探』『神童』『鬼の面』『亡友』『異端者の悲しみ』『母を恋ふる記』と次々に新作を発表していきます。

1915年（29歳）
千代と結婚

相手は向島の芸妓・石川千代だよ。

千代との結婚後、千代の妹・せい子（15歳）を自宅に引き取ったところ、30歳の私は彼女の虜となってしまった。『痴人の愛』のモデルは彼女だし、大正活映の作品にも僕の伝手でせい子を出演させてやったのだが、そのせいで千代との関係が悪化していった。

1920年(34歳)
大正活映脚本部顧問となる。

1923年（37歳）
箱根で関東大震災に遭い、関西に移住する。

どうぞ妻らないものですが
いただきま～す
ほんまこいつら…

文豪びっくりエピソード

佐藤春夫との小田原事件

谷崎と千代の関係が悪化するなかで、千代は、その境遇に同情した耽美派の小説家・佐藤春夫と恋仲となります。これを知った谷崎はいい機会とばかりに佐藤に千代を譲ると宣言しますが、千代の妹・せい子に求婚したところ拒絶されてしまったため千代が惜しくなり、前言撤回。佐藤は怒って谷崎と絶縁しました（小田原事件）。しかし、谷崎はのちに佐藤との交友を復活させ千代と離婚。1930年に佐藤と千代は結婚しました。この一連の出来事は新聞に掲載され、「細君譲渡事件」として話題になりました。

我は引っ越し奉行である
その家具はあちらの部屋の右奥へ

文豪びっくりエピソード

引っ越しは作品へのこだわり

谷崎は小説執筆時、作品と同じような生活を送るというこだわりを持っていました。『春琴抄』執筆の際には古道具屋で買い求めた食膳を食事に使うくらいでしたが、『源氏物語』の現代語訳を進める際には、自宅の内装を平安王朝風に改装してしまいました。そうしたこだわりのせいで、生涯40回以上も引っ越しを経験しています。

足フェチのドM作家

谷崎は女性の足を偏愛し、しかも足で踏まれるのを趣味としました。作品の描写にも取り入れられており、変態作家の名をほしいままにしています。今でこそ多様なフェチに対応した「その手」のコンテンツで溢れていますが、当時そうしたものはなく、海外の文献を取り寄せて性欲を満たしていたそうです。

嘘やろ…この爺…

人気作

名作ナビ

『痴人の愛』

「じゃあ己を馬にしてくれ、いつかのように己の背中へ乗っかってくれ、どうしても否ならそれだけでもいい！」

私はそう云って、そこへ四つン這いになりました。

……（中略）が、忽ち彼女は猛然として、図太い、大胆な表情を湛え、どしんと私の背中の上へ跨がりながら、

「さ、これでいいか」

と、男のような口調で云いました。

解説 主人公は放埒な女性ナオミを自分好みの理想的な女性に育て上げますが、ナオミは男を手玉に取り翻弄します。主人公もその悪魔的な魅力に囚われ、ナオミの不貞にも頭が上がらなくなります。ナオミの妖しさにぞくぞくさせられる作品です。

1924年（38歳） 翌年にかけて『痴人の愛』を発表する。

1930年（44歳） 千代と離婚する。

1933年（47歳） 『春琴抄』を発表する。

1935年（49歳） 3度目の結婚

千代との離婚後、谷崎は出版社の編集者だった古川丁未子と結婚するも3年で離婚。さらに1935年にバツイチの根津松子と結婚し、松子と添い遂げました。

戦時中の1939年1月から1941年7月にかけて『潤一郎訳源氏物語』全26巻を刊行。

1943年（57歳） 『細雪』連載開始するも軍部によって発表禁止となる。

『細雪』は翌年7月に上巻を自費出版で刊行。戦後の1947年から翌年にかけて中・下巻を発表した。戦後、たびたび映像化され、人気作となった。

代表作

幸子　人は、来年自分が再びこの花の下に立つ頃には、恐らく雪子はもう嫁に行っているのではあるまいか、花の盛りは廻って来るけれども、雪子の盛りは今年が最後ではあるまいかと思い、自分としては淋しいけれども、雪子のためには何卒そうであってくれますようにと願う。

解説 昭和の大阪船場旧家の4姉妹の物語。古風で縁遠い三女雪子と奔放で問題を起こす四女妙子の2人の恋愛を軸に展開する長編です。姉妹の心情の機微がリズミカルで美しい文体で綴られ、一瞬にして物語に引き込まれます。

1949年（63歳） 文化勲章受章。

あまり知られていないが、実はノーベル文学賞候補に7回も選ばれているのだよ。

1965年（79歳）死去

7月30日、心不全のため死去しました。

「人間」の理想の姿を追い求めた白樺派のリーダー

武者小路 実篤（むしゃのこうじ さねあつ）

「新しい村」に理想を具現化した白樺派のリーダー

武者小路実篤は、生涯を通じて人間性の尊厳の回復を目指す**理想主義**を追い求め、文学の枠を超えてそれを実践した文豪です。

子爵の家に生まれた実篤が、どう生きるかを考える契機となったのは、学生時代に**トルストイ**の文学と出会ったことでした。人類愛を主張するトルストイに傾倒した彼は、文学への道を志します。東大を中退すると、学習院中等科時代以来の親友・**志賀直哉**らとともに同人雑誌「**白樺**」を創刊し、以降、**白樺派**で指導的役割を果たしました。**理想的人道主義**をとる実篤の作品も、明治44年（1911）刊行の『**お目出たき人**』など、躍動する言文一致体で注目を集めます。

さらに実篤は机上の理想主義に満足せず、実践活動に入ります。

階級闘争がなく、お互いの個性を尊重し合う共同体を求めて、大正7年（1918）、宮崎県に「**新しき村**」を開設したのです。大正14年（1925）まで自身も共同生活を送り、農業に従事しながら文筆活動を続け、『**友情**』や『**或る男**』などの傑作を生み出しています。

戦後は戦争に肯定的だったとして**公職追放**の憂き目に遭いますが、昭和23年（1948）に雑誌「**心**」を創刊し、翌年に連載した『**真理先生**』で文壇に復活。この作品では理想とする人間像を描き、独特の人間賛美の境地を築きました。

若い頃は理想に突き進んだ実篤でしたが、晩年は穏やかな心境を表すかのような野菜の絵を中心とした色紙を盛んに描くようになり、90歳の長寿を全うしました。

代表作
『お目出たき人』
『真理先生』

生没年 明治18年（1885）～昭和51年（1976）／90歳没
本名 武者小路実篤
出身 東京市麹町区元園町（現・千代田区一番町）
職業 小説家・詩人・劇作家・画家
学歴 東京帝国大学社会学科中退
趣味 錦鯉の飼育
死因 尿毒症

ひと言でいうと……

理想的な人道主義を追い求めた白樺派のリーダーで、独特の人間賛美を清新かつ天衣無縫に描き、大正文学の改革を担いました。『お目出たき人』『友情』などが代表作。「新しき村」というユートピアを目指す共同体を創設したことでも知られます。

人物相関図

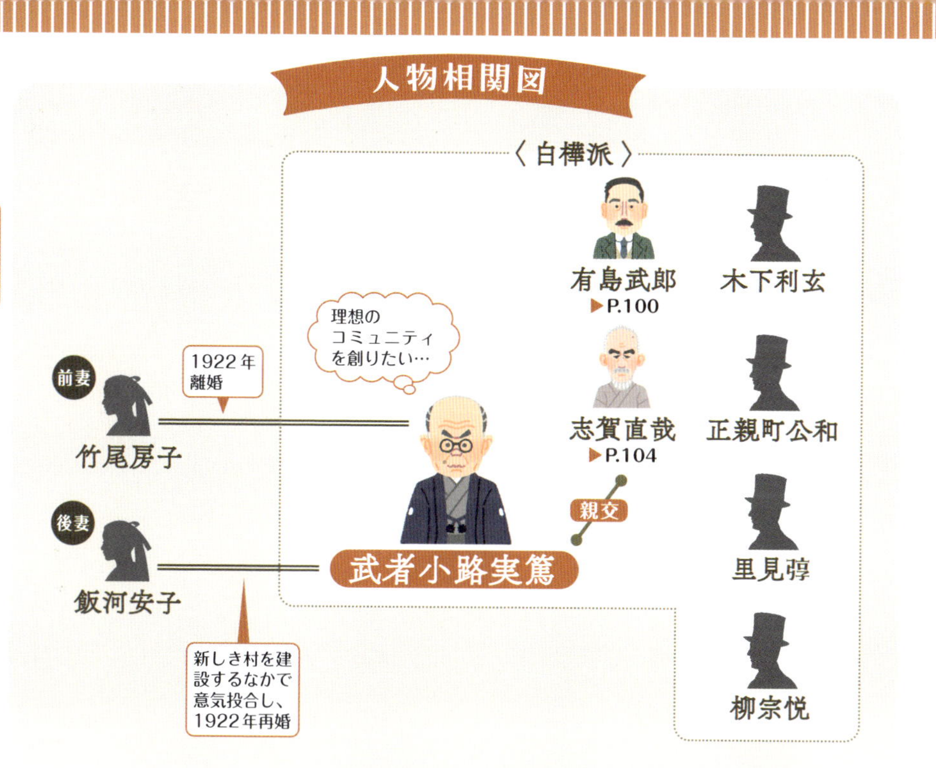

ゆかりの地MAP 白樺派のコロニー、我孫子と武者小路実篤

武者小路 実篤の生涯と作品

5月12日、子爵の爵位を持つ公卿の家系に生まれました。

1885年 誕生

学習院中等科で出会ったのが、生涯の親友となる志賀直哉です。彼は2年落第して同級となった身で、僕は「兄」として尊敬し続けました。

1891年（6歳）
学習院初等科に入学。

実篤は学習院高等学科に進んだ頃から、トルストイに興味を持ち、聖書や仏典を愛読するようになりました。

1906年（21歳）
東京帝国大学（現・東京大学）に入学。

1908年(23歳)
処女作品集『荒野』を自費出版する。

1910年（25歳）
志賀直哉、有島武郎らと「白樺」を創刊。

1911年(26歳)
『お目出たき人』を発表。

解説 女性経験のない主人公の、近所に暮らす少女「鶴」に対するほとばしる恋心を日記風に描いた小説。結局は失恋に至るものの、鶴は自分を愛していた、両親の勧めで仕方なく他の人と結婚したと考えるなど、楽天主義に至ります。常に希望を持つことは素晴らしいという自己肯定を示す青年文学です。

最初の奥さんは、衆議院議員の娘の竹尾房子さんです。

1912年（28歳）結婚

1918年（33歳）
「白樺」などで新しき村の創設を唱える。

1923年（38歳）
関東大震災で生家が焼失。「白樺」が終刊となる。

「新しき村」とは、禁欲と隣人愛を理想とする農村共同体。「人間らしい暮らし」を目指す計画でした。この年の11月、実篤は私財を投じて宮崎県児湯郡木城村に「新しき村」を創設。住民20人弱でスタートしました。しかし農業経験者が少なかったため、運営は軌道に乗らず、かなりの額の原稿料をつぎ込んで運営に腐心。結果、最盛期には60人を超える住民が集まりました。後年ダム建設のために一部を残して移転し、埼玉県入間郡に「東の村」が建設されました。

文豪びっくりエピソード

セレブだらけの文学集団

白樺派のメンバーを見ると、財界の大物の子の志賀直哉、伯爵の家柄の正親町公和、大蔵官僚の息子の有島武郎とその弟・里見弴、貴族院議員の子の柳宗悦と、上流階級の錚々たるメンバーが名を連ねています。そのため、やっかみもあり、白樺派を嫌う人々からは「しらかば」を反対から読んで「ばからし」と皮肉られました。

1926年に戯曲『愛慾』を発表して以降、雑誌「大調和」、個人雑誌「獨立人」の創刊と活動を続けてきましたが、1930年頃には雑誌からの執筆依頼がほとんどなくなってしまいました。僕はこの時期を"失業時代"と自虐しています。

1929年（44歳）再婚

房子さんと離婚し、飯河安子さんと再婚しました。安子さんは、前年新しき村に入村した女性で、しっかり者であるところに惹かれました。

戦争に肯定的な立場で、日本文学報国会劇文学部会長を務めるなどしていたのでね…。

1946年（61歳）
公職追放令G項該当者に指名される。

「心」は前年に志賀直哉らと共に創刊した文芸誌です。

1949年（64歳）
『真理先生』を「心」に連載。

以後は、村外会員として村の活動を支えました。

1925年（40歳）
新しき村を離れる。

解説 主人公の山谷が真理先生と会い、先生が諭す真理に耳を傾けるなか、山谷は先生を慕う画家や書家などが理想や信念に忠実に生きる姿に心惹かれていきます。山谷を含む登場人物たちが恋をし、友情を育んでまっすぐに生きることで人生が好転していくさまが清々しい作品です。

『或る男』以降、実篤は人生を楽しむ傾向を見せます。それは文学にも影響を与え、「生命讃美の文学」の時代に入ります。

1923年（38歳）
自伝小説『或る男』を出版。

00歳を超えた実篤は、詩作も手掛け『平気で生きている』『人間を愛する』などの作品を「心」で発表。さらに最晩年には油絵『蔬菜図』を描くなど、絵画作品も残しています。

公職追放も解除！

1951年（66歳）
文化勲章受章。

4月9日、尿毒症で死去しました。

1976年（90歳）死去

文豪びっくりエピソード

実篤の豪華な趣味

よーしよしよし　よしよしよしよ　よーしよし　よしよし　よーし　よし

華族出身である実篤。調布市仙川の自宅も大変な豪邸で、池が3つありました。この池に最大1000匹を超える錦鯉を飼っていたといわれます。

白樺派

キリスト教から無政府主義へ目まぐるしく思想を変えながら苦悩した文豪

有島武郎（ありしまたけお）

上流階級の家に生まれ、キリスト者から社会主義者へ

大蔵官僚を父とする上流階級に生まれた**有島武郎**は、幼少期から英語を学び、学習院に進むなどエリート教育を受けて育ちました。

ところがその後、進学したのは東京から遠く離れた札幌農学校。有島は東京で幅広い知識と見識を育む一方で、エリート教育に嫌気がさし、近代化の遅れた分野で理想を実現したいと考えたのです。在学中に**内村鑑三**の下で熱心なクリスチャンになりましたが、アメリカ留学中にキリスト教徒に失望すると、今度は社会主義思想に共鳴します。また、エマソン、ホイットマン、ゴーリキーらの文学に触れ、文学での自己表現に目覚めました。

帰国後は農学校で教鞭をとりながら「**白樺**」に同人として参加し、**人道主義的**な作品を発表します。

大正5年（1916）には父と妻が没して家庭のしがらみがなくなったため、作家専業となり、『**カインの末裔**』、『**或女**』などを発表しました。

次々に秀作を生み出した有島でしたが、内面では階級的矛盾の理想と現実に悩んでいました。社会主義運動の風潮が高まる中で、親譲りの財産を持つ自身に矛盾を感じ、生き方に悩み迷走。次第に創作意欲が衰えます。

苦悩の末に出した答えのひとつとして、「**宣言一つ**」を出した有島は、財産放棄や生活改革などを模索し、相続していた北海道の農場を小作人に解放して反響を呼びました。しかし苦悩は深まり虚無感に陥ってしまいます。

ついには人妻との不倫に走ると、その夫の糾弾を受け、大正12年（1923）、軽井沢でその愛人と心中という最期を迎えました。

代表作
『カインの末裔』
『或女』

生没年 明治11年（1878）～大正12年（1923）／46歳没
本名 有島武郎
出身 東京市小石川区（現・文京区小石川）
職業 小説家・評論家
学歴 札幌農学校（現・北海道大学）
趣味 不詳
死因 縊死

ひと言でいうと……
『カインの末裔』、『或女』などの代表作がある白樺派の良心的知識人ともいえる作家。本格的なリアリズムの長編を残した点においても、大正文学史上に名を残しています。

人物相関図

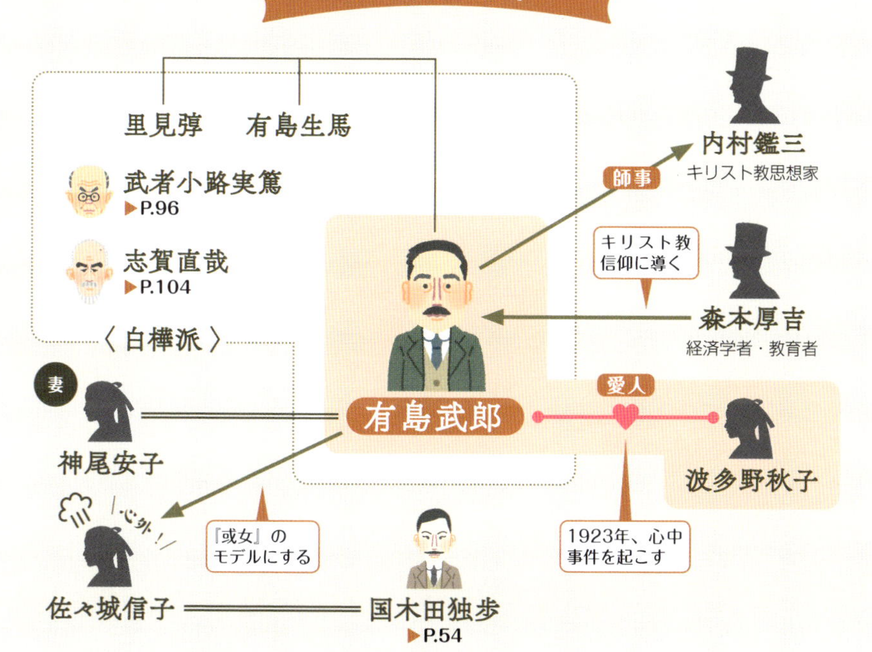
里見弴
有島生馬
武者小路実篤
▶P.96
志賀直哉
▶P.104
〈白樺派〉
内村鑑三
キリスト教思想家
師事
キリスト教
信仰に導く
森本厚吉
経済学者・教育者
愛人
妻
神尾安子
有島武郎
波多野秋子
心外!
『或女』の
モデルにする
1923年、心中
事件を起こす
佐々城信子
国木田独歩
▶P.54

ゆかりの地MAP 有島武郎と有島牧場

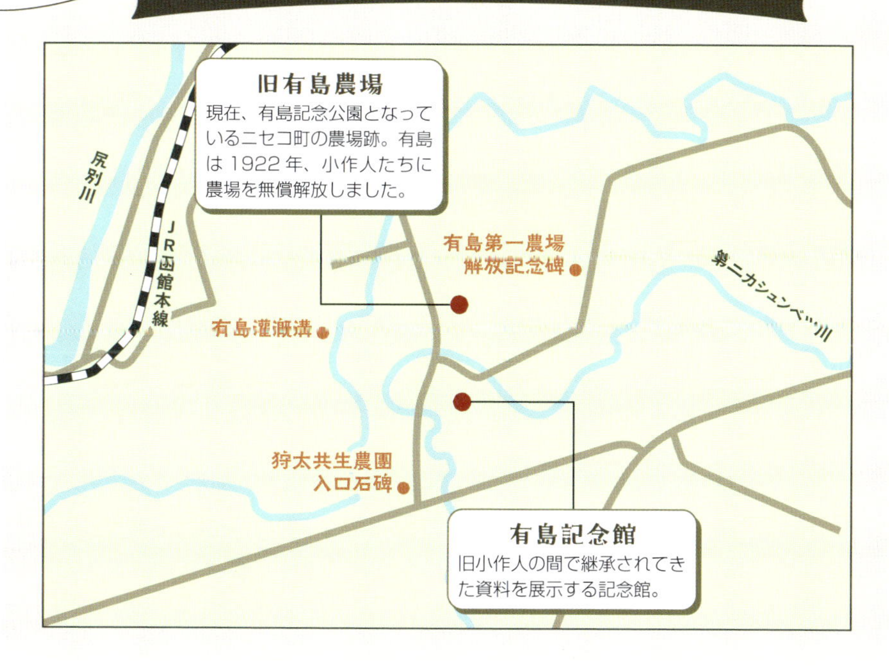
旧有島農場
現在、有島記念公園となっているニセコ町の農場跡。有島は1922年、小作人たちに農場を無償解放しました。
尻別川
JR函館本線
有島第一農場
解放記念碑
第二カシュンベツ川
有島灌漑溝
狩太共生農園
入口石碑
有島記念館
旧小作人の間で継承されてきた資料を展示する記念館。

有島武郎の生涯と作品

1878年 誕生

3月4日、大蔵官僚の父・武、母・幸子の長男として東京に生まれました。

1896年（18歳）
学習院中等科卒業後、札幌農学校（現・北海道大学）に入学する。

学習院時代は、成績優秀で皇太子（のちの大正天皇）の学友にも選ばれました。

札幌農学校在学中の1899年、学友・森本厚吉の影響によりキリスト教入信を決意するも、父母の反対に遭います。

1901年（23歳）
札幌農学校本科卒業。卒業後、志願兵として1年間兵役につく。

この年、札幌独立基督教会入会。父・武とともに狩太（現・ニセコ町）「山本農場」を初訪問しました。

1903年（25歳）
アメリカに留学する。（〜1906年）

ハバフォード大、ハーバード大で歴史や経済を学びました。

1908年（30歳）
東北帝国大学農科大学（旧・札幌農学校）予科の英語教師となる。

この頃、学内美術愛好団体・黒百合会設立や、社会主義研究会に関与しました。

1909年（31歳）結婚

陸軍少将・神尾光臣の次女・神尾安子と結婚しました。

1910年（32歳）
雑誌「白樺」同人となる。

「白樺」には実弟の生馬と里見弴とともに参加し、『老船長の幻覚』を発表しました。

またこの頃有島は、キリスト教を棄教し、札幌独立基督教会を退会しています。棄教は、日露戦争でのキリスト教徒の動きに疑問を抱いたことがきっかけとされます。

1911年（33歳）
『或女』を連載開始。

本作の主人公・早月葉子のモデルは国木田独歩の元奥さんである佐々城信子です。

代表作 名作ナビ 『或女』

しかし最後に落ち着いたのは、その深みに倉地をことさら突き落としてみたい悪魔的な誘惑だった。（中略）倉地が自分のためにどれほどの堕落でも汚辱でも甘んじて犯すか、それをさせてみて、満足しても満足しても満足しきらない自分の心の不足を満たしたかった。

解説 シアトル在住の婚約者のもとへ向かう奔放な葉子は、妻子ある船の事務長・倉地に惹かれ、同棲しますが、世間の目は冷たく生活はすさんでいきます。男がどこまで自分のために墜ちるのか見たいという葉子の魔性の姿も目が離せません。

1918年～1920年にかけて、『小さき者へ』、『生れ出る悩み』、『惜みなく愛は奪ふ』、『一房の葡萄』と多くの作品を発表し、作家としての地位を確立していきます。

1919年（41歳）
『或女』刊行。

長い影を地にひいて、痩馬（やせうま）の手綱（たづな）を取りながら、彼（か）れは黙りこくって歩いた。大きな汚い風呂敷包と一緒に、章魚（たこ）のように頭ばかり大きい赤坊（あかんぼう）をおぶった彼れの妻は、少し跛脚（ちんば）をひきながら三、四間も離れてその跡からとぼとぼとついて行った。

解説 カインは旧約聖書に登場する人類初の殺人者。北海道の小作農・広岡は無知粗暴な振るまいを続け、北海道の厳しい自然、農場主を代表とする世間の厳しさに負け、農場を去りました。生き方が悪く罪深いのか、環境が悪いのか、破滅的な瞬間に発する生の輝きがまぶしい作品です。

1918年（40歳）
『生れ出る悩み』を発表。

1916年（38歳）
妻・安子が死去。

1917年（39歳）
農科大学を退職し、『カインの末裔』を発表。

1920年（42歳）
『惜みなく愛は奪ふ』を発表。

しかし、私の内面は社会主義を理想としながら、親から譲られた財産に自身の生活が守られるという矛盾に罪悪感を覚え、苦悩を深めていきました。

1922年（44歳）
「宣言一つ」を発表して、有島農場を小作人へ解放。邸宅・家財処理の意志を表明する。

これは自身の思想と実生活の矛盾を解消し、一元化することが目的でした。

1922年（44歳）
個人雑誌「泉」創刊。

1923年（46歳）死去

有島の最期は6月9日、波多野秋子と軽井沢の別荘・浄月庵にて心中という衝撃的なものでした。

どうせもう書けないし
一緒に死のう

文豪びっくりエピソード

追い詰められた有島

42歳頃から創作意欲を減退させていた有島は、中央公論社の女性編集者・波多野秋子と出会い、恋に落ちます。しかし、秋子は人妻であり、当時の姦通は立派な犯罪でした。間もなくこの不倫は秋子の夫の知るところとなり、有島は夫から脅迫を受けてしまいます。1万円（現在の500万～1000万円）を慰謝料として要求され、呑まないなら警察に訴えると脅されたといわれます。追い詰められた有島は、軽井沢の別荘で秋子と心中を遂げたのでした。遺体発見は7月。事件からおよそ1か月が過ぎていました。

白樺派

放蕩と父との確執の果てに誕生した、近代小説の神様

志賀 直哉（しが なおや）

放蕩の末、父と決裂 放浪のなかで「小説の理想形」を生む

志賀直哉の作家人生にとって、父との確執と和解が大きなテーマとなりました。銀行勤めの父との対立の始まりは、志賀が**内村鑑三**（うちむらかんぞう）の教会に通い、**足尾銅山鉱毒事件**（あしおどうざんこうどくじけん）に義憤を感じるも、現地視察を反対されたこと。さらに放蕩を尽くし学習院を2度落第したことで、父との仲は修復しがたいまでに悪化します。

一方学習院で**武者小路実篤**（むしゃのこうじさねあつ）らと知り合った志賀は小説家を志し、東京帝大進学後の明治43年（1910）に雑誌「**白樺**」を創刊し、『**網走まで**』（あばしり）を発表しました。

ところが、英文科から国文科への転科を巡って父親と再び衝突。ついには大学を中退した志賀が、恋仲の女中との結婚に踏み切ろうとしたところ、これも父に反対されたため、父子の仲は決裂し、志賀は広島県尾道市（おのみちし）へと移ってしまいます。以降、千葉、京都、奈良など各地に移り住み、志賀はこの転居を原動力に新しい地で次々と作品を生み出しました。

もはや親子の断絶は最後まで続く様相を呈しましたが、大正6年（1917）に潮目が変わります。祖母の見舞いをきっかけに志賀は父と和解。二人は涙して詫び、その経緯が『**和解**』として発表されました。

志賀にとってこの和解は大きな転機となります。東洋的調和も取り入れた『**城の崎にて**』（きのさき）『**焚火**』（たきび）など次々と傑作を発表。大正10年（1921）から父との対立と和解をテーマにした『**暗夜行路**』を断続的に連載し、昭和12年（1937）に完成させています。その間、志賀の簡潔で美しい文体には磨きがかかり、その作品が「**小説の理想形**」とみなされました。

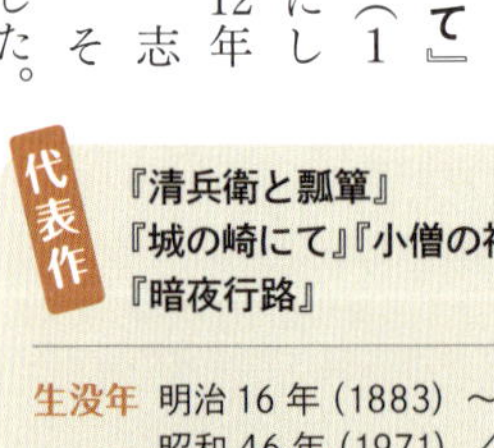

代表作
『清兵衛と瓢簞』
『城の崎にて』『小僧の神様』
『暗夜行路』

生没年 明治16年（1883）～昭和46年（1971）／88歳没
本名 志賀直哉
出身 宮城県牡鹿郡石巻町（現・宮城県石巻市住吉町）
職業 小説家
学歴 東京帝国大学国文科中退
趣味 ペット飼育
死因 肺炎

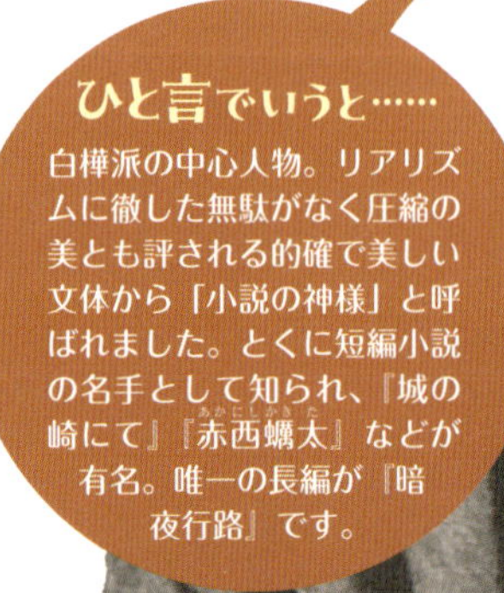

ひと言でいうと……
白樺派の中心人物。リアリズムに徹した無駄がなく圧縮の美とも評される的確で美しい文体から「小説の神様」と呼ばれました。とくに短編小説の名手として知られ、『城の崎にて』『赤西蠣太』（あかにしかきた）などが有名。唯一の長編が『暗夜行路』です。

人物相関図

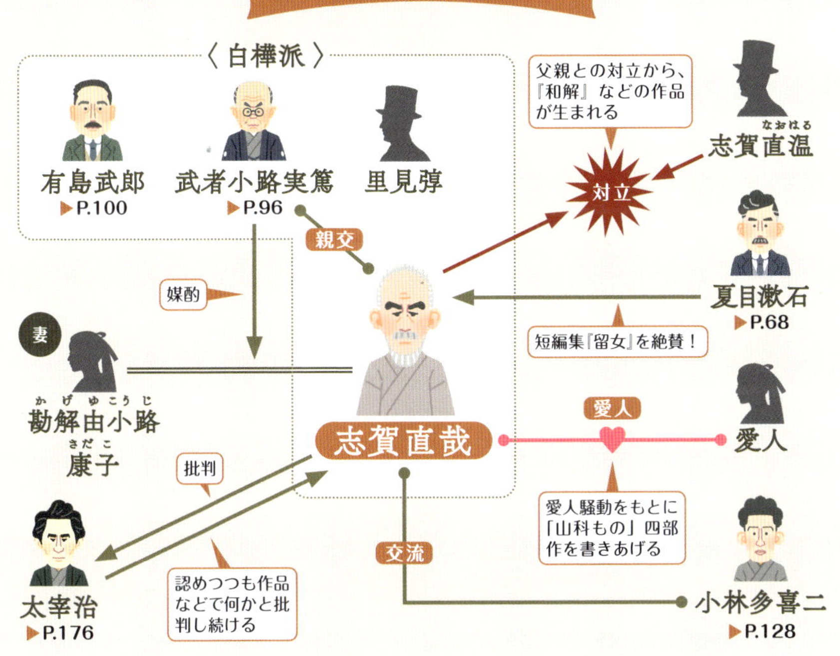

ゆかりの地MAP

志賀直哉の旧居と名作の舞台

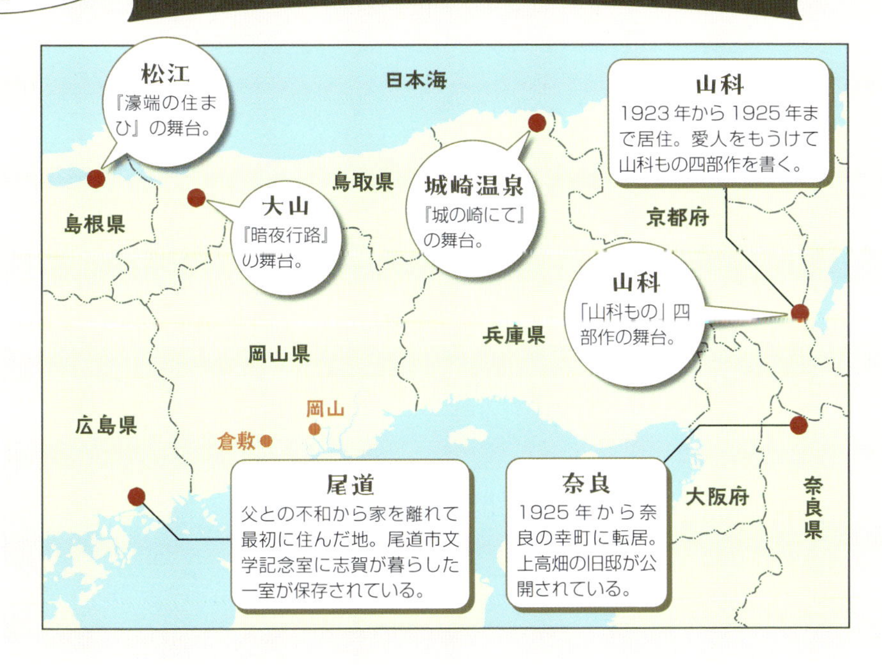

日本海
松江
『濠端の住まひ』の舞台。
大山
『暗夜行路』の舞台。
城崎温泉
『城の崎にて』の舞台。
山科
1923年から1925年まで居住。愛人をもうけて山科もの四部作を書く。
山科
「山科もの」四部作の舞台。
島根県
鳥取県
京都府
兵庫県
岡山県
広島県
岡山
倉敷
尾道
父との不和から家を離れて最初に住んだ地。尾道市文学記念室に志賀が暮らした一室が保存されている。
奈良
1925年から奈良の幸町に転居。上高畑の旧邸が公開されている。
大阪府
奈良県

志賀 直哉の生涯と作品

1883年 誕生

志賀直哉は、陸前石巻に、銀行員の父の次男として生まれました。

1901年（18歳）
父親との不和が始まる。

夏から内村鑑三に師事し、足尾銅山鉱毒事件の視察を巡って父親と衝突。以後の決定的な不和のきっかけとなった。

1902年（19歳）
学習院中等科で2度目の落第を経験。

2度にわたる落第の結果、武者小路実篤と同級になりました。

1906年(23歳)
東京帝国大学英文学科へ入学。

志賀は当初夏目漱石に憧れて英文学科へ入学しましたが、この頃、国文学科へ転科。またも父の怒りを買って衝突したばかりか、大学に登校しなくなり、1910年に中退してしまいます。

文豪びっくりエピソード

自転車と志賀

金持ちだった志賀は、13歳の頃、祖父に当時高級品だった自転車をねだって買ってもらい、その後、どこへ行くにも自転車に乗って出かけていました。しかしある日、友人に自転車を見せびらかそうとして後ろ向きに自転車に乗って見せたところ、そのまま田んぼに落っこちたと、『自転車』という作品で述懐しています。

どうだ羨ましいだろうわああああ
なんだあいつ…

1907年（24歳）
結婚を巡り父と再度衝突。

志賀家の女中といい仲になって結婚を考えたのだが、父親に反対されて破談となった。許せない。

この騒動はのちに『大津順吉』という作品の素材になります。

1908年(25歳)
処女作となる『或る朝』を執筆。

白樺派の母胎は、1907年に武者小路実篤、正親町公和らと作った文学研究会「十四日会」。翌年に回覧雑誌「望野」をつくることになるのだが、ここで最初に発表したのが『或る朝』だった。

1910年に「白樺」を創刊する白樺派のメンバー。

1910年（27歳）
武者小路実篤らとともに「白樺」を創刊。『網走まで』を発表する。

この年、父との不和が原因で東京を離れ、広島県尾道市に移った。

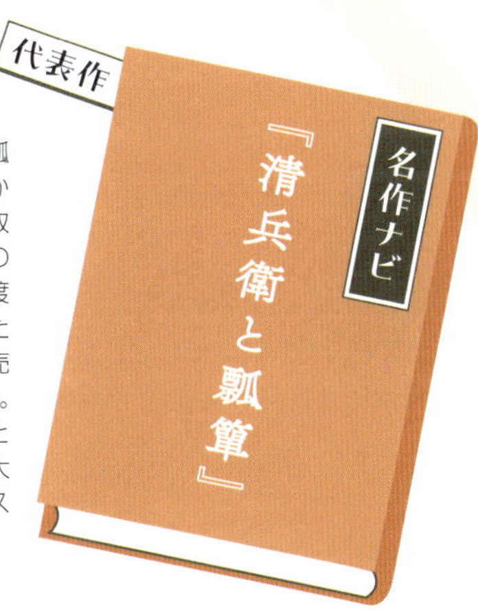

解説 少年清兵衛は瓢箪づくりを父や教師から反対され、瓢箪を取り上げられます。その瓢箪は骨董屋の手に渡り高値で売られましたが、それを知るのは売り主の学校の小使だけ。瓢箪を愛する清兵衛とその価値に無頓着な大人の対立をユーモラスに描いています。

1912年（29歳）
『大津順吉』『正義派』『母の死と新しい母』を発表。

この年、漱石先生から東京朝日新聞で小説を連載するよう依頼を受けたのだが果たせなかった。不義理を働いた私は、この年から3年間休筆した。

1913年（30歳）
短編集『留女』を刊行。『清兵衛と瓢箪』『范の犯罪』を発表。

のちにこの『留女』を絶賛したのが、夏目漱石でした。

邪魔〜

武者小路実篤の従妹の勘解由小路康子と結婚。父親はここでも大反対しますが、志賀は籍を抜いて結婚しています。

山手線にはねられた文豪

1913年8月15日のこと。尾道から帰京した志賀は、友人の里見弴と素人相撲を見に行った帰路、夜の鉄道線路側を歩いていたところ、山手線に接触しはね飛ばされてしまいます。頭蓋骨が見えるほどの重傷を負いましたが、奇跡的に回復し12日で退院。その後療養のために訪れた兵庫の城崎温泉で『城の崎にて』を執筆しました。

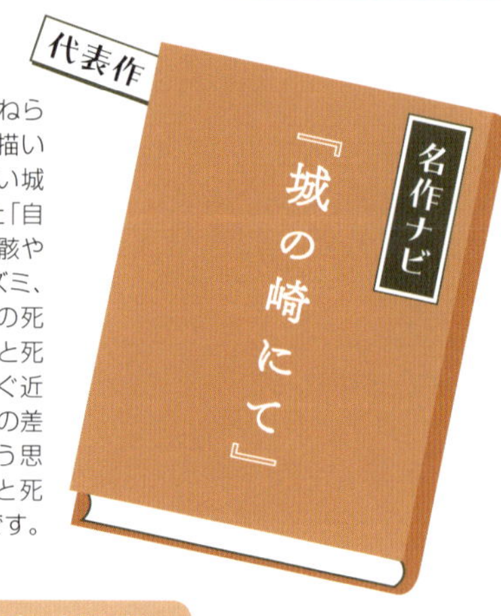

解説 山手線にはねられた志賀の体験を描いた作品。重傷を負い城崎温泉に療養に来た「自分」。そこで蜂の亡骸や串刺しにされたネズミ、偶然死んだいもりの死に触れるなかで、生と死は両極ではなくすぐ近くにあり、それほどの差はないものだという思いに至ります。生と死を突き詰めた作品です。

長年不和が続いてきた父との和解は祖母の病がきっかけでした。志賀が祖母の見舞いに戻ってよいか尋ねたところ、父親が快諾。不和が解消されました。この経緯が『和解』として結実。8月の和解後、作品は10月に発表されており、志賀の感動ぶりが伝わります。

1915年(32歳)
千葉県我孫子町に転居。

1917年(34歳)
父と和解し、『和解』を発表する。

1917年(34歳)
「白樺」に『城の崎にて』を発表。

父との和解以降、志賀は充実した文筆活動期間に入ります。

1920年(37歳)
『小僧の神様』『焚火』を発表。

文豪びっくりエピソード

無類の動物好き

小動物が好きだった志賀は、犬、猫、兎、鶏、亀、文鳥、鶏、鳩のほか、羊、狸、猿、ヤギ、アヒル、七面鳥などを飼った経験を持っています。奈良に引っ越した際には、小熊を買おうとして妻に止められたそうです。また、骨董品を買いに出かけた際にも、デパートに立ち寄って犬を購入して帰ってきたことがあるなど、無類の動物好きでした。

解説 ある屋台の鮨を食べたいと願っていた秤屋の仙吉は、客として訪れた貴族院議員Aから鮨を奢ってもらいます。仙吉はその客がなぜ自分の行きたい店を知っていたのか不思議に思い、以降つらい時に思い出す「神様」となりました。小僧と議員の心理の葛藤が巧みに描かれた作品です。

代表作

名作ナビ

『暗夜行路』

解説 自身の出生の秘密を知った主人公は絶望に陥りますが、妻と結婚して立ち直ります。しかし、その妻と従兄の過ちに直面。またも心が乱れ苦しみますが、大山に籠り、自然との一体感に陶酔感を感じる……。主人公の心境の移り変わりをじっくり味わいたい作品です。

文豪びっくりエピソード

「山科もの」秘話

40歳を過ぎた頃、スランプに陥った志賀は、京都の茶屋で仲居をしていた女性と愛人関係になります。しばらくして妻にばれて愛人と破局しますが、志賀はこの愛人騒動をもとに『瑣事』『山科の記憶』『痴情』『晩秋』という「山科もの」四部作を書きあげました。実は志賀はその後も別れたふりをして愛人と会っていたのですが、『瑣事』に妻をだまして会いに行くことを書いたため、再び発覚してしまったそうです。

1921年（38歳）
『暗夜行路』執筆開始。

1923年(40歳)
京都山科村に転居。

1925年(42歳)
奈良県幸町へ転居。

1937年（54歳）
『暗夜行路』完結後、東京へ転居。

1942年に『シンガポール陥落』『龍頭蛇尾』を発表後、終戦まで休筆。

1946年(63歳)
雑誌「世界」の創刊に携わる。

1949年(66歳)
文化勲章を受章。

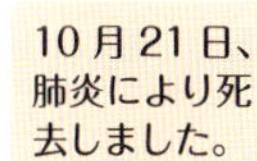

10月21日、肺炎により死去しました。

1971年（88歳）死去

文豪びっくりエピソード

太宰治に絡まれる

完結まで16年を要した『暗夜行路』は、大岡昇平や小林秀雄、三島由紀夫らがこぞって評価しましたが、これにかみついたのが太宰治でした。太宰は「何処がうまいのだろう。ただ自惚れているだけではないか。風邪をひいたり、中耳炎を起こしたり、それが暗夜か」と酷評しています。その後も太宰は著作で志賀をコケにするなど何かと絡んでいましたが、志賀が太宰の『斜陽』に対し、登場する貴族の娘の言葉遣いが、山出しの女中のようで閉口したと難癖をつけると、これに対し太宰は連載評論「如是我聞」で反撃。「普通の小説というものが、将棋だとするならば、あいつの書くものなどは、詰将棋である」と憤っています。しかし、この評論を書いてからほどなく太宰は入水自殺を遂げ、志賀は対応を後悔し、詫びたのでした。

訪ねてみたい

名作の舞台 明治後期・大正前期編

赤城（群馬県）

『焚火』

志賀直哉 ▶P.108

『焚火』は赤城大沼での一夏の生活を描いた作品。赤城神社の境内には、『焚火』の最後の一節が刻まれた石碑がある。

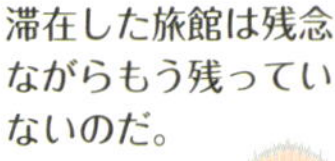

隅田川（東京都）

『すみだ川』

永井荷風 ▶P.91

隅田川の両岸に物語の舞台が点在。蘿月が乗った「竹屋の渡し跡」の石碑、待乳山聖天などが作品の名残を伝える。

この界隈はぜひ散策を楽しんでもらいたいね。

玉の井（東京都）

『濹東綺譚』

永井荷風 ▶P.90

物語の舞台は玉の井の私娼街。現在の墨田区東向島５丁目付近にあたり、当時の建物は空襲で焼けて何も残っていないが、建て替えられた玉の井稲荷が残る。

お雪の通った歯医者跡などを、私が残した地図から誰かが特定してくれたらしいね。

城崎温泉（兵庫県）

『城の崎にて』
志賀直哉 ▶P.108

山手線にはねられた志賀直哉が、療養のために訪れた温泉街。志賀直哉文学碑のほか、多くの文学者ゆかりのスポットが点在する。

『城の崎にて』を執筆したのは、老舗旅館「三木屋」だよ。

羊蹄山（北海道）

『カインの末裔』
有島武郎 ▶P.103

有島の出世作である本作の舞台となったニセコの地には、有島記念館と『カインの末裔』の文学碑がある。

奥に見えるのが羊蹄山。麓には私が小作人に解放した有島農場があるよ。

大山（だいせん）（鳥取県）

『暗夜行路』志賀直哉 ▶P.109

大山は主人公の謙作が籠もった霊山。若き志賀直哉が滞在した蓮浄院跡地、阿弥陀堂などのゆかりの場所のほか、大神山神社奥宮の参道入口に文学碑がある。

阿弥陀堂は室町時代末期の建築。国の重要文化財に指定されているよ。

大山
城崎温泉
神戸

神戸（兵庫県）

『細雪』
谷崎潤一郎 ▶P.95

谷崎潤一郎が兵庫県神戸市東灘区に構えた邸宅。谷崎はこの家を「倚松庵」と呼び、同邸宅にて『細雪』を執筆した。

倚松庵は「『細雪』の家」とも呼ばれているよ。

雑誌文化と文庫

文芸ブームを後押しした出版事情

文芸の流行の背景には、明治時代から昭和にかけて、数多く創刊された文芸雑誌の存在がありました。同人誌に関しては80ページで前述しましたが、明治時代に「国民之友」「反省会雑誌」（中央公論の前身）などの総合雑誌、「家庭之友」（1908年「婦人之友」に改題）などの女性誌、さらには「小国民」「少年世界」などの児童向け雑誌が創刊されました。大正期に入ると大部数の雑誌が盛んに発刊されるようになり、週刊誌やグラフ雑誌も登場。「改造」や「キング」などの大衆娯楽雑誌が人気を集めます。菊池寛によって「文藝春秋」が創刊されたのも大正12年（1923）のことです。

また、岩波文庫をはじめとする小型の文庫本が発刊されるようになったのもこの頃のこと。『近代日本文学全集』に代表される1冊1円の円本のブームも手伝って読書人口が拡大します。新聞の発行部数の躍進とともに新聞小説も人気を博し、教養の大衆化が進みました。

■ 主な雑誌の創刊年表

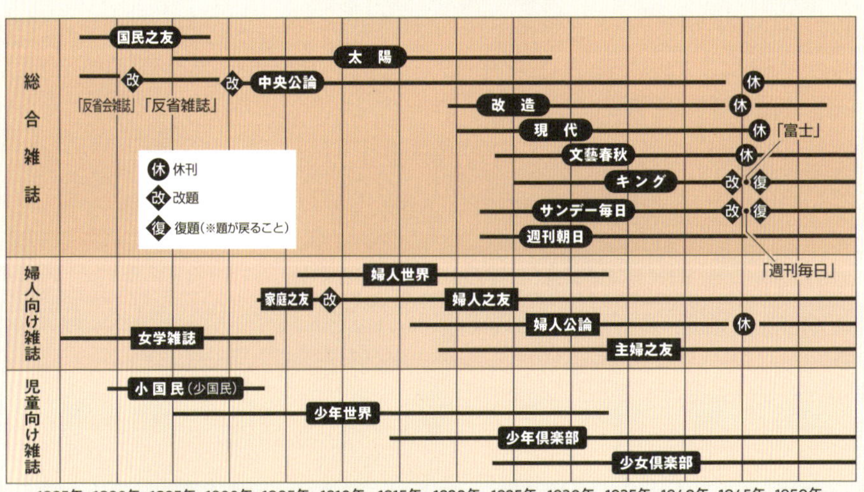

第3章

大正後期から昭和前期の文豪

大正後期から昭和前期の時代背景

戦後恐慌と関東大震災による不況にあえぐ日本において、民衆の支持を受けて台頭したのが軍部でした。軍部は大陸進出を積極化させ、欧米と対立。アジア・太平洋戦争へと突き進んでいきます。文学界ではプロレタリア文学とそれに対抗する新感覚派、新興芸術派などが興りますが、軍部の統制にさらされ、自由な表現を失っていきます。

慢性的な不況下、民衆の支持を受けた軍部が台頭

第一次世界大戦の戦時需要により好景気に沸いた日本でしたが、大正9年（1920）には、一転して**戦後恐慌**に襲われます。

低迷する日本経済にとどめを刺したのが、大正12年（1923）9月1日に発生した**関東大震災**でした。

以降、**金融恐慌**、**昭和恐慌**が日本を襲い、国内が慢性的な不況にあえぐなか、民衆の支持を受けて**軍部**が台頭します。民衆は失政続きで農村を疲弊させた政府に失望し、軍部に期待したのです。軍部は政治的な発言権を拡大させる一方、大陸進出を本格化させて**満洲事変**などで欧米と対立し、昭和16年（1941）に始まる**アジア・太平洋戦争**へと突き進んでいきました。

プロレタリア文学と新感覚派

文学界では大正後期、再び現実を見据えようとする**新現実主義**が起こります。鋭い知性で物語を紡いだ**芥川龍之介**、テーマ性を持った小説を書いた**菊池寛**などが登場します。

また大正後期からは社会不安を背景に、社会主義革命を訴える**プロレタリア文学**が大きな潮流となり、**小林多喜二**らが現実社会の矛盾を訴えました。

そうしたプロレタリア文学に対抗する形で生まれたのが新感覚派。文学そのものに取り組むことを目指し、**横光利一**が『**機械**』、**川端康成**が『**伊豆の踊子**』、『**雪国**』などを発表しました。その流れを受けた**新興芸術派**からは、『**山椒魚**』の**井伏鱒二**、『**檸檬**』の**梶井基次郎**らが登場。人間心理の深層を表現する**新心理主義**からは**堀辰雄**が出て、『**風立ちぬ**』を残しました。

しかし、世論に影響力を持つ文壇も次第に軍部の統制を受けるようになりました。

とくにプロレタリア文学は厳しい弾圧を受けて昭和10年（1935）頃に消滅しています。

大正後期から昭和前期のできごと

1920年(大正9)	戦後恐慌が始まる。
1923年	関東大震災が発生する。
1925年	治安維持法および普通選挙法が公布される。
1926年	大正天皇が崩御し、「昭和」に改元される。
1927年	金融恐慌が発生する。
1929年	世界恐慌が発生する。
1931年	満洲事変が勃発する。
1932年	五・一五事件が起こる。
1936年	二・二六事件が起こる。
1937年	盧溝橋事件が起こる。
1941年	太平洋戦争開戦。
1945年	8月15日、日本がポツダム宣言を受諾する。

新現実主義
- 芥川龍之介(あくたがわりゅうのすけ) ▶P.118
- 菊池寛(きくちかん) ▶P.124
- 久米正雄(くめまさお)

プロレタリア文学
- 小林多喜二(こばやしたきじ) ▶P.128
- 葉山嘉樹(はやまよしき)
- 徳永直(とくながすなお)

新感覚派
- 横光利一(よこみつりいち) ▶P.132
- 川端康成(かわばたやすなり) ▶P.136

新感覚派 → 対抗 ← プロレタリア文学

新興芸術派
- 梶井基次郎(かじいもとじろう) ▶P.146
- 井伏鱒二(いぶせますじ) ▶P.142

新心理主義
- 堀辰雄(ほりたつお) ▶P.150
- 伊藤整(いとうせい)

プロレタリア文学に対抗した作家群

転向文学
- 中野重治(なかのしげはる)
- 島木健作(しまきけんさく)

戦時統制の時代

文豪相関図❸大正後期から昭和前期

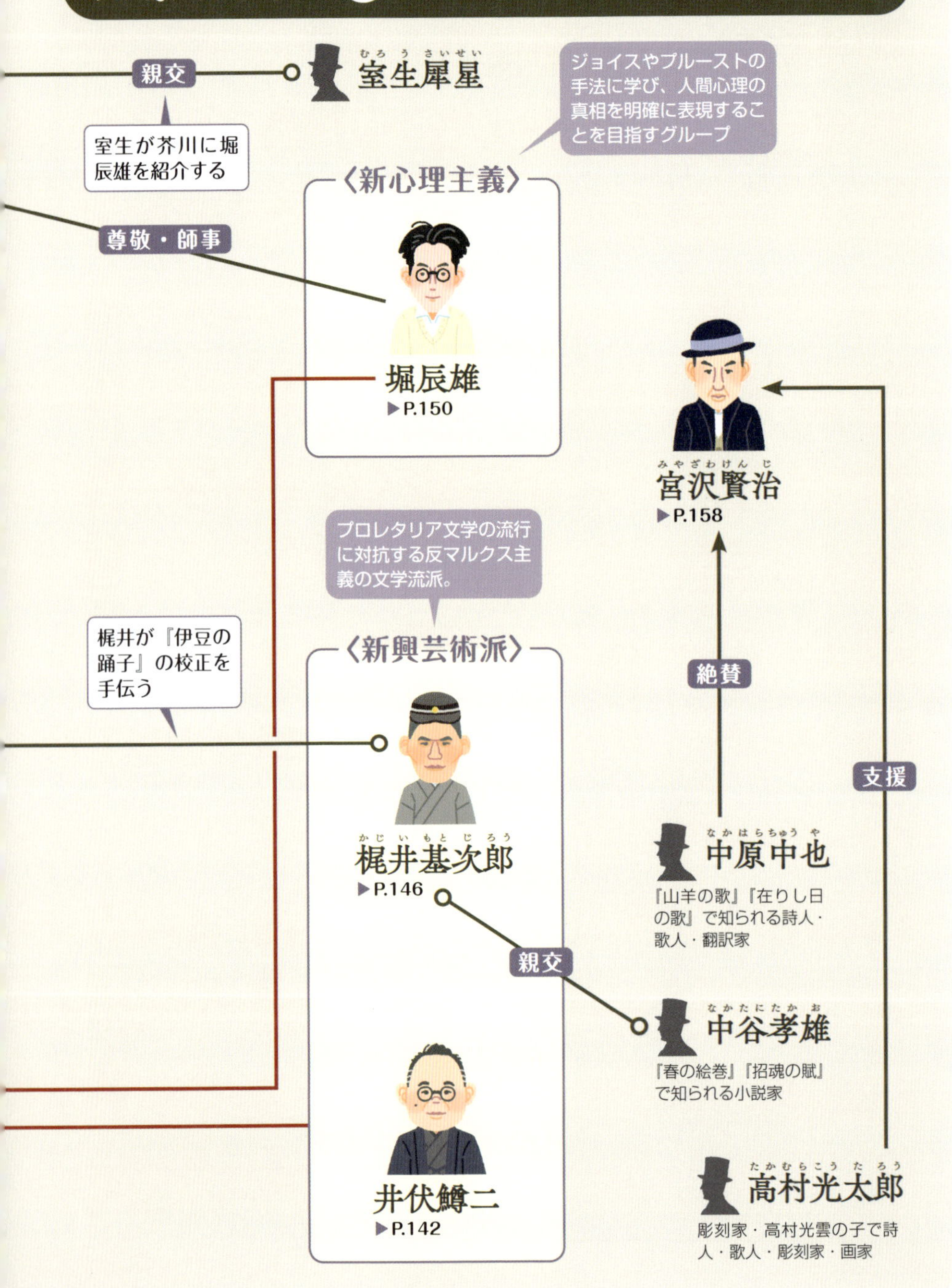

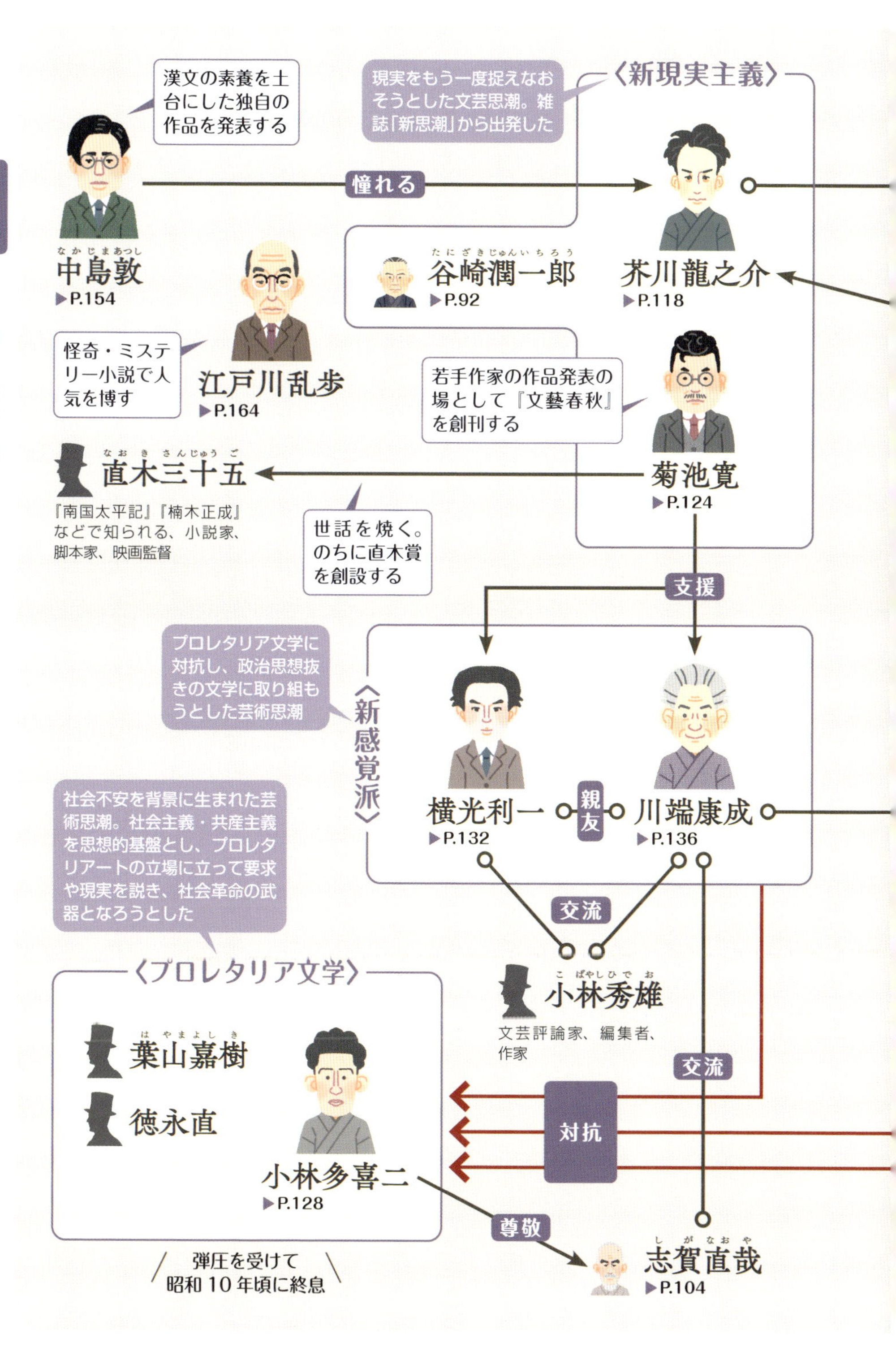
漢文の素養を土台にした独自の作品を発表する
中島敦
▶P.154
憧れる
現実をもう一度捉えなおそうとした文芸思潮。雑誌「新思潮」から出発した
〈新現実主義〉
谷崎潤一郎
▶P.92
芥川龍之介
▶P.118
怪奇・ミステリー小説で人気を博す
江戸川乱歩
▶P.164
若手作家の作品発表の場として『文藝春秋』を創刊する
直木三十五
『南国太平記』『楠木正成』などで知られる、小説家、脚本家、映画監督
菊池寛
▶P.124
世話を焼く。のちに直木賞を創設する
支援
プロレタリア文学に対抗し、政治思想抜きの文学に取り組もうとした芸術思潮
〈新感覚派〉
社会不安を背景に生まれた芸術思潮。社会主義・共産主義を思想的基盤とし、プロレタリアートの立場に立って要求や現実を説き、社会革命の武器となろうとした
横光利一
▶P.132
親友
川端康成
▶P.136
交流
小林秀雄
文芸評論家、編集者、作家
〈プロレタリア文学〉
葉山嘉樹
徳永直
小林多喜二
▶P.128
交流
対抗
尊敬
志賀直哉
▶P.104
弾圧を受けて昭和10年頃に終息

新現実主義

芥川龍之介

古典を題にとる優れた短編を生み出しながら、次第に疲弊していった早熟の天才

出生への悩みから自己存在の不安を投影した作風へ

芥川龍之介は牧場を経営する裕福な家に生まれましたが、母が精神を病み、母の実家芥川家で育てられます。母の発病は龍之介に重たい宿命となってのしかかりました。

子供の頃から成績優秀で、天才と呼ばれた芥川は、東京帝国大学英文科へと進学すると、第一高等学校時代の同級生・菊池寛らと第三次・第四次「**新思潮**」を創刊し、処女小説『**老年**』を発表。大正5年（1916）に発表した『**鼻**』が夏目漱石に激賞され、作家として世に出るチャンスを得ます。

以降、『**芋粥**』『**蜘蛛の糸**』などの傑作を世に出し人気作家となりました。

普段の芥川は原稿執筆中、玄関に「面会謝絶」の貼り紙をするなどユニークな性格を見せる一方、妻となる塚本文に対して熱烈なラブレターを送るなど、ロマンティストの面がありました。

当初芥川は芸術至上主義のもと、鋭い人間批評と技巧的文体で『**地獄変**』『蜘蛛の糸』などの短編小説を発表していました。

しかし、芥川は次第に自身の出生にまつわる宿命や、社会と自己の矛盾に悩むようになり、作風も自己の不安を投影したものへと変化します。さらに神経衰弱が進むと自己内省が強まり、「保吉もの」など私小説的作品が増え、『**河童**』などに絶望が描かれます。やがて義兄の借金や愛人の妊娠も重なって追い詰められ、何度か自殺を図りました。

そして昭和2年（1927）、「**ぼんやりした不安**」と、遺書に残し服毒自殺を遂げました。芥川が**河童**の絵を好んだため命日は河童忌と呼ばれています。

『羅生門』『鼻』
『芋粥』『地獄変』
『蜘蛛の糸』『河童』

生没年 明治25年（1892）～昭和2年（1927）／35歳没
本名 芥川龍之介
出身 東京市京橋区（現・中央区明石町）
職業 小説家・俳人
学歴 東京帝国大学英文科
趣味 歌舞伎・講談・俳句
死因 服毒自殺

ひと言でいうと……

現実や生活を鋭い知性と洗練された技巧で表現した新現実派を代表する作家。『鼻』や『羅生門』『河童』など、古典や伝説を題材に奇抜な発想を盛り込み、鋭い人間批判、自己と社会との矛盾を作品に描きました。

人物相関図

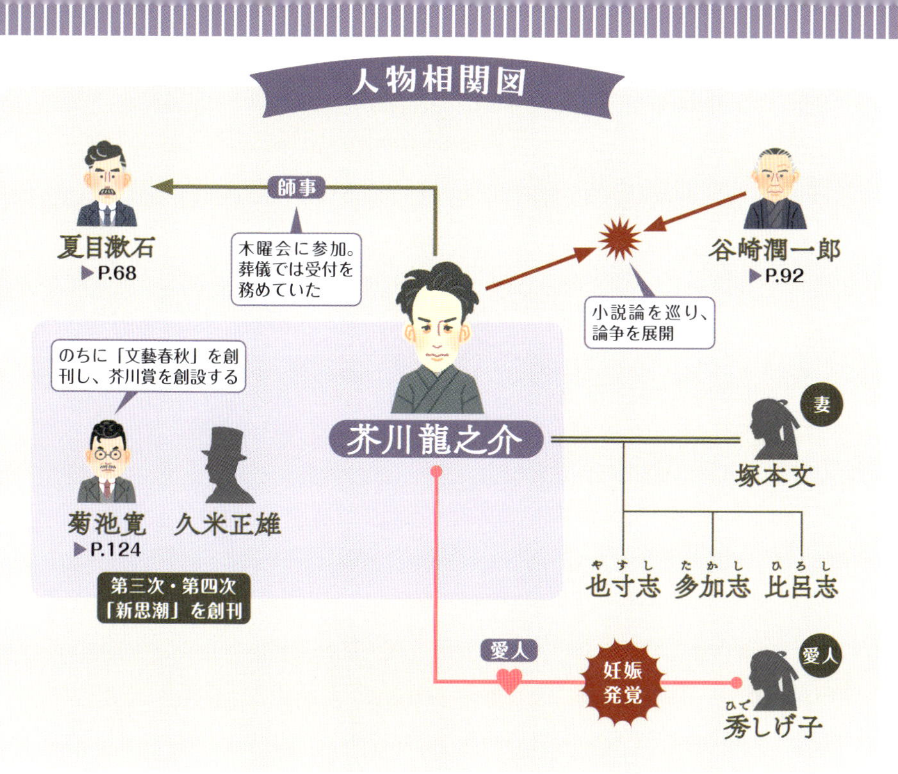
夏目漱石
▶P.68
師事
木曜会に参加。
葬儀では受付を
務めていた
谷崎潤一郎
▶P.92
小説論を巡り、
論争を展開
芥川龍之介
のちに「文藝春秋」を創
刊し、芥川賞を創設する
菊池寛
▶P.124
久米正雄
第三次・第四次
「新思潮」を創刊
妻
塚本文
也寸志（やすし）
多加志（たかし）
比呂志（ひろし）
愛人
妊娠
発覚
愛人
秀（ひで）しげ子

ゆかりの地MAP

芥川が愛した隅田川と本所

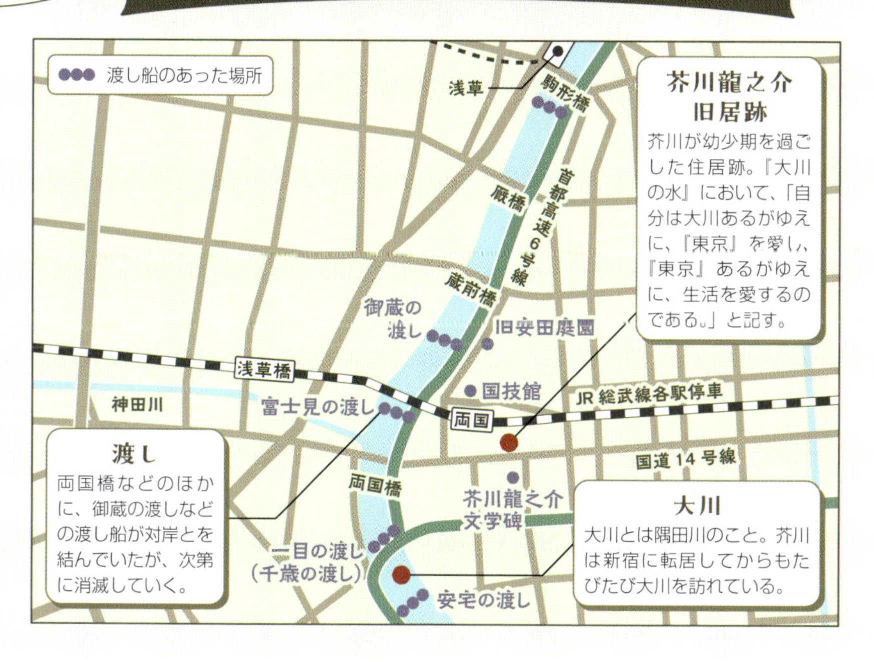
●●● 渡し船のあった場所
浅草
駒形橋
厩橋
首都高速6号線
蔵前橋
御蔵の
渡し
旧安田庭園
浅草橋
国技館
JR総武線各駅停車
神田川
富士見の渡し
両国
国道14号線
両国橋
芥川龍之介
文学碑
一目の渡し
（千歳の渡し）
安宅の渡し
芥川龍之介
旧居跡
芥川が幼少期を過ごした住居跡。『大川の水』において、「自分は大川あるがゆえに、『東京』を愛し、『東京』あるがゆえに、生活を愛するのである。」と記す。
渡し
両国橋などのほかに、御蔵の渡しなどの渡し船が対岸とを結んでいたが、次第に消滅していく。
大川
大川とは隅田川のこと。芥川は新宿に転居してからもたびたび大川を訪れている。

芥川 龍之介の生涯と作品

1892年
誕生

芥川は、東京市京橋区入船町で牧場経営の長男として生まれました。

生後7か月で母が精神に異常をきたしたため、龍之介は母の実家・芥川家に預けられます。短編小説『点鬼簿』に記した「僕の母は狂人だった」の一文は痛烈。この生い立ちが芥川の人生に大きな影響を与えることとなります。

1904年（12歳）
伯父の芥川道章と養子縁組し、「芥川龍之介」となる。

1906年（14歳）
東京府立第三中学校（現・両国高校）の同級生・野口真造、大島敏夫らと回覧雑誌「流星」（のち「曙光」）を創刊する。

代表作

名作ナビ

『羅生門』

その髪の毛が、一本ずつ抜けるのに従って、下人の心からは、恐怖が少しずつ消えて行った。そうして、それと同時に、この老婆に対するはげしい憎悪が、少しずつ動いて来た。——いや、この老婆に対すると云っては、語弊があるかも知れない。

解説 平安の世、生きるため盗人になろうとするも決心がつかない下人が、羅生門の上で死人の髪を抜いていた老婆に遭遇します。老婆の行いを責めた下人は、生きるためだと言い返されたとき、果たしてどんな行動に出たのか。善と悪との間で揺れる不安定な人間の姿が描かれます。

この頃の僕は歴史家を志望していました。

1910年（18歳）
※第一高等学校の「校友会雑誌」に『義仲論』を発表。

1913年（21歳）
東京帝国大学（現・東京大学）英文学科に入学。

この年、幼馴染の吉田弥生への恋心が芽生え、井川恭宛書簡に「僕の心には時々恋が生れる」と書き送っています。

1914年（22歳）
久米正雄、菊池寛らと第三次「新思潮」創刊。処女小説『老年』を発表する。

1915年（23歳）
『羅生門』を「帝国文学」に発表する。

『羅生門』執筆の背景には大学時代に養父母の反対で挫折した幼馴染との結婚がありました。芥川はこの出来事に人間のエゴイズムを痛感し、これを跳ね返すために「なる可く現状と懸け離れた、なる可く愉快な小説」を書こうとしたと語っています。

※第一高等学校……現在の東京大学教養学部、千葉大学医学部および薬学部の前身となった旧制高等学校。

イケメン台無しの証言

あごに手を当てたポーズで写真に写り、美男としても知られていましたが、実は風呂嫌いで近づくと臭かったという残念な逸話が伝わります。

代表作

名作ナビ

『鼻』

禅智内供の鼻と云えば、池の尾で知らない者はない。長さは五六寸あって上唇の上から顎の下まで下っている。形は元も先も同じように太い。云わば細長い腸詰めのような物が、ぶらりと顔のまん中からぶら下っているのである。

解説 異形の鼻を持つ主人公の心情をたどり、近代知識人の利己的な感情や自尊心を描き出した作品。あごの下まで垂れ下がる長い鼻を持つ内供。努力して短い鼻にしたものの、今度は意外な心情に襲われ、翌朝、鼻が元に戻ると晴れ晴れしい気持ちになりました。

1916年（24歳）
久米正雄、菊池寛らと第四次「新思潮」を創刊し、『鼻』を発表。また、「新小説」に『芋粥』を発表する。

『鼻』は夏目漱石からの賞讃を得ます。

この頃から漱石先生の門下生が集まる木曜会に初参加した。

塚本文と結婚。プロポーズの際、芥川は、「理由は一つしかありません。僕は文ちゃんが好きです。それだけでよければ　来て下さい」とピュアで直球の手紙を送っています。

1918年（26歳）結婚

披露宴を行った割烹料理・自笑軒址は、芥川ファンの聖地のひとつです。

代表作

名作ナビ

『地獄変』

堀川の大殿様のやうな方は、これまでは固より、後の世には恐らく二人とはいらつしやいますまい。噂に聞きますと、あの方の御誕生になる前には、大威徳明王の御姿が御母君の夢枕にお立ちになつたとか申す事でございますが、兎に角御生れつきから、並々の人間とは御違ひになつてゐたやうでございます。

解説 地獄変の屏風を描くよう命じられた絵仏師・良秀。見なければ描けないと答える良秀の前に現れたのは、牛車に入れられて焼き殺される自分の娘でした。良秀はこの状況にも恍惚となり、狂気ともいえる芸術家魂で絵を完成させますが…。

文豪びっくりエピソード

谷崎潤一郎 vs 芥川龍之介

小説では「物語の面白さ」が最も重要と主張する谷崎潤一郎に対して反論したのが、芥川でした。彼は「物語の面白さ」は小説の質には関係がないとしました。論争はその後も続くかと思われましたが、間もなく芥川の死によって中断されてしまうのでした。

物語だ！
物語じゃない！
V.S

代表作

名作ナビ

『蜘蛛の糸』

そこで犍陀多(かんだた)は大きな声を出して、「こら、罪人ども。この蜘蛛の糸は己(おれ)のものだぞ。お前たちは一体誰に尋(き)いて、のぼって来た。下りろ。下りろ。」と喚(わめ)きました。

解説 お釈迦様が地獄で苦しんでいるカンダタの善行を思い出し、救ってやろうと蜘蛛の糸を垂らします。カンダタは上に登ろうとしましたが、自身の不用意な言動によってすべては泡と消えました。地獄から抜け出すチャンスをもらいながら、それをふいにしてしまうお話です。

1921年（29歳）
大阪毎日新聞社の特派員として中国を旅行するも、心身の健康状態が悪化する。

1920年(28歳)
『舞踏会』『秋』『南京の基督』『杜子春』を発表。

1919年(27歳)
大阪毎日新聞社に入社する。

1918年（26歳）
『地獄変』『蜘蛛の糸』を発表。

『蜘蛛の糸』は、僕が初めて手がけた童話作品です。

文豪びっくりエピソード

神経衰弱の背景

熱烈なラブレターを送った文との間には3男をもうけた芥川でしたが、一方でしっかり不倫し、愛人を持っていました。相手は秀(ひで)しげ子という歌人で、不倫の末、子供までもうけてしまいます。子供を見せられて震え上がった芥川が行ったのが、大阪毎日新聞の海外視察員としての3か月の中国旅行。そこで自殺を考えたものの未遂に終わりました。

誰の子だと思います…？

この頃から健康状態が悪化し始めた。

1922年（30歳）
『籔の中』『六の宮の姫君』などを発表。

1923年（31歳）
関東大震災が発生。田端の自宅で被災する。

1921年から1927年にかけて、芥川の周囲では彼を悩ませる出来事が相次ぎます。胃腸障害、神経衰弱が続くなか、1927年には義兄が放火と保険金詐欺の嫌疑をかけられ、多額の借金と芥川に扶養の義務が生じる遺族を残して鉄道自殺。芥川も秘書であった平松麻素子と心中未遂を起こしました。

代表作

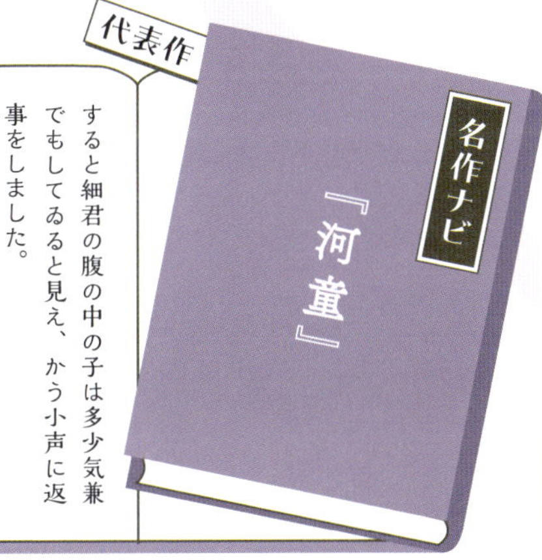
名作ナビ
『河童』

すると細君の腹の中の子は多少気兼でもしてゐると見え、かう小声に返事をしました。
「僕は生れたくはありません。第一僕のお父さんの遺伝は精神病だけでも大へんです。その上僕は河童的存在を悪いと信じてゐますから。」

解説 主人公が迷い込んだ河童の世界は、すべてが人間社会とは逆の不思議な世界。出生は子供の意志が尊重され、恋愛は雌が雄を追いかけ、宗教は飲食や性交を旨とするが、長老は神を信じていません。「私」は憂鬱になり人間社会に帰りますが……。晩年の芥川の絶望を見ることができます。

1927年(35歳)
『河童』『蜃気楼』を発表後。

遺書を認めた芥川は、ヴェロナールおよびジャール（青酸カリという説もある）の致死量を飲んで服毒自殺を遂げました。早朝、夫人が異常に気づき手当てを施しましたが、朝7時に絶命しました。芥川の自殺後、影響を受けた若者たちの後追い自殺が相次ぎました。

代表作

名作ナビ
『或阿呆の一生』

彼はペンを執る手も震へ出した。のみならず涎さへ流れ出した。彼の頭は〇・八のヴェロナアルを用ひて覚めた後の外は一度もはつきりしたことはなかつた。しかもはつきりしてゐるのはやつと半時間か一時間だつた。彼は唯薄暗い中にその日暮らしの生活をしてゐた。言はば刃のこぼれてしまつた、細い剣を杖にしながら。

解説 芥川の自伝的な遺稿で、親友の久米正雄にこの小説を託すところから始まります。自らを阿呆と蔑みながら人生を振り返っており、養父母や伯母との記憶、先生の死、結婚と子供の誕生、数々の女性たちとの関わりなどが内面の葛藤や懊悩とともに描かれています。

新現実主義

菊池寛

大衆小説で文壇の大御所となる一方、実業家として日本の文芸界の発展に寄与した

裸一貫からスタートし、大衆小説で流行作家に

文藝春秋の創立者として知られる**菊池寛**ですが、香川県の貧しい家に生まれ、スタートは裸一貫でした。

秀才の誉れ高かった菊池は、上京後、第一高等学校で生涯の友となる**芥川龍之介**と出会います。京都帝国大学進学後には、その芥川らと第三次・四次の「**新思潮**」を創刊し、戯曲の『**屋上の狂人**』『**父帰る**』などを発表しました。

大学卒業後、時事新報社で記者として働きながら作家を目指し、大正7年（1918）に、「**中央公論**」に自分や芥川をモデルにした『**無名作家の日記**』、続いて『**忠直卿行状記**』を発表。明快な主題の小説が高い評価を受け、新技巧派の作家として文壇に認められました。

その後は『**恩讐の彼方に**』などで現実主義の立場から新しい視点の人間解釈を試み、大正9年（1920）から連載した『**真珠夫人**』などの大衆小説で人気作家へと駆け上ります。

菊池はもうひとつ大きな野望を抱いていました。それが若い作家が作品を発表する場として大正12年（1923）に創刊した「文藝春秋」です。

充実した執筆陣と破格の安さで部数を伸ばし、菊池は莫大な富を得て、文壇で大きな発言力を持つようになります。

文芸家協会を設立する一方、早世した友人の芥川や**直木三十五**を悼み、**芥川賞**、**直木賞**を創設するなど、文芸界の発展に尽力したほか、のちに映画の制作に乗り出し、今のメディアミックスの祖ともいえる文豪実業家となりました。

『父帰る』
『忠直卿行状記』
『恩讐の彼方に』『真珠夫人』

生没年 明治21年（1888）～昭和23年（1948）／59歳没
本名 菊池寛（ひろし）
出身 香川県香川郡高松（現・香川県高松市天神前）
職業 小説家・劇作家・実業家
学歴 京都帝国大学英文科
趣味 麻雀・将棋
死因 狭心症

ひと言でいうと……

明確な主題と鋭い心理分析を適切な描写で表現した、大正から昭和の新技巧派の代表的作家。のちに『真珠夫人』のような大衆小説も多く執筆し、人気を不動のものにしました。「文藝春秋」を創刊するなど文学界の発展にも尽くしました。

人物相関図

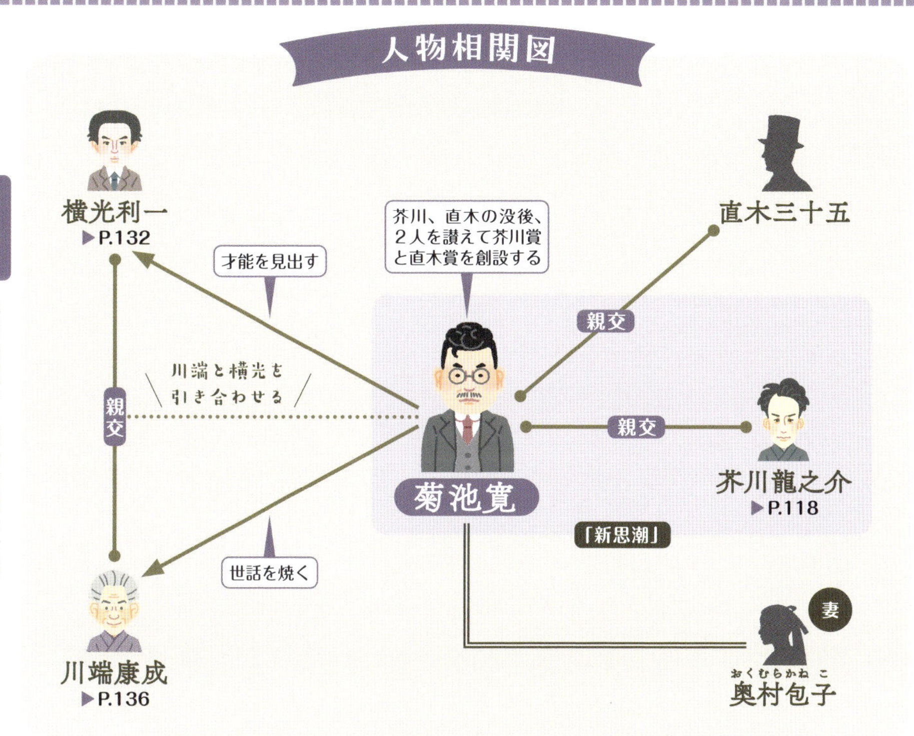
横光利一
▶P.132
才能を見出す
芥川、直木の没後、
2人を讃えて芥川賞
と直木賞を創設する
直木三十五
親交
川端と横光を
引き合わせる
親交
親交
菊池寛
芥川龍之介
▶P.118
「新思潮」
世話を焼く
妻
川端康成
▶P.136
奥村包子

ゆかりの地MAP 菊池寛と故郷・高松

料亭大忠跡
菊池は帰郷の際には必ず立ち寄って、一品料理を味わったという。
高松築港
高松
高松城跡
さぬき浜街道
JR高徳線
JR予讃線
兵庫町
三越
片原
高松琴平電鉄琴平線
華下天神
城の鎮守神として北向きに改築された天神社。菊池は同郷だと言って金の無心に来る者に、この天神の向きを尋ねて試したという。
菊池寛記念館
高松市役所
中央通り
高松高校
香川県庁
香川大学
中央公園
菊池寛通り
旧県立中央病院
亀阜小学校
田町
瓦町
観光通り
百舌坂
少年時代、この辺りで百舌狩りを楽しみ、〈百舌博士〉とまで呼ばれたという。
菊池寛生家跡
高松藩の藩儒の家系に生まれ、200坪ほどの屋敷であったという。

菊池 寛の生涯と作品

文豪びっくりエピソード

菊池の男気

第一高等学校退学の真相は、他人のマントを質に入れてしまった友人をかばったため。菊池は友人が犯人であることを知っていたが、学校から調べを受けた際に自分がやったと自白したためでした。校長の新渡戸稲造は菊池の嘘と見抜きましたが、菊池が真相を語らなかったため、結局退学処分になってしまいました。これが真相とすれば大変男気溢れる菊池ですが、学生時代のあだ名は「ブルドッグ」で、モテませんでした。後年名声を得て愛人を持った菊池ですが、別れた後も相手が生活に困らないよう、面倒を見たそうです。

1888年 誕生

12月26日、香川県香川郡高松に高松藩で、儒学者を務めた家に生まれました。

1910年（22歳）
第一高等学校文科に入学。

1913年（25歳）
第一高等学校を退学させられ、京都帝国大学（現・京都大学）英文学科に入学。

退学処分になって路頭に迷っていたところを父の友人である十五銀行の副頭取・成瀬成恭に助けられ、自宅に居候させてもらった。だが、風呂が嫌いだった俺は、成瀬氏の妻から毎日風呂に入ることを条件に出された。

出世作

忠直卿当国津守（つのかみ）に移らせ給うて後は、些（いささか）の荒々しきお振舞もなく安けく暮され申候。兼々（かねがね）仰せられ候には、六十七万石の家国を失いつる折は、悪夢より覚めたらんが如く、ただすがすがしゅうこそ思い候え。

解説 越前北の庄城主で徳川家康の孫にあたる松平忠直の孤独な心のうちを理知的に描いた歴史小説。忠直は家来から祭り上げられ、人間扱いされないため何度も乱行に及び、家臣を次々と切腹に追い込みます。ついにその地位を奪われ配流にされましたが、そこで初めて穏やかな心境を味わうのでした。

1914年（26歳）
第三次「新思潮」に参加。戯曲『玉村吉弥の死』などを発表。

1916年（28歳）
第四次「新思潮」創刊。戯曲「屋上の狂人」などを発表。また、京大を卒業し、時事新報社に入社、社会部の記者となる。

実は時事新報社で菊池は不採用とされていましたが、一高時代の友人・久米正雄が合格しており、彼の替え玉として入社してしまいました。

この年、戯曲『父帰る』などを発表するも、注目されず……。

1917年（29歳）
結婚

相手は同郷の奥村包子でした。

1918年（30歳）
『無名作家の日記』『忠直卿行状記』が好評を得て文壇での地位を確立する。

将棋・麻雀禁止令

菊池は麻雀を趣味とし、日本麻雀連盟の初代総裁になりました。文藝春秋社でも麻雀牌を作らせるほどの力の入れよう。しかし、菊池は仕事中に大好きな将棋や卓球で遊んでいたため、社員もこれを真似するようになります。これでは仕事がおろそかになると激怒して禁止令を出した菊池でしたが、これに最も難儀し、最初に破ったのは当の菊池だったといわれます。

「（前略）……御主人には御主人の主義があり貴君(あなた)には貴君の主義があるのですもの。その孰れが正しいかは、銘々一生を通じて試して見る外はありませんわ。……（後略）」

解説 真珠のように美しい男爵令嬢・瑠璃子が主人公。父を陥れた成金の後妻となり、体を許さないまま未亡人となって莫大な遺産を相続します。やがてサロンの女王となり、男たちをもてあそぶ彼女の真意とは!?

出る出る禁断症状

1919年(31歳)
大阪毎日新聞社の客員となる。

1920年（32歳）
『真珠夫人』が成功を収める。

当時の文芸雑誌はだいたい1冊80銭～1円でしたが、1冊10銭という破格の安さで売り出しました。しかも、芥川龍之介や川端康成、直木三十五など、当時の人気作家が寄稿していたため、売り上げを順調に伸ばしていきました。

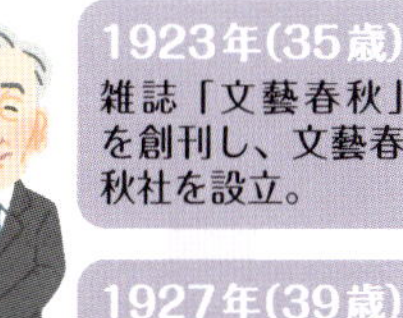

1923年(35歳)
雑誌「文藝春秋」を創刊し、文藝春秋社を設立。

1927年(39歳)
親友・芥川龍之介が自殺。

大きなショックを受けた菊池は「文藝春秋」に寄稿し、葬儀でも弔辞を捧げました。

1935年（47歳）
芥川龍之介賞、直木三十五賞を創設する。

中央公論社襲撃事件

その後、1938年に「日本文学振興会」を創立し、初代理事長となった菊池は、1939年に菊池寛賞を設定。大日本著作権保護同盟会長に就任するなど、文芸界の発展に貢献していきます。

文豪びっくり
エピソード

記事を巡り殴り込みに

菊池は銀座にオープンした「カフェー・プランタン」をこよなく愛しました。ただ、カフェーといっても、喫茶店というより女給の女性たちが酒の相手をしてくれる店で、今日でいうスナックやキャバクラのようなもの。菊池は毎晩この店に足を運んでいたところ、「婦人公論」に女給を口説く「太った文壇の大御所」が登場する『女給』という作品が掲載されます。菊池はすぐに自分と気づき、中央公論に「自分はこんな口説き方はしていない！」と抗議文を送りました。さらに中央公論社に乗り込んで編集長を殴り取り押さえられるという事件を起こしています。

3月6日午後9時15分、狭心症で急逝。59歳でした。

プロレタリア文学

小林 多喜二

社会主義運動に対する弾圧が高まるなか、凄惨な最期を迎えたプロレタリア作家

労働者の過酷な現実を目撃し、社会運動へ傾倒する

小樽の地で育った**小林多喜二**。当時、開発が進む小樽では、タコ部屋に押し込められた労働者が過酷な肉体労働を強いられており、貧困の現実と社会矛盾を痛感した多喜二は、労働運動に心を寄せるようになります。

小樽商業時代には**志賀直哉**に憧れ、小説家の道を歩み始めると、人道主義の小説を雑誌に投稿していました。しかし次第に**社会主義**に傾倒し、労働運動に積極的に関わるようになります。昭和3年（1928）、**共産党**への弾圧を描いた**『一九二八年三月十五日』**を発表して注目され、翌年に労働者の現実を描いた**『蟹工船』**で**プロレタリア作家**の旗手とみなされるようになりました。

小作人と労働者が、大地主に対して共闘する**『不在地主』**が原因で勤めていた拓殖銀行を解雇されましたが、かえって社会運動を本格化させる契機となります。多喜二は上京し、日本プロレタリア作家同盟役員となり、社会文学運動に邁進。当時、社会主義運動は弾圧され、共産党は非合法とされていたため、以降、多喜二は逮捕と投獄を繰り返すことになります。

多喜二は権力と対決する人々の真に迫る姿を、リアリズムに徹した鋭い筆致で描写した小説や評論を発表。講演活動をして各地を回り、昭和6年（1931）に共産党に入党すると、左翼活動を取り締まる官憲に要注意人物とみなされるようになります。

そして、昭和8年（1933）に党活動を描いた**『党生活者』**を発表後、逮捕され、特高警察の拷問を受けて虐殺されました。

『一九二八年三月十五日』『蟹工船』『党生活者』

- **生没年** 明治36年（1903）～昭和8年（1933）／29歳没
- **本名** 小林多喜二
- **出身** 秋田県北秋田郡下川沿村（現・秋田県大館市川口）
- **職業** 銀行員・小説家・社会運動家
- **学歴** 小樽高等商業学校
- **趣味** 絵画・将棋
- **死因** 心臓麻痺（実際は拷問死）

ひと言でいうと……

昭和初期、社会革命運動の発展を期したプロレタリア文学を切り開いた革命作家。階級社会の矛盾と闘争を描いた『蟹工船』など、社会と対決する人間像と、労働者の悲惨な実態をリアリズムに徹して描き出しました。

人物相関図

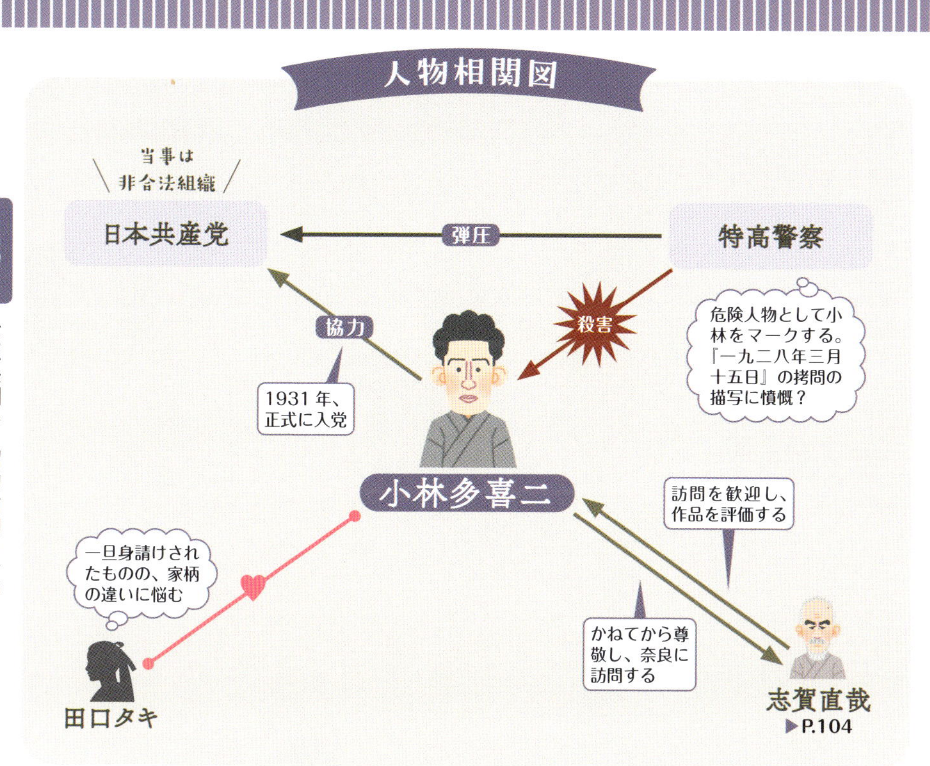
当事は
非合法組織
日本共産党
弾圧
特高警察
協力
1931年、
正式に入党
殺害
危険人物として小林をマークする。『一九二八年三月十五日』の拷問の描写に憤慨？
小林多喜二
訪問を歓迎し、作品を評価する
一旦身請けされたものの、家柄の違いに悩む
かねてから尊敬し、奈良に訪問する
田口タキ
志賀直哉
▶P.104

ゆかりの地MAP 小林多喜二と小樽の街

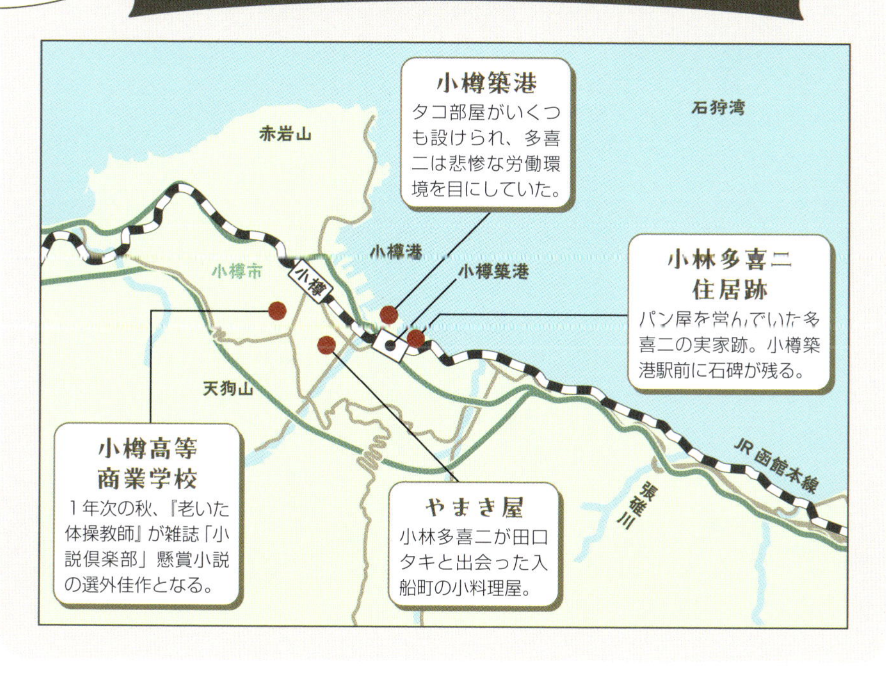
小樽築港
タコ部屋がいくつも設けられ、多喜二は悲惨な労働環境を目にしていた。
石狩湾
赤岩山
小樽港
小樽市
小樽
小樽築港
小林多喜二
住居跡
パン屋を営んでいた多喜二の実家跡。小樽築港駅前に石碑が残る。
天狗山
小樽高等
商業学校
1年次の秋、『老いた体操教師』が雑誌「小説倶楽部」懸賞小説の選外佳作となる。
やまき屋
小林多喜二が田口タキと出会った入船町の小料理屋。
張碓川
JR函館本線

小林多喜二の生涯と作品

小林多喜二は、北秋田郡下川沿村に小作農の次男として生まれました。

1903年 誕生

実家は貧しく、4歳の時に小樽へ移住しました。そこには労働者のタコ部屋がいくつもあり、過酷な労働環境を身近に見ながら育ちました。

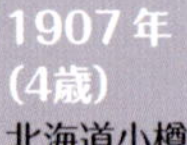

1907年（4歳）
北海道小樽に移住する。

1921年（18歳）
小樽高等商業学校（現・小樽商科大学）に入学する。

文豪びっくりエピソード

酌婦に恋をする

多喜二の恋として有名なのが、小樽時代の恋愛。相手のタキは実家が抱えた多額の借金返済のために小料理屋で酌婦として働いていました。多喜二は彼女の噂を聞いて惚れ込み、タキを身請けします。しかし、タキはエリート銀行員である多喜二と自分の家庭環境の違いに悩み、結局多喜二のもとを去り、多喜二の恋は終わりました。やがて多喜二は非業の死を遂げますが、タキはその後2009年に101歳の生涯を終えたことが話題となりました。

恥ずかしながら、タキに送った「闇があるから光がある」というラブレターのフレーズが有名になってしまいました。

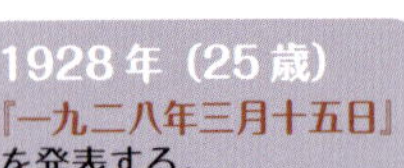

1928年（25歳）
『一九二八年三月十五日』を発表する。

1924年（21歳）
北海道拓殖銀行に就職。同人誌「クラルテ」を創刊する。

1926年頃より、ゴーリキーや葉山嘉樹などの作品を通じてプロレタリア文学に傾倒していきます。

1927年（24歳）
労農芸術家連盟に加盟。

代表作

名作ナビ

『一九二八年三月十五日』

取調室の天井を渡つてゐる梁に滑車がついてゐて、それの両方にロープが下がつてゐた。龍吉は×××××（以下五行削除）彼の×、××××××××××なつた。眼は眞赤にふくれ上がつて、飛び出した。

「助けてくれ！」彼が叫んだ。

それが終ると、××に手をつツこませた。

解説 1928年3月15日、日本共産党の党員が大量検挙、拷問された三・一五事件の北海道小樽市の様子を描いた作品です。小樽の合同労働組合の小川龍吉と同志らの検挙から始まり、様々な人間像を深い洞察で描写。後半部分の凄惨な拷問の描写が真に迫ります。

文豪びっくりエピソード

志賀直哉との交流

小林が文学の師としたのは、在学中から作品を読みふけっていた志賀直哉でした。20歳頃から志賀との間に手紙のやりとりを始め、ついには『蟹工船』を送って感想を求めたうえ、本人に会いに行ってしまいます。すでにこの頃には思想犯としてマークされていた小林でしたが、そんな彼を志賀は快く迎え、息子たちと奈良のあやめ池遊園地に遊びにも連れていきました。『蟹工船』については、プロレタリア運動の意識が現れることを指摘し、作品としては不純になり、効果が薄くなるとアドバイスしています。

1929年（26歳）
『蟹工船』『不在地主』を発表。北海道拓殖銀行を解雇される。

特高にマークされるようになるのもこの頃からです。

1930年（27歳）
東京に移住。治安維持法違反で逮捕され、刑務所に入る。

当時、非合法とされていた共産党への資金援助の嫌疑をかけられての逮捕でした。

日本プロレタリア作家同盟の書記長に就任しました。

1931年（28歳）
日本共産党に入党。

志賀先生に会いに行ったのはこの頃です。

1933年（29歳）
『党生活者』を発表。

地下活動の経験をもとにした作品です。

1933年（29歳）死去

2月20日、特高警察に逮捕された小林はその日のうちに死亡。死因は心臓麻痺とされましたが、実際は暴行による殺人でした。

代表作

名作ナビ

『蟹工船』

「本当のことを云えば、そんな先き、、、の成算なんて、どうでもいいんだ。——死ぬか、生きるか、だからな」
「ん、もう一回だ！」
そして、彼等は、立ち上った。——もう一度！

解説 プロレタリア文学の最高峰の呼び声高い名作で、蟹工船の悲惨な実態を描いています。オホーツク海に出ている蟹工船は命さえ軽んじる奴隷工場でした。労働者たちが階級意識に目覚め、一度失敗するも再び「死ぬか、生きるか、だからな」と闘争に立ち上がる最後の場面は必見です。

新感覚派

横光利一

常に新しい表現を追い求め、「文学の神様」と称えられた新感覚派の旗手

川端康成と出会い、新感覚派を立ち上げる

福島県に生まれ、父の仕事の都合で各地を転々とした**横光利一**は、中学の頃に文学に目覚め、早稲田大学時代に雑誌に投稿を続けて注目されます。知遇を得た**菊池寛**の後押しで、大正12年（1923）に雑誌に投稿した『**蝿**』と『**日輪**』で作家デビューを飾りました。

これと前後して菊池に**川端康成**を紹介されます。真面目な横光は、偉い人の前では不作法と遠慮し、ひとりだけ牛鍋に手をつけず文学論を語りました。印象的な出会いでしたが、横光は川端と意気投合し、終生支え合う同志となります。

ふたりは従来の**リアリズム**や**プロレタリア文学**とは違う新しい文学を目指そうと、「**文藝時代**」を創刊。西洋文学も取り入れ、感覚的手法を用いた**新感覚派**を打ち出しました。

さらに横光の作風に大きな変化がみられるのが、昭和5年（1930）。新感覚派を深め、ヨーロッパの心理主義文学の影響を受けた『**機械**』を発表し、心の動きを細密に捉えた**新心理主義**の小説で文壇に衝撃を与えたのです。また、昭和9年（1934）には『**紋章**』を発表して文学と大衆小説を融合した「**純粋小説論**」を展開し、文壇の話題をさらいます。

横光は常に時代の先頭に立つ斬新な文学を求めて挑戦し、「**文学の神様**」と呼ばれました。

しかし晩年は思わぬ不遇に見舞われます。ヨーロッパ旅行の経験をもとに『**旅愁**』を執筆するも、戦後、国粋主義的と批判されて戦犯に名指しされてしまうのです。横光は失意のなか、49歳で世を去りました。

代表作
『日輪』『機械』
『紋章』『旅愁』

生没年 明治31年（1898）～昭和22年（1947）／49歳没
本名 横光利一（としかず）
出身 福島県北会津郡東山村（現・福島県会津若松市東山町）
職業 小説家・俳人・評論家
学歴 早稲田大学政治経済学部除籍
趣味 映画鑑賞
死因 腹膜炎

ひと言でいうと……
昭和初期の新感覚派を代表する作家で、感覚的かつ西洋文学を取り入れた斬新な表現で、時代を切り開きました。心の動きを細かく表現した『機械』などの新心理主義、純粋小説論など貪欲に新しい表現に挑んだ文豪です。

人物相関図

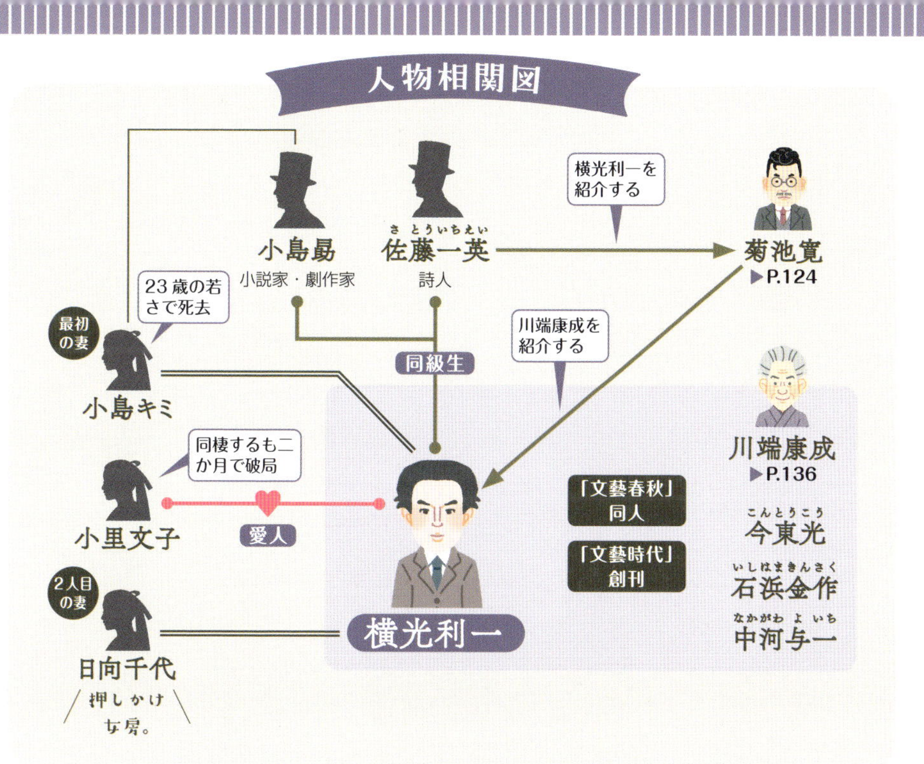
小島勗
小説家・劇作家
佐藤一英
詩人
横光利一を紹介する
菊池寛
▶P.124
23歳の若さで死去
同級生
川端康成を紹介する
最初の妻
小島キミ
川端康成
▶P.136
同棲するも二か月で破局
小里文子
愛人
「文藝春秋」同人
「文藝時代」創刊
今東光
石浜金作
中河与一
2人目の妻
日向千代
押しかけ女房。
横光利一

ゆかりの地MAP 横光利一の苦節時代と初音町

伝通院
初音館
1920年からの下宿先。当初2階の部屋を借りたが、家賃が払えず1階の四畳半へ移った。
餌差の下宿
関東大震災後、一時的にキミと暮らした下宿。
東京大学
春日
東京メトロ丸ノ内線
東京メトロ南北線
菊池寛の家
川端康成との出会いの場となった菊池寛の家。
小島勗の家
小島勗は早稲田大学高等予科の同級生で、横光の恋人キミの兄。上京後出入りするようになり、キミとの交際が始まった。
後楽園
小石川後楽園
都営三田線
東京メトロ大江戸線
東京ドーム
飯田橋
水道橋
首都高速5号池袋線
JR中央本線

横光 利一の生涯と作品

1898年 誕生

3月17日、鉄道技師の父・梅次郎の赴任先であった福島県北会津郡東山村大字湯本川向の東山温泉にて生まれました。

1916年(18歳)

早稲田大学高等予科英文学科入学。

しかし、友人との諍いで神経衰弱を患い、父母の住む京都山科に移り、翌年、長期欠席により早稲田大学高等予科を除籍となりました。のちに復学しましたが、結局また除籍になってしまいました。

1917年(19歳)

7月、「文章世界」投稿欄に応募した『神馬』が佳作となる。

この頃から数々の雑誌に投稿を行い、優れた成績を残したことから次第に注目を集めるようになっていきます。

名作ナビ 『日輪』

デビュー作

彼女の澄み渡った瞳の底から再び浮び始めた残虐な微笑は、静まった夜の中をひとり毒汁のように流れていた。
「ああ、地上の王よ、我を見よ。我は爾らの上に日輪の如く輝くであろう。」
彼女は膝の上から反絵と反耶の頭を降ろして、静に彼女の部屋へ帰って来た。

解説 美しい邪馬台国の女王・卑弥呼が、美貌ゆえに運命に翻弄されるドラマティックな物語です。男たちに夫を殺された卑弥呼は、自らの美貌を武器に王たちを操る日輪になろうと決意。彼女を巡り王たちが争って倒れ、彼女は邪馬台を含めた3国の王となります。

受賞歴

「萬朝報」懸賞小説で『犯罪』が当選。(1917年)

「文章世界」で作品3作が準佳作、4作が佳作となる。(1918年)

「時事新報」の懸賞短篇小説で『踊見』が選外2等に。(1921年)

1919年(21歳)

菊池寛と知遇を得る。

またこの年、級友の妹でのちに妻となる小島キミと出会いました。

1921年(23歳)

11月、菊池寛宅で川端康成を知る。

1923年(25歳)

2月、川端康成らと共に「文藝春秋」の編集同人に。5月、『日輪』『蠅』を発表。

1923年(25歳)

9月1日、関東大震災後、小島キミと同棲する。

1924年(26歳)

川端康成・今東光らと共に「文藝時代」を創刊。『頭ならびに腹』を発表。

評論家の千葉亀雄により、「新感覚派」と称されるようになります。

横光利一が激怒した採点表

1924年の「文藝春秋」11月号に「文壇諸家価値調査表」（文士採点表）が掲載されました。それは芥川龍之介、川端康成など、時の人気作家を、学識、天分、修養、度胸、風采、人気、資産、腕力、性慾、好きな異性、未来といった項目を設定して採点したものでした。これに激怒したのが横光利一です。学識や人気を採点されるくらいならともかく、性欲やら容姿やらをネタにされたことに憤慨し、今東光とともに抗議文を読売新聞社に送り付けたのでした。しかし、これを知った川端に、「恩人（菊池寛）に背いてはいけない」と諫められると、読売新聞社に出向き、その原稿を撤回したのでした。

1926年(28歳)
小島キミ死去。

キミの没後、7月8日にキミとの婚姻届を提出し、戸籍上でも夫婦となりました。

1927年(29歳) 結婚

キミの死の翌年には、早くも菊池寛の媒酌で美術学生の日向千代と結婚し、杉並町阿佐ヶ谷に新居を構えました。

1930年（32歳）
満鉄の招聘により菊池寛、直木三十五らと共に満洲へ旅行。『機械』『寝園』を発表する。

1934年(36歳)
明治大学文科文芸科講師となる。

1937年(39歳)
『旅愁』の連載を開始。

6月、突然眩暈と半身の痺れを生じ病臥し、12月30日、腹膜炎により死去しました。告別式では菊池寛、川端康成らが弔辞を読んでいます。

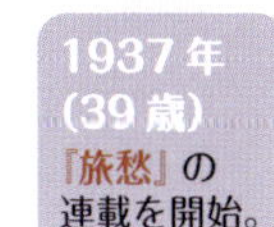

1947年(49歳) 死去

代表作 名作ナビ 『旅愁』

僕らにとって究極の大切なことは、ソビエットみたいに人間に科学性を与えることよりも、中国みたいに想像力を人間に与えることだよ。人間の精神を知らすことさ。互にどこも科学ばかりが発達して、相手の精神を知らずにいちゃ、人と人との間の政治は悪くなるばかりじゃないか。

解説 渡欧する船中で出会った4人の男女がパリを舞台に織りなす物語。日本主義者の矢代と西欧的合理主義者の久慈、カトリックの千鶴子らの議論を通して東洋対西洋などの問題が浮き彫りにされます。矢代と千鶴子が恋に落ち、主義を乗り越えて結納を交わすところで終わる未完の大作です。

妻より川端

千代との結婚式に川端が駆けつけてくれたとき、川端の宿泊先が決まっていないことを察した横光は、「これから伊豆のホテルに行くのだが一緒に行かないか？」と新婚旅行に川端を誘ったのでした。

新感覚派

川端康成（かわばたやすなり）

急速に西洋化が進む戦後、日本の美を描き出したノーベル賞作家

幼少期に家族をことごとく失い天涯孤独の身となる

日本人初のノーベル文学賞を受賞した川端康成でしたが、その生い立ちは孤独でした。開業医の父、母を幼年時に失い、祖父母のもとに預けられるも、15歳までに祖父母を失って天涯孤独の身となります。この孤独感は川端の作品を覆うテーマとなりました。

親戚に支えられての東京帝国大学進学後、**「新思潮」**に発表した大正10年（1921）の**『招魂祭一景』**の斬新な感覚が菊池寛の目に留まり、文壇で注目されます。**「文藝春秋」**の同人となり、菊池に紹介された横光利一らと**「文藝時代」**を創刊。19歳のときの伊豆旅行の経験をもとにした**『伊豆の踊子』**をはじめ、意欲作を次々と発表しました。

感覚的な美や心理を追求した川端は、**新感覚派**と呼ばれます。この手法は、昭和10年（1935）から連載した抒情的な**『雪国』**でひとつの到達点を迎えました。

戦時中に日本の生活・文化への思索を深めた川端は、戦後、日本の伝統や心の美しさを追求します。これらは**『山の音』『古都』**として実を結び、**「日本人の心の神髄」**を世界文学にまで高めたと評価され、昭和43年（1968）、日本人初の**ノーベル文学賞受賞**という栄誉に至りました。

川端は寡黙な人でしたが、日本ペンクラブ会長を務める一方、芥川賞選考委員を第1回から務めるなど、後進の育成にも力を入れます。三島由紀夫を文壇デビューさせたのも川端でした。以降三島と交流を深め、彼が割腹自殺すると大きな衝撃を受け、昭和47年（1972）4月、ガス自殺を遂げました。

『伊豆の踊子』
『雪国』『千羽鶴』
『山の音』『古都』

生没年 明治32年（1899）～昭和47年（1972）／72歳没
本名 川端康成
出身 大阪府大阪市北区此花町（現・大阪市北区天神橋）
職業 小説家・文芸評論家
学歴 東京帝国大学国文学科
趣味 古美術蒐集・囲碁
死因 ガス自殺

ひと言でいうと……

『伊豆の踊子』『雪国』などで知られる昭和の国民的大作家で、日本人初のノーベル文学賞受賞者。感性を重んじた新感覚派の担い手として文壇をリードし、戦後は日本の心や美しさを求めた小説を発表しました。

人物相関図

〈次世代の作家たち〉

三島由紀夫
▶P.186

岡本かの子　北条民雄（ほうじょうたみお）

才能を認め、その死の影響を受ける

何かと面倒を見たほか、横光利一を紹介する

菊池寛
▶P.124

親交

横光利一
▶P.132

『伊豆の踊子』の校正を手伝う

梶井基次郎
▶P.146

発掘

妻

松林秀子

川端康成

芥川賞受賞に反対され脅す

プライベートを批判

太宰治
▶P.176

政子
（養女）

ゆかりの地MAP　川端康成と『伊豆の踊子』の旅

『伊豆の踊子』に反映された体験
相模湾
熱海
駿河湾
相模灘
1泊目。
伊東
湯ヶ島（ゆがしま）温泉
『伊豆の踊子』の舞台となった湯本館を、以後、川端は定宿とした。梶井基次郎が川端と出会ったのもこの宿である。
修善寺温泉
天城街道
2〜3泊目。
『伊豆の踊子』冒頭の場所。トンネルの手前の茶屋で踊子一行と出会う。
湯ヶ島温泉
旧天城トンネル
湯ヶ野温泉
4〜6泊目。旅館・福田屋の対岸に踊子が入った共同風呂が残る。
三原山
下田
7泊目。8日目の朝、踊子らと別れる。
大島

川端康成の生涯と作品

6月14日、大阪市北区此花町で、開業医の川端栄吉とゲンの長男として誕生しました。

川端は2歳の時に父親を結核で失うと、その翌年に母を同じ結核で失います。その後、祖父母に預けられるも、1906年に祖母が他界。祖父の死によって15歳で天涯孤独の身となってしまいました。

1914年（15歳）
5月、祖父死去。伯父に引き取られる。

1915年(16歳)
茨木中学の寄宿生となる。

文学に熱中し始めるのはこの頃のこと。志賀直哉、芥川龍之介、谷崎潤一郎をとくに好み、志賀先生の文章を模範としていた。また、文学者の南部修太郎を紹介してもらい師事した。

1917年（18歳）
第一高等学校に入学する。

1918年（19歳）
伊豆にひとり旅に出る。

1920年（21歳）
東京帝国大学（現・東京大学）文学部に入学する。

『招魂祭一景』を高く評価したのが、菊池寛。彼を介して、川端は生涯の友となる横光利一と出会います。

この時菊池さんは、「えらい男だから友達になっておけ」と横光を紹介した。彼は菊池さんが振る舞ってくれた牛鍋にほとんど手をつけず、文学について語り続けていたよ。

1921年（22歳）
菊池寛宅で横光利一を知り、親交を深める。

1921年（22歳）
東大生の同人誌「新思潮」（第六次）を刊行し、『招魂祭一景』を発表する。

文豪びっくりエピソード

宿代を踏み倒した川端

伊豆の旅で川端は、旅芸人一行と道連れになり、この経験がのちに名作『伊豆の踊子』として結実します。川端が同作を書いたのは学生時代のことでしたが、執筆のために何度も宿泊した伊豆の湯ヶ島温泉の旅館「湯本館」には、宿代を一銭も払わず、延べ2年近く逗留しました。しかもその後も宿代を払うことはなかったそうです。

あーあーあー♪
聞こえなーい
川端先生…
お支払いは…

解説 伊豆旅行で得た川端自身の体験を小説化した作品。孤児根性でいじけた高校生が、伊豆の旅で美しい踊子の一行と道連れになります。その踊子に惹かれるなか、素朴なやり取りや純真な人間味によって心が清々しく洗われていきます。読後の甘い快さが残る余韻が印象的です。

私生活ではのちに妻となる松林秀子との生活が始まりました。

1926年（27歳）
『伊豆の踊子』を発表。
『感情装飾』を出版。

『伊豆の踊子』執筆に際して、校正を手伝ったのが、川端を敬愛していた梶井基次郎でした。

1925年（26歳）
『十六歳の日記』
『孤児の感情』を発表。

『十六歳の日記』は病床の祖父を記録した日記。介護の日々と病床の祖父の姿が綴られます。

自宅の被害が軽微だったので、芥川龍之介、今東光らと東京の惨状を見て回った。人間の生活力を痛感する一方で、死と対峙した時の生を意識した。

1924年(25歳)
同人誌「文藝時代」創刊。

「文藝時代」において、川端は短編小説を数多く発表し、新感覚派の旗手として注目されるようになります。

1923年(24歳)
関東大震災に遭遇。

数多くの作品を生んだ川端の初恋

川端の婚約は22歳のとき。相手の伊藤初代はなんと15歳でした。本郷のカフェ・エランの女給として働いていた初代に惚れた川端がプロポーズしたのです。しかし間もなく初代から一方的に婚約を破棄されてしまいます。川端は破棄を取り消そうと奔走しますが、「私には或る非常があるのです。」という手紙を残して初代は姿を消し、間もなく浅草のカフェ・アメリカへ移って同カフェの支配人と結婚してしまいました。川端に深い傷を残した事件でしたが、のちにこの騒動を直接題材にした作品群が生まれるなど、様々な作品に影響を与えたことで知られます。

解説 有名な冒頭から始まる『雪国』。温泉町で出会った駒子を忘れられない主人公と、彼を一途に愛する芸者・駒子。火事を見る場面で駒子が彼の手を握り、彼の心に激しい感情がこみ上げるが、同時に別れも頭をかすめる、ラストシーンの繊細な交情の描写は必読です。

1929年(30歳)
上野に転居。

浅草に足しげく通うようになり、『浅草紅団（くれないだん）』を新聞に連載。

1931年(32歳)
結婚

同棲していた秀子と入籍しました。

1933年(34歳)
『禽獣』『末期の眼』を発表。

越後湯沢への旅と、そこで出会った芸者をモデルとして書いたのが『雪国』だよ。

1937年(38歳)
『雪国』を刊行。
鎌倉に転居する。

戦時中は他に『故園』『夕日』『父の名』を発表しました。

1942年(43歳)
『名人』を発表。

1943年(44歳)
従兄の子・政子を養女にする。

戦争末期には海軍報道班員として鹿屋の海軍特攻隊基地を山岡荘八と共に訪れています。

1947年(48歳)
『哀愁』を発表。

1947年の末、横光利一が没します。翌年の葬儀では川端が弔辞を述べ、「心の無二の友人」であり、「恩人」であると語りました。

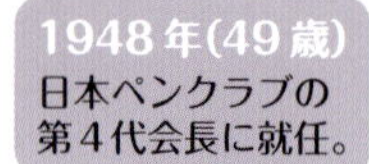

1948年(49歳)
日本ペンクラブの第4代会長に就任。

1952年(53歳)
『千羽鶴』を発表する。

解説 菊治は亡き父の愛人太田夫人と再会し、背徳感を漂せつつも妖艶な夫人に魅かれます。しかし夫人は罪深さに苦悩し自殺を遂げてしまいました。菊治は夫人を偲び、やがてその娘とも関係を持ち……。男と女の情愛がどこか超現実の物語として美しく描かれます。

文豪びっくりエピソード

骨董趣味

川端には骨董の趣味があり、陶器や茶器、日本画、仏像など多くの古美術を蒐集していました。当然つぎ込んだ財産も膨大な額に上り、ノーベル文学賞の賞金も受賞直前に買い漁った骨董品の支払いに消えたといわれます。しかし、1億円という骨董品の購入費に対して、賞金は2000万円。数千万の未払い金が残されたそうです。

解説 生き別れになった双子の姉妹。祇園祭の夜、運命であるかのように引き寄せられ、「あんた、姉さんや。神さまのお引き合せどす」と涙を流してふたりが出会う場面が印象的です。双子の姿が京都の美しい伝統を背景に可憐に描き出されています。

1961年(62歳)
文化勲章受章。『古都』発表。

1963年(64歳)
『眠れる美女』を発表する。

ノーベル文学賞受賞に当たって、「三島由紀夫君が若すぎるということのおかげです。」と述べました。

1968年(69歳)
日本人として初のノーベル文学賞を受賞する。

ノーベル文学賞受賞の少し前から、世界平和アピール七人委員会に参加する一方、各国に外遊するなど国際的な活動に身を置きました。

解説 生殖機能の衰えた老人・江口は、有閑老人限定の「秘密くらぶ」の会員となり、海辺の宿を訪れます。ここでは意識がなく眠らされた裸形の若い娘の傍らで一夜を過ごす趣向がとられているよう。5夜にわたり宿で過ごした老人は、「眠れる美女」の肉体を観察しながら、過去の恋人や娘、亡き母に対する思いを去来させるのでした。

1970年(71歳)
三島由紀夫の割腹自殺に衝撃を受ける。

1972年(72歳)死去

4月16日ガス自殺によって、自ら72歳10か月の生涯を終えました。自殺の理由については、三島の死の影響が指摘されています。

文豪びっくりエピソード

川端の眼力

川端は寡黙な一方、そのぎょろ目で人を見つめる癖がありました。本人は祖父の影響と語っていますが、熱海で暮らしていた1928年には、部屋に入った泥棒と鉢合わせすると、泥棒をじーっと見つめただけで退散させたというエピソードがあります。恐るべき目ヂカラです。

見つめるだけで逃げていく
こえええええ

新興芸術派

ユーモアとペーソスを含む独自の作風で戦後の文壇を担った文豪

井伏鱒二（いぶせますじ）

『山椒魚』で念願の文壇デビューを果たす

広島生まれの**井伏鱒二**は、文学好きの長兄の勧めで作家を目指し、早稲田大学に進みます。ところが作家への道は容易ではありませんでした。大学では教授のセクハラを受け中退。さらに、親友の自殺も重なって悲嘆に暮れます。この苦しみのなか、同人誌「**世紀**」に『**幽閉**（ゆうへい）』を発表しましたが、作家として世に出る機会には恵まれませんでした。

その後の井伏は同人誌で腕を磨きますが、転機となったのも、『幽閉』でした。昭和4年（1929）、『幽閉』を改題した『**山椒魚**（さんしょううお）』のユーモアとペーソスを含んだ独特の作風が文学界に認められたのです。

満洲事変（まんしゅうじへん）後、創作は活発化し、『**ジョン万次郎漂流記**』で**直木賞**（なおきしょう）を受賞するなど、本領を発揮していきます。

戦時中は陸軍に徴用されましたが、自身は軍国主義を嫌い、冷静な目を失うことはありませんでした。これが日常の視点から原爆の惨劇を描き出した、昭和40年（1965）連載開始の『**黒い雨**』に繋がります。

このほか、鋭い人間観察を哀歓とともに描いた『**本日休診**』や『**駅前旅館**』など、秀作を次々に送り出し、昭和41年（1966）には文化勲章も受賞しました。

95歳の長寿を保った井伏は自作に対するこだわりが強く、『山椒魚』を60年以上にわたり修正を繰り返したことでも知られます。

また、釣りと将棋（しょうぎ）を愛し、作風のように飄々（ひょうひょう）としてユーモアにあふれた人物でした。多くの人に慕われ、弟子の**太宰治**（だざいおさむ）も何くれと面倒を見て、結婚の世話もしています。

『山椒魚』『本日休診』
『ジョン万次郎漂流記』
『遥拝隊長』『黒い雨』

生没年 明治31年（1898）～平成5年（1993）／95歳没
本名 井伏滿壽二
出身 広島県安那郡加茂村（現・広島県福山市加茂町）
職業 小説家・翻訳家
学歴 早稲田大学仏文科中退
趣味 釣り、将棋
死因 肺炎

ひと言でいうと……

昭和を代表する新興芸術派の作家のひとり。『山椒魚』『黒い雨』『本日休診』など、鋭い人間観察と洞察に基づいたユーモアとペーソスにあふれた個性的な作品を残し、戦後の文壇をリードしました。

人物相関図

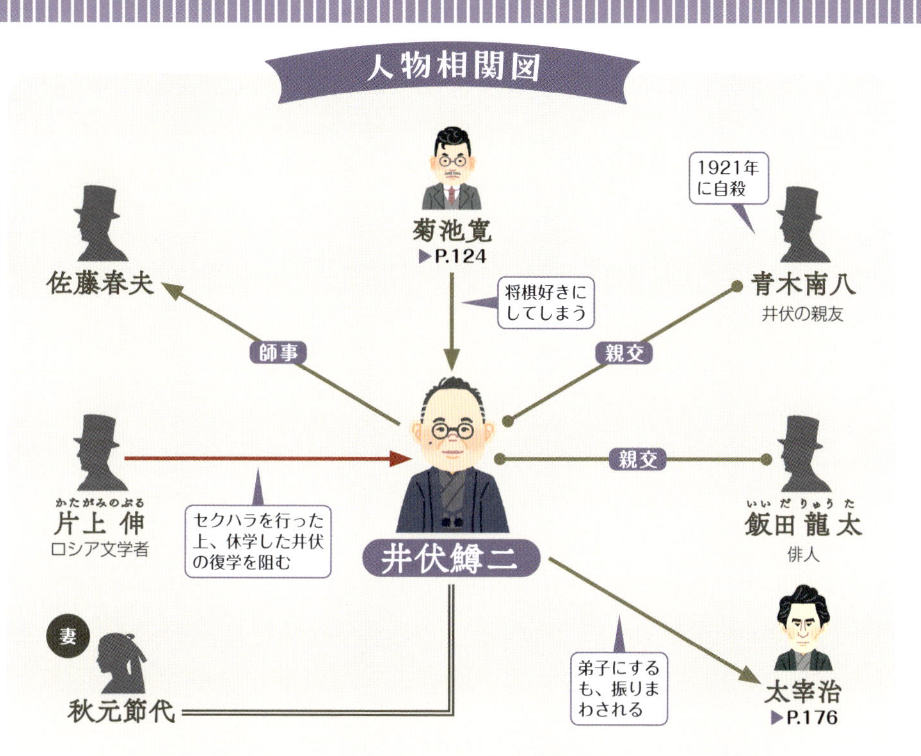
菊池寛
▶P.124
将棋好きにしてしまう
佐藤春夫
師事
1921年に自殺
青木南八
井伏の親友
親交
かたがみのぶる
片上伸
ロシア文学者
セクハラを行った上、休学した井伏の復学を阻む
井伏鱒二
親交
いいだりゅうた
飯田龍太
俳人
妻
秋元節代
弟子にするも、振りまわされる
太宰治
▶P.176

ゆかりの地MAP 井伏鱒二と文士の町・荻窪

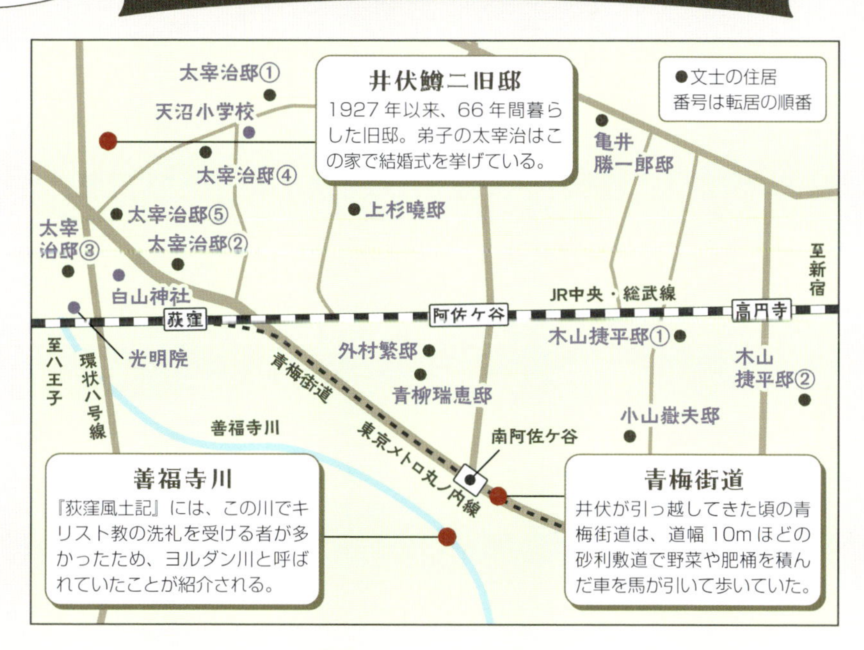
井伏鱒二旧邸
1927年以来、66年間暮らした旧邸。弟子の太宰治はこの家で結婚式を挙げている。
●文士の住居
番号は転居の順番
太宰治邸①
天沼小学校
太宰治邸④
太宰治邸⑤
太宰治邸③
太宰治邸②
白山神社
光明院
亀井勝一郎邸
上杉曉邸
至新宿
JR中央・総武線
荻窪
阿佐ケ谷
高円寺
木山捷平邸①
木山捷平邸②
至八王子
環状八号線
外村繁邸
青柳瑞恵邸
青梅街道
善福寺川
東京メトロ丸ノ内線
南阿佐ケ谷
小山擬夫邸
善福寺川
『荻窪風土記』には、この川でキリスト教の洗礼を受ける者が多かったため、ヨルダン川と呼ばれていたことが紹介される。
青梅街道
井伏が引っ越してきた頃の青梅街道は、道幅10mほどの砂利敷道で野菜や肥桶を積んだ車を馬が引いて歩いていた。

井伏鱒二の生涯と作品

1898年
誕生

広島県安那郡加茂村の旧家に生まれました。

当初は画家を志していましたが、兄の勧めもあり文学に転向します。

1919年（21歳）
早稲田大学文学部仏文学科に入学。

1921年（23歳）
日本美術学校別格科に入学。

代表作

名作ナビ
『山椒魚』

解説 頭が肥大し棲家の岩屋から出られなくなった山椒魚を主人公にした短編。岩屋が世界のすべてとなった彼は、やがて紛れ込んできた蛙を嫉妬から閉じ込めました。口論と沈黙の日々を数年経て、蛙が発する「今でもべつにお前のことをおこってはいないんだ」という言葉には考えさせられます。

中学校の庭で飼われていた山椒魚が、作品のヒント。1929年の改題後も『山椒魚』はその後60年以上にわたり手を入れ続けました。

1923年（25歳）
同人雑誌「世紀」に参加し、『山椒魚』の原型となる『幽閉』を発表。

1923年（25歳）
9月、関東大震災に遭い帰郷。またこの年、佐藤春夫に師事する。

1927年
（29歳）
結婚

お相手の秋元節代さんは、当時15歳。井伏は彼女と死ぬまで添い遂げました。

1927年に荻窪に転居。阿佐ヶ谷文士村の中心人物となっていきます。

1930年（32歳）
最初の作品集『夜ふけと梅の花』刊行。

この年、井伏に面会を求めて来た文学青年が、太宰治でした。

文豪びっくりエピソード

脅す弟子、脅される師匠

太宰からの面会申し込みになかなか時間が取れずにいた井伏。すると太宰が「会ってくれないなら自殺する」と脅してきたため、やむなく井伏は時間を作って会ってやることにしました。太宰と師弟関係となった井伏でしたが、以後、太宰は要求を通そうとするたびになにかと脅してくるようになったのでした。

マレー、シンガポールへ渡り「昭南タイムズ」の編集兼発行人となり、帰国後は内地で留守家族などを取材しました。

1941年（43歳）
陸軍に徴用される。

解説 幕末、漂流してアメリカに渡った土佐の漁師中浜万次郎の波乱に満ちた生涯を綴る物語。漂流中、アメリカの捕鯨船に救出された万次郎は英語や捕鯨を覚え、ジョン万と親しまれます。その後、アメリカ本土に渡り、帰国。幕末の日本で通訳として活躍しました。

1940年（42歳）
田中貢太郎を見舞い、滞在先のホテルで『へんろう宿』を執筆。

1956年（58歳）
第12回日本藝術院賞受賞。

1938年（40歳）
『ジョン万次郎漂流記』により第6回直木賞を受賞。

この旅行が、代表作のひとつとして結実します。

1966年(68歳)
『黒い雨』を刊行。

1935年（37歳）
「博浪沙」同人による高知旅行に参加。

1934年(36歳)
田中貢太郎が主宰する「博浪沙」の同人となる。

『黒い雨』は、この年、第19回野間文芸賞を受賞しました。さらに井伏自身も第26回文化勲章を受章しています。

1982年（84歳）
自伝的回想『荻窪風土記』を刊行。

解説 被爆した重松静馬と姪の日記を中心に、原爆の悲劇を日常の視点から描いた作品。広島の悲劇が淡々とした文章で克明に記されます。最後、「あの虹が出たら病気が治る」と原爆症の症状が出た姪を思う主人公の心が胸に迫ります。

1993年（95歳）死去

7月10日、肺炎で死去しました。

新興芸術派

梶井基次郎

大いなる才能を抱いたまま未完の文豪

実は反響がなかった梶井の代表作『檸檬』

梶井基次郎は生前ほとんど無名でしたが、独特の作風が今なお親しまれる作家です。

梶井は高校在学中、バンカラ気風に染まる一方、**夏目漱石**や**志賀直哉**、**谷崎潤一郎**などの文学に傾倒し、とくに漱石を好み、「梶井漱石」と署名することもありました。しかし10代で当時不治の病であった肺結核を発症すると、自暴自棄な生活を送るようになります。自分が喀血した血を葡萄酒だと偽って人に見せるなど、エキセントリックな一面も持ち合わせていました。

一方で東京帝大英文科に入学後、中谷孝雄らと同人誌「**青空**」を創刊し、大正14年（1925）に『**檸檬**』、『**城のある町にて**』を発表します。のちに『檸檬』は彼の代表作として知られるようになりますが、この時はあまり反響がありませんでした。

翌年、病状悪化に伴い、伊豆の湯ヶ島で療養し、闘病生活を送りながら執筆活動を継続します。この時**川端康成**の『**伊豆の踊子**』の校正を手伝ったとされ、川端から「作者の心の隙も校正してくれた」と完璧な仕事ぶりを称賛されました。

しかし体調の悪化が続き、作品は死に絶望するもので占められるようになります。大阪に戻ると病をおして執筆を続け、人生を直視した『**のんきな患者**』で初の原稿料を得ましたが、その数か月後、死去しました。

「梶井基次郎」の名前が広く知られるのはその死後のこと。友人の三好達治の奔走で出版された単行本『檸檬』が高く評価されたことが、その契機となりました。

代表作
『檸檬』
『城のある町にて』
『桜の樹の下には』

生没年 明治34年（1901）～昭和7年（1932）／31歳没
本名 梶井基次郎
出身 大阪市西区土佐堀通（現・大阪市西区土佐堀）
職業 小説家
学歴 東京帝国大学文学部英文科中退
趣味 音楽・絵画鑑賞／**死因** 肺結核

ひと言でいうと……
「近代日本文学の古典」と位置づけられる独特の表現を見せた作家。死の際を生きて生と死を見つめながら、近代的な退廃や不安を鋭い感性と詩的な表現で描き上げ、美しい短編小説を残しました。『檸檬』がとくに有名です。

人物相関図

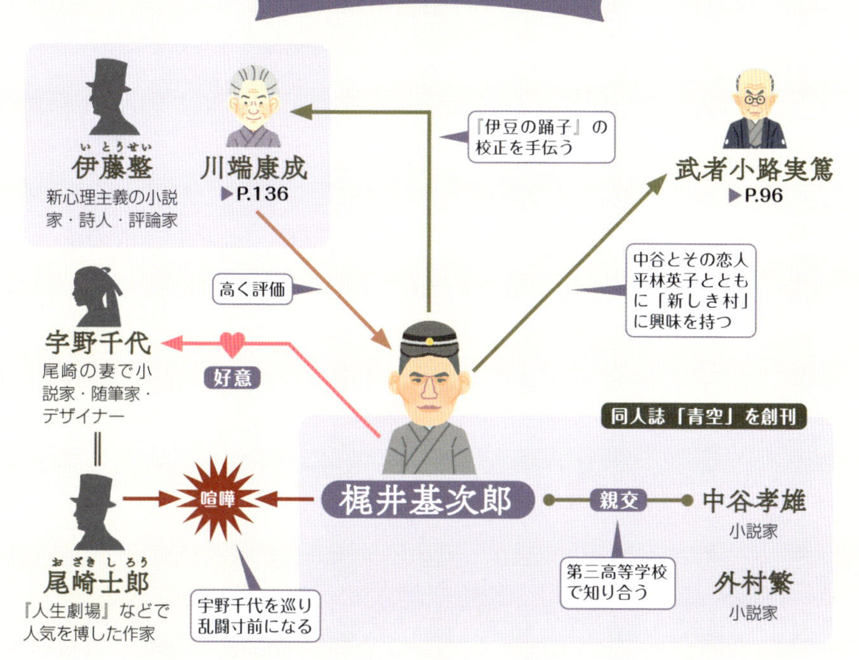

伊藤整
新心理主義の小説家・詩人・評論家
川端康成
▶P.136
『伊豆の踊子』の校正を手伝う
武者小路実篤
▶P.96
高く評価
中谷とその恋人平林英子とともに「新しき村」に興味を持つ
宇野千代
尾崎の妻で小説家・随筆家・デザイナー
好意
同人誌「青空」を創刊
梶井基次郎
喧嘩
親交
中谷孝雄
小説家
尾崎士郎
『人生劇場』などで人気を博した作家
宇野千代を巡り乱闘寸前になる
第三高等学校で知り合う
外村繁
小説家

梶井基次郎の京都

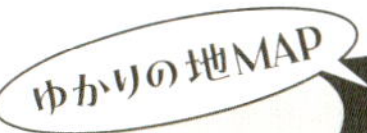
ゆかりの地MAP

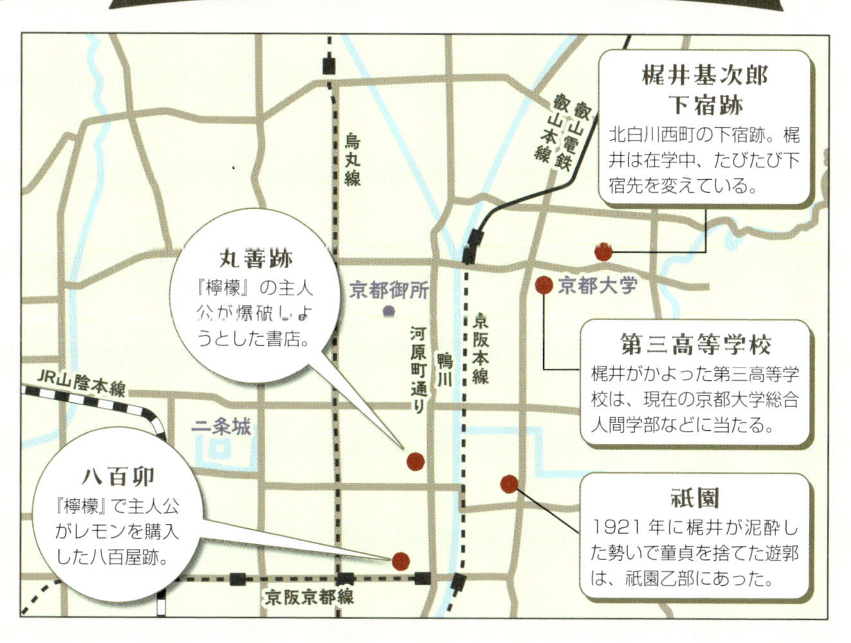

梶井基次郎下宿跡
北白川西町の下宿跡。梶井は在学中、たびたび下宿先を変えている。
叡山電鉄叡山本線
烏丸線
丸善跡
『檸檬』の主人公が爆破しようとした書店。
京都御所
京都大学
第三高等学校
梶井がかよった第三高等学校は、現在の京都大学総合人間学部などに当たる。
河原町通り
鴨川
京阪本線
JR山陰本線
二条城
八百卯
『檸檬』で主人公がレモンを購入した八百屋跡。
祇園
1921年に梶井が泥酔した勢いで童貞を捨てた遊郭は、祇園乙部にあった。
京阪京都線

梶井 基次郎の生涯と作品

2月17日、大阪市西区土佐堀通に、父・宗太郎、母・ひさの次男として生まれました。

小学校から中学校にかけて、父の転勤で各地を転々としました。

1916年(15歳)
大阪の北野中学を退学し、メリヤス問屋の丁稚となる。

1917年（16歳）
北野中学4年生に再入学。肺結核の兆候現れる。

文豪びっくりエピソード

背徳の筆おろし

通学途中で見かける女学生に惚れた梶井は、ある詩集の、男が女性に愛を訴える詩が書かれた1ページを切り取って告白しました。結果は惨敗。見事に振られました。のちに友人と飲んで泥酔した梶井は、八坂神社の前で大の字になって寝転び、「俺に童貞を捨てさせろ！」と喚き散らしたそうです。仕方がないので友人たちが近場の遊郭へ連れて行ったところ、翌朝すっかりおとなしくなったとのこと。遊郭で童貞を喪失した日のことを、「昨日は酒をのんだ、そしてソドムの徒となつた。」と記しています。

うーーーん どうする、あれ…
ソドムの徒になりたぁーい！

旧制高校時代は、バンカラ気風に染まり、擦り切れた学生服の上にマントを羽織り、破れた学帽を被って闊歩し、学校の内外で暴れまわる問題児だったよ。

1919年（18歳）
第三高等学校に入学する。

1920年（19歳）
三重県北牟婁郡の姉夫婦の許へ転地療養。

この子血ぃ吐いた！ やぁだやぁだ
すんごい量の血なんだけど
グエエ（嘘）

1921年(20歳)
京都市に下宿する。

1922年(21歳)
第三高等学校演劇研究会に入る。

1924年(23歳)
東京帝大（現・東京大学）文学部英文科入学。

この時期は遊び回って「退廃的生活」を送った。

演技派の基次郎

第三高校を2度落第して後がなくなった梶井は、卒業のために起死回生の策を練りました。彼は重病人のふりをして人力車で教授の家に押しかけると、咳をしながら病弱の学生であるように偽ったのです。これが奏功して見事に高校を卒業することが出来ました。

※第三高等学校……現在の京都大学総合人間学部および岡山大学医学部の前身となった旧制高等学校。京都市および岡山市に所在した。

文豪びっくりエピソード

人妻に恋する

伊豆の湯ヶ島で静養していた際、小説家の尾崎士郎とデザイナーの宇野千代夫妻に出会った梶井は、千代に惹かれて彼女のもとを何度も訪れるようになり、噂の的になります。のちに東京で行われたあるパーティーに出席した梶井は、尾崎と鉢合わせして決闘寸前になりました。しかし、後年、宇野千代は瀬戸内寂聴の取材に対して、「私は面食いだから」と梶井との肉体関係を否定したのでした。

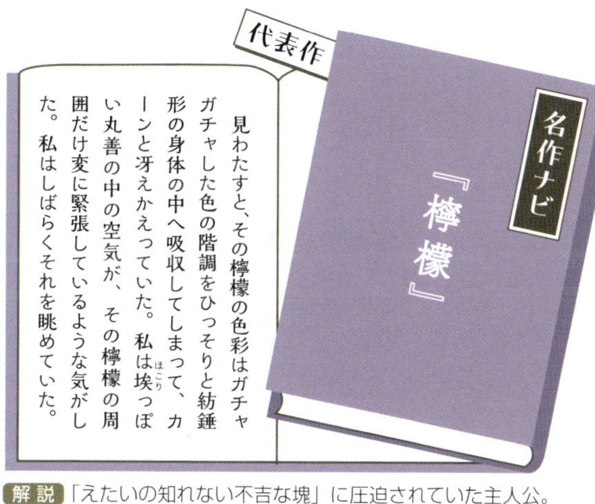

代表作
名作ナビ
『檸檬』
見わたすと、その檸檬の色彩はガチャガチャした色の階調をひっそりと紡錘形の身体の中へ吸収してしまって、カーンと冴えかえっていた。私は埃っぽい丸善の中の空気が、その檸檬の周囲だけ変に緊張しているような気がした。私はしばらくそれを眺めていた。

解説 「えたいの知れない不吉な塊」に圧迫されていた主人公。ふと八百屋で目にした檸檬に心の平安を見出した彼は、丸善に入り取り出した何冊もの画集の上に檸檬を乗せます。「カーンと冴えかえっ」て見えた檸檬から、主人公の脳裏に愉快な想像が浮かび、彼は思わず微笑むのでした。虚飾を排した描写が、美的瞬間を待つ心の高揚を捉えています。

1925年（24歳）
演劇研究会の仲間らと同人誌「青空」創刊。『檸檬』『城のある町にて』を発表。

1926年（25歳）
転地療養のため伊豆湯ヶ島へ。

1927年（26歳）
湯ヶ島滞在中の川端康成と親交。『伊豆の踊子』の校正を手伝う。

1928年(27歳)
『桜の樹の下には』を発表。

冒頭の桜の樹の下には屍体が埋まつてゐる！のフレーズで有名です。

1928年（27歳）
東京帝大文学部除籍。

『のんきな患者』で初めて原稿料を得ますが、病状が悪化し、3月24日、自宅にて永眠しました。

1932年（31歳）死去

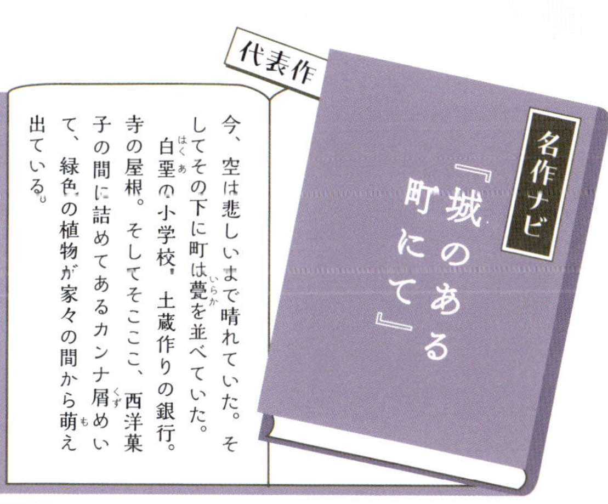

代表作
名作ナビ
『城のある町にて』
今、空は悲しいまで晴れていた。そしてその下に町は甍を並べていた。白堊の小学校。土蔵作りの銀行。寺の屋根。そしてそこここ、西洋菓子の間に詰めてあるカンナ屑めいて、緑色の植物が家々の間から萌え出ている。

解説 6つの組曲風で構成された、梶井の実体験を下敷きにした小説。主人公の峻は松阪の義兄一家を訪れます。姉夫婦や姪との交流、松阪のみずみずしい自然、松阪の人との触れ合いなど、のどかな風景と松阪の素朴な人情に触れ、異母妹を失って硬直化していた感情を取り戻すに至ります。

新心理主義

堀辰雄

多くの愛に支えられて名作を生み出した、多幸の文豪

矢野綾子との出会いと別れ そして、名作の誕生

生と死、愛をみずみずしく描いた**堀辰雄**は、多くの人々の愛に包まれる生涯を送りました。

裁判所勤務の父とその内縁の妻の間に生まれた堀は、自身が堀家の嫡男となる一方、母とともに堀家を離れて彫金師に嫁すなど複雑な家庭環境でしたが、母と養父の愛情に包まれ健やかに育ちます。

しかし一高に通っていた19歳の時、母を関東大震災で喪い、自身は結核に感染するという不幸に見舞われます。このショックから立ち直らせてくれたのは、**室生犀星**の仲介で出会った**芥川龍之介**でした。その芥川から、「安心して芸術を語り合える」と手紙をもらったことは、堀にとって至上の喜びとなりました。

東京帝大進学後は、大正15年（1926）、雑誌「**驢馬**」を刊行し、執筆活動を本格化させます。

翌年の芥川の自殺に衝撃を受けましたが、その体験をもとに心理解剖を試みた『**聖家族**』が出世作となりました。

昭和6年（1931）に始まる信州の富士見高原療養所での療養も、堀の創作に大きな影響を与えました。

憧れていた軽井沢滞在が実現するなか、堀は西洋文学の影響を受けた創作方法を生み出すと同時に、同じ病を患う運命の女性・**矢野綾子**と巡り合ったのです。

堀はまたたく間に恋に落ち、綾子と婚約。結核を患う彼女に付き添いましたが、綾子は昭和10年（1935）に亡くなってしまいました。

その後堀は、彼女を失った悲しみを、不朽の名作『**風立ちぬ**』へと昇華させたのでした。

代表作
『聖家族』
『美しい村』『風立ちぬ』
『菜穂子』『曠野』

生没年 明治37年（1904）～昭和28年（1953）／48歳没
本名 堀辰雄
出身 東京市麹町区麹町（現・千代田区平河町）
職業 小説家
学歴 東京帝国大学国文科
趣味 フランスの詩
死因 肺結核

ひと言でいうと……

新心理主義の作家。昭和初期、西洋文学の心理的手法をベースに、経験を軸にしつつもフィクションを主体とする小説形式を確立させました。『聖家族』『風立ちぬ』など、知性と感性を融合した抒情的な作風も特徴です。

人物相関図

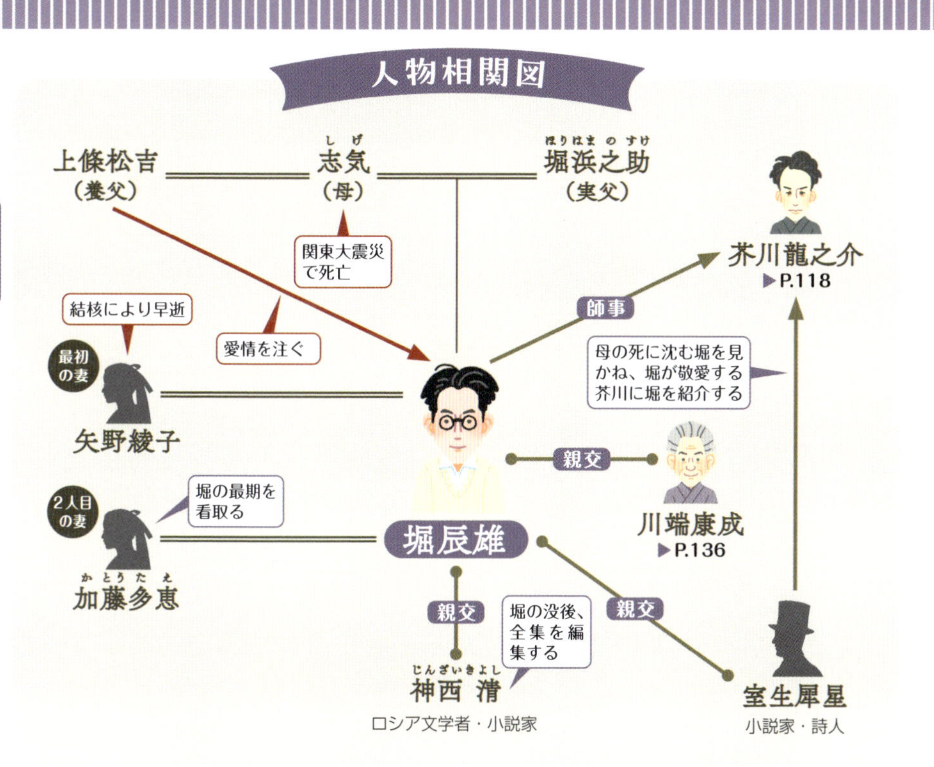
上條松吉
（養父）
志気
（母）
堀浜之助
（実父）
関東大震災
で死亡
芥川龍之介
▶P.118
結核により早逝
愛情を注ぐ
師事
最初の妻
母の死に沈む堀を見
かね、堀が敬愛する
芥川に堀を紹介する
矢野綾子
親交
2人目の妻
堀の最期を
看取る
川端康成
▶P.136
堀辰雄
加藤多恵
親交
堀の没後、
全集を編
集する
親交
神西 清
ロシア文学者・小説家
室生犀星
小説家・詩人

堀辰雄の名作を育んだ軽井沢

ゆかりの地MAP

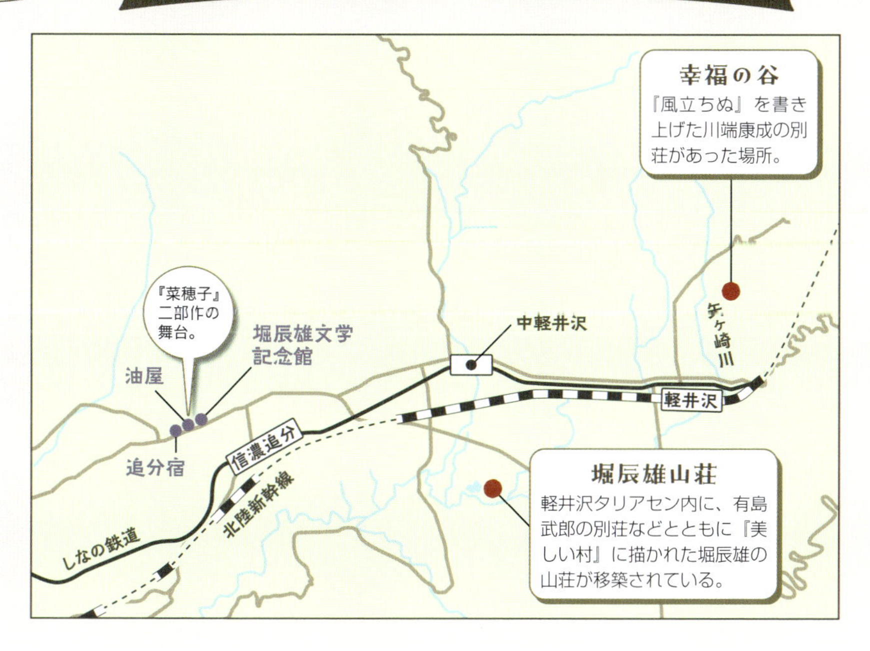
幸福の谷
『風立ちぬ』を書き
上げた川端康成の別
荘があった場所。
『菜穂子』
二部作の
舞台。
堀辰雄文学
記念館
中軽井沢
油屋
矢ヶ崎川
軽井沢
追分宿
信濃追分
北陸新幹線
堀辰雄山荘
軽井沢タリアセン内に、有島
武郎の別荘などとともに『美
しい村』に描かれた堀辰雄の
山荘が移築されている。
しなの鉄道

堀 辰雄の生涯と作品

1904年 誕生

12月28日、東京麴町に父・堀浜之助（旧広島藩の士族）と母・西村志気の間に生まれる。

2歳のときに母とともに堀家を出て、向島小梅町に移り、第一高等学校の寮に入るまで下町で育ちました。

1921年（17歳）
第一高等学校理科乙類入学。

第一高等学校で、神西清、小林秀雄、深田久弥、笠原健治郎らと知り合った堀は、神西の雑誌に『清く寂しく』を発表しています。

1923年（19歳）
関東大震災で母を喪う。この年肋膜炎のため休学。

震災の少し前に知り合った室生犀星が、母の死に沈む私を見かねて、芥川先生を紹介してくれました。以後私は、芥川先生を師と仰ぐようになります。

1925年（21歳）
東京帝国大学文学部国文科に入学。

大学では中野重治、窪川鶴次郎、平木二六等と知り合いました。

1929年（25歳）
東京帝国大学を卒業し、自宅で療養する。

1930年（26歳）
「改造」に『聖家族』を発表する。

『聖家族』によって文壇の注目を集めた堀でしたが、この年の秋に大喀血し、肺結核と診断されてしまいます。

出世作

名作ナビ

『聖家族』

扁理の乱雑な生活のなかに埋もれながら、なほ絶えず成長しつつあつた一つの純潔な愛が、かうしてひよつくりその表面に顔を出したのだ。だが、それは彼に気づかれずに再び引込んで行つた……

解説 物語は芥川がモデルとされる九鬼の告別式から始まり、細木夫人、娘の絹子、主人公の扁理の心理を軸に展開。とくに自分たちも気づいていない扁理と絹子の愛、扁理の九鬼への心情が垣間見え、心のひだを読み解いていくのがこの作品の醍醐味です。

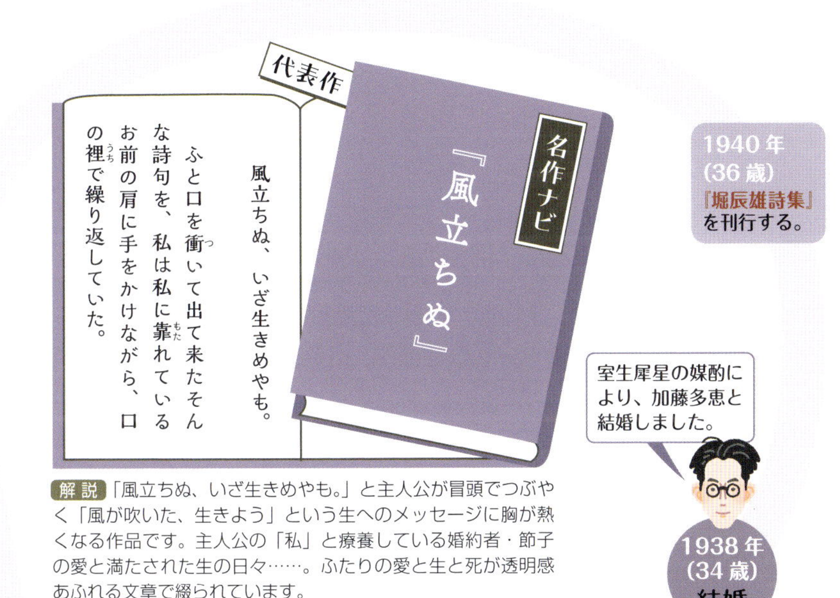

代表作
名作ナビ
『風立ちぬ』
風立ちぬ、いざ生きめやも。
ふと口を衝いて出て来たそんな詩句を、私は私に靠れているお前の肩に手をかけながら、口の裡で繰り返していた。

解説「風立ちぬ、いざ生きめやも。」と主人公が冒頭でつぶやく「風が吹いた、生きよう」という生へのメッセージに胸が熱くなる作品です。主人公の「私」と療養している婚約者・節子の愛と満たされた生の日々……。ふたりの愛と生と死が透明感あふれる文章で綴られています。

1931年（27歳）
富士見高原療養所に入所する。

1933年（29歳）
軽井沢にて矢野綾子と知り合う。

軽井沢は19歳の頃からよく訪れた憧れの地でした。

1934年（30歳）
『美しい村』を刊行する。

1935年（31歳）
矢野綾子と死別する。

1937年（33歳）
軽井沢にて加藤多恵と知り合う。

1938年（34歳）
額田病院に入院。
『風立ちぬ』完成。

1938年（34歳）
結婚

室生犀星の媒酌により、加藤多恵と結婚しました。

1940年（36歳）
『堀辰雄詩集』を刊行する。

1942年（38歳）
『菜穂子』で第1回中央公論社文芸賞を受賞。

1950年（46歳）
『堀辰雄作品集』で第4回毎日出版文化賞を受賞。

1953年（48歳）
死去

5月28日、夫人にみとられながら、結核性胸膜炎のため軽井沢で没しました。

文豪びっくりエピソード

堀辰雄の恋物語

堀は油絵を描いていた矢野綾子に出会い、恋に落ちます。この頃の経験を描いたのが、『美しい村』でした。翌年堀は綾子と婚約。彼女も堀と同じく肺を病んでおり、1935年にはふたりで富士見高原療養所に入院しますが、彼女は病状を悪化させ、亡くなってしまいました。

中国を舞台とする独自の文学

漢学の素養を存分に活かした作品群を残し、彗星のごとく世を去った天才

中島(なかじま)敦(あつし)

脚光を浴びるなかで、病魔に命を奪われる

『**李陵**(りりょう)』『**山月記**(さんげつき)』など中国古典を題材にした格調高い名作で知られる**中島敦**。中国古典の素養は漢学者の家系に生まれ、幼い頃から培われたものでした。成績優秀だった中島は、高校以来の喘息発作に苦しみながらも東京帝国大学に入学しましたが、女性関係が派手で、卒業を前にすでに妻となる女性に子供も生ませていました。また、麻雀(マージャン)、登山に興じ、水泳やビリヤードを得意とするなど、社交的な性格だったようです。

大学卒業後、横浜高等女学校の教員の職を得ると、ここでも明るく優しい性格が好かれ、生徒、教員に親しまれたそうです。

一方で、10代の頃から創作していた小説への情熱も人一倍強いものでした。教師と並行して文筆活動も続け、昭和9年（1934）に『**虎狩**』が「中央公論」の選(せん)外佳作(がいかさく)に選ばれています。

しかし、持病の悪化により昭和16年（1941）に転地療養もかねて**南洋庁**に転職。日本の委任統治領であった**パラオ**に赴任します。結局健康を損ねて翌年に帰国しましたが、1年の間に中島の境遇は一変していました。パラオに行く前、作家の深田久弥(ふかだきゅうや)に託した『山月記』と『**文字禍**(もじか)』が「文學界」に掲載され、文壇デビューを飾ったばかりか、パラオで執筆した『**光と風と夢**』が芥川(あくたがわ)賞候補になり、「**芥川の再来**」と脚光を浴びていたのです。

帰国後の中島は創作に専念して『李陵』『**弟子**』などを執筆しましたが、発表前に病状が悪化し、昭和17年（1942）12月4日に他界。念願の専業作家となった矢先の死でした。

『山月記』『光と風と夢』『弟子』『李陵』

生没年 明治42年（1909）～昭和17年（1942）／33歳没
本名 中島敦
出身 東京市四谷区四谷箪笥町（現・新宿区四谷三栄町）
職業 教師・官吏・小説家
学歴 東京帝国大学文学部国文科
趣味 麻雀・ダンス・水泳
死因 気管支喘息

ひと言でいうと……

戦時下の文学空白期、活動期間はわずか1年間ながら、『山月記』『光と風と夢』『李陵』など文学史上に残る名作を残した作家です。自らの孤独感や生のありよう、近代知識人の苦悩を澄み切った格調高い文体で描きました。

人物相関図

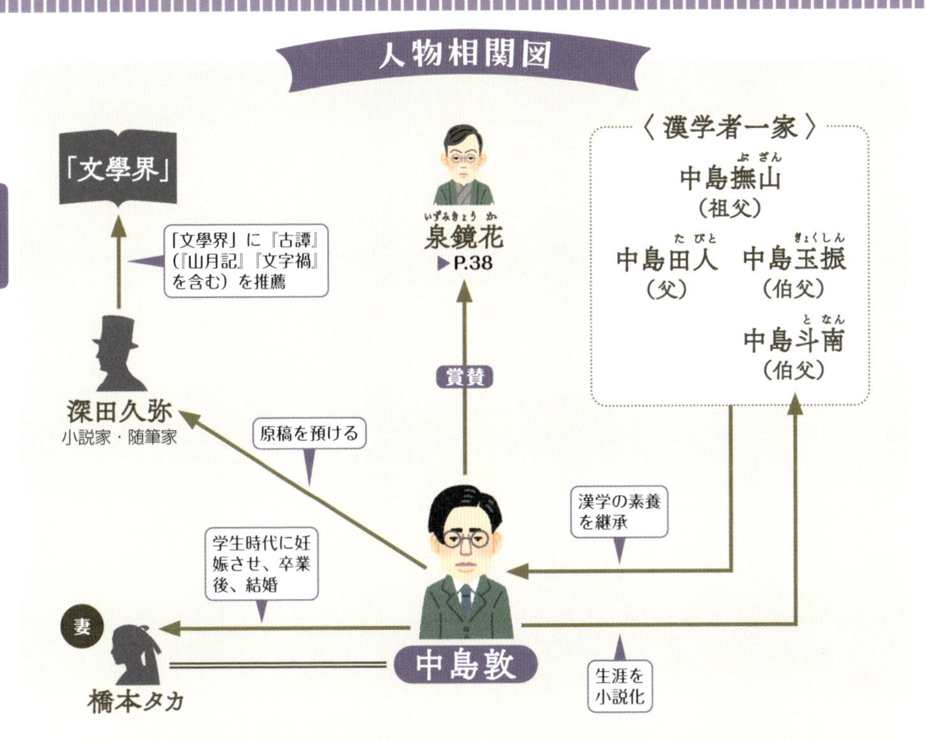
「文學界」
「文學界」に『古譚』（『山月記』『文字禍』を含む）を推薦
深田久弥
小説家・随筆家
原稿を預ける
泉鏡花
▶P.38
賞賛
〈漢学者一家〉
中島撫山
（祖父）
中島田人
（父）
中島玉振
（伯父）
中島斗南
（伯父）
漢学の素養を継承
生涯を小説化
学生時代に妊娠させ、卒業後、結婚
妻
橋本タカ
中島敦

ゆかりの地MAP 中島敦と横浜の住居

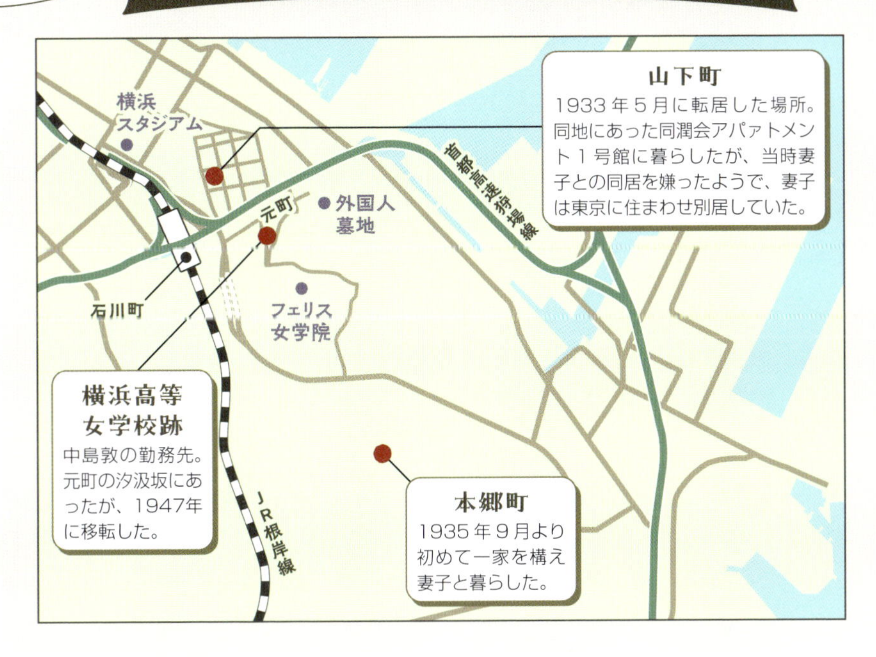
山下町
1933年5月に転居した場所。同地にあった同潤会アパァトメント1号館に暮らしたが、当時妻子との同居を嫌ったようで、妻子は東京に住まわせ別居していた。
横浜スタジアム
元町
外国人墓地
首都高速狩場線
石川町
フェリス女学院
横浜高等女学校跡
中島敦の勤務先。元町の汐汲坂にあったが、1947年に移転した。
JR根岸線
本郷町
1935年9月より初めて一家を構え妻子と暮らした。

中島 敦の生涯と作品

1909年 誕生

5月5日、東京市四谷区に生まれました。父の田人は、儒学者・中島撫山の子で、漢学の教育を施されて育ち、旧制中学校の漢学教員を務めていました。

1914年(5歳)
両親が離婚し、翌年、奈良県へ転居。

実母はあまり家庭的ではなかったそうです。そのため、私が生後9か月のときに両親は別居。その後、私は祖母や伯母、従姉たちに育てられましたが、5歳となる年に父が紺家カツと再婚。この継母に私はだいぶ当たられ、苦労しました。

1924年（15歳）
小説を書き始める。

1930年(21歳)
東京帝国大学（現・東京大学）文学部国文科に入学。

1932年(23歳)
朝日新聞社を身体検査で不合格。

1933年（24歳）結婚

大学卒業後、タカと入籍。ちゃんと責任は取りましたよ。

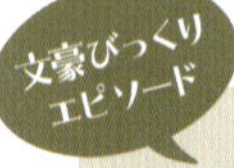
文豪びっくりエピソード

人気教師

横浜高等女学校で教鞭をとり、地理と歴史、英語、そして得意の国語を担当。教え方もうまく明るく礼儀正しい中島は人気の教師でした。教え子の中にはのちの大女優・原節子もいましたが、ふたりの接点ははっきりしていません。

教え上手なんです
HAHAHA

文豪びっくりエピソード

見かけによらず遊び人

七三分けに瓶底眼鏡という姿から、まじめ一本の性格がイメージされ、恋愛とは程遠い人柄に見えますが、実はなかなかモテました。女学生の間でも大変な人気でしたが、すでに結婚して子供もいるため驚かれたそうです。しかも結構な遊び人だったようで、学生時代に麻雀荘の美人店員橋本タカを見初めると、出会ってわずか1週間でプロポーズ。実家は大反対しましたが、すでにタカを妊娠させていました。しかも、並行して別の女性店員にも手を出していたといわれます。

1933年（24歳）
東京帝国大学を卒業し、横浜高等女学校（現・横浜学園高校）の教師となる。

1934年（25歳）
『虎狩』が「中央公論」選外佳作。

ギャップ萌え…？
キャー♡
キャー♡

1936年（27歳）
『狼疾記』『かめれおん日記』を書く。

赴任にあたり『悟浄出世』『古譚（狐憑・木乃伊・山月記・文字禍）』を、当時「文學界」の編集委員だった知人の深田久弥に預けて発表の仲介を依頼しました。

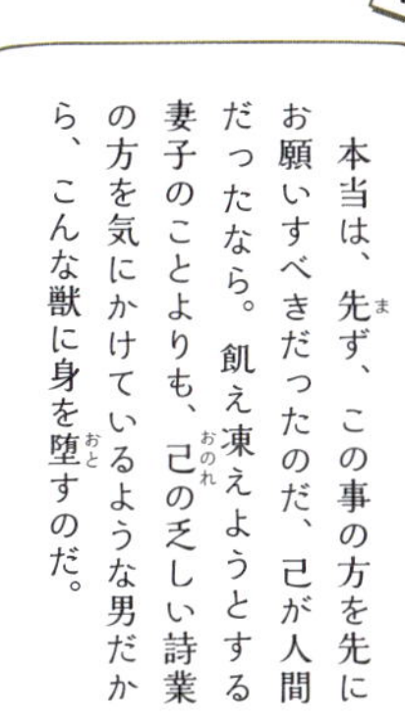

1941年(32歳)
横浜高女を退職し、南洋庁職員としてパラオへ単身赴任。

教職を辞して南洋庁の書記官となったのは、持病の喘息の療養も兼ねていました。

代表作

本当は、先ず、この事の方を先にお願いすべきだったのだ、己が人間だったなら。飢え凍えようとする妻子のことよりも、己の乏しい詩業の方を気にかけているような男だから、こんな獣に身を堕すのだ。

解説 中国唐代の『人虎伝』をベースにした物語。詩で身を立てることを望み役人を辞職したものの志ならず地方官吏となった李徴。その自尊心の苦悩から発狂し一夜のうちに虎に姿を変えます。旧友に再会した李徴は才能に驕った浅ましさを話して涙し、作品と妻子を託して姿を消すのでした。

1939年（30歳）
喘息の症状が悪化。『悟浄歎異』を書く。

1941年（32歳）
『ツシタラの死』（のちに『光と風と夢』と改題）を書く。

1942年(33歳)
帰国し南洋庁を退職

この年、『山月記』『文字禍』が「文學界」に掲載され、『光と風と夢』が芥川賞候補となります。さらに、『盈虚』『牛人』『吃公子』『名人伝』『南島譚』『環礁』などが発表されますが、これが最後の輝きとなり、中島は死去。『弟子』『李陵』が遺稿となってしまいました。

代表作

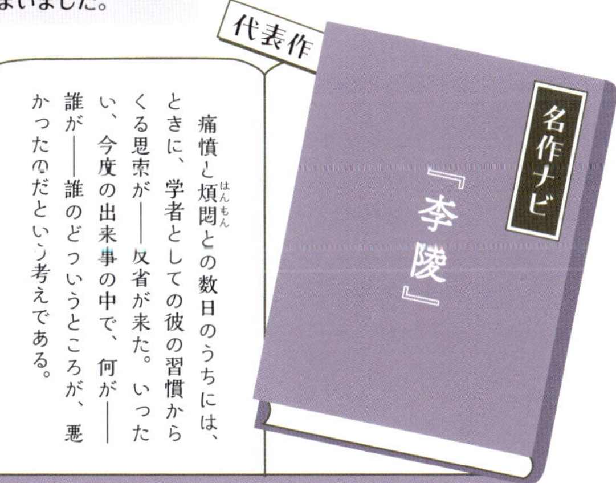

痛憤と煩悶との数日のうちには、ときに、学者としての彼の習慣からくる思索が――反省が来た。いったい、今度の出来事の中で、何が――誰が――誰のどういうところが、悪かったのだという考えである。

解説 母国に忠誠を誓いながら、匈奴の捕虜となった将軍の李陵、この李陵を弁護したことで武帝の怒りを買い、宮刑を受けた文人・司馬遷、捕虜となるも降伏せずのちに帰国した蘇武。『文選』『史記』『漢書』に拠り、三者三様の苦難と運命を描き、人間の生の極限を追求する作品です。

喘息の悪化により、11月、世田谷区岡田病院に入院し、回復することなく12月4日に死去しました。

1942年(33歳)死去

ほんとうに、これからというところで終わってしまった。ああ、書きたい書きたい！

理想主義

理想郷「イーハトーヴ」の世界に躍動する才能を開花させた童話作家

宮沢 賢治（みやざわ けんじ）

農業啓発活動に従事し、過労に倒れた童話作家

詩人、作家のほか教師や農業指導者、宗教思想家など複数の顔を持つ**宮沢賢治**は、岩手県花巻の熱心な浄土真宗信者の商家に生まれました。幼い頃から鉱物採集に熱中し、**石川啄木**の影響で短歌を詠むなど、宗教・文学・科学という独自の文学の素地を築きました。

その性格は激しく、中学卒業後、**法華経**（ほけきょう）に感動して日蓮宗（にちれんしゅう）の信者となり、「**国柱会**（こくちゅうかい）」に入会。当然ながら父と対立した賢治は、大正10年（1921）に無断で家を飛び出し、上京しています。最愛の妹**トシ**が病気と聞いて帰郷後、**稗貫**（ひえぬき）**農学校**（現・花巻農業高校）の教諭となり、独自の実践教育を行いながら、創作活動も本格化させました。

しかし大正11年（1922）、最大の理解者である妹トシが逝去。この心痛は大きく、賢治の文学の転機となります。この時の思いが詩集『**春と修羅**（しゅら）』の『**永訣**（えいけつ）**の朝**』など多くの作品を生み出し、この頃に書かれた物語がのちの『**銀河鉄道の夜**』へつながるなど、理想郷「**イーハトーヴ**」の世界を追究しながら、文学の才能を開花させました。

一方で農民の現実を知り、大正15年（1926）に「**羅須地人協会**（らすちじんきょうかい）」を設立し、農耕生活を営みながら無償で農業指導に奔走しました。賢治が研究・制作した「肥料設計書」は約2000枚に及ぶといわれます。

しかし肉体を酷使し続けた結果、賢治は肺の病に倒れます。以降は、病床で農民の相談に乗り、合間に『**雨ニモマケズ**』のほか『**セロ弾きのゴーシュ**』など創作を続けましたが、昭和8年（1933）に命尽きました。

『注文の多い料理店』
『よだかの星』『銀河鉄道の夜』
『セロ弾きのゴーシュ』

生没年 明治29年（1896）～昭和8年（1933）／37歳没
本名 宮沢賢治
出身 岩手県稗貫郡花巻川口町（現：岩手県花巻市豊沢町）
職業 詩人・童話作家・農業指導者
学歴 盛岡高等農林学校
趣味 鉱物収集・浮世絵蒐集
死因 急性肺炎

ひと言でいうと……

大正から昭和にかけての詩人、児童文学者。代表作の『銀河鉄道の夜』『注文の多い料理店』など、自然との交感や旺盛な想像力をみずみずしく表現した、幻想的かつリアルな作品は死後、多くのファンを生んでいます。

人物相関図

宮沢政次郎（みやざわまさじろう）

日蓮宗への入信後、折伏を試みるも、失敗し対立

清六（せいろく）

トシ

トシの死に際して『永訣の朝』を詠む

支援

同人誌『アザリア』刊行

保阪嘉内（ほさかかない）
詩人

小菅健吉（こすげけんきち）
教育者

河本緑石（かわもとろくせき）
俳人・詩人

〈高等農林学校の同級生〉

高村光太郎（たかむらこうたろう）
芸術家

支援

賢治の遺稿の出版に尽力する。

草野心平（くさのしんぺい）
詩人

支援

宮沢賢治

称賛

中原中也（なかはらちゅうや）
詩人

宮沢賢治の町・花巻

宮沢 賢治の生涯と作品

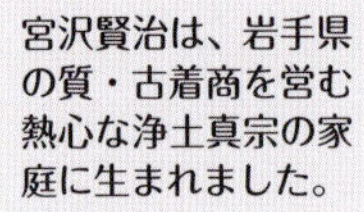

1896年誕生

宮沢賢治は、岩手県の質・古着商を営む熱心な浄土真宗の家庭に生まれました。

花巻川口尋常高等小学校時代は、鉱物採集に熱中し、「石コ賢さん」と呼ばれました。

1915年(19歳)

盛岡高等農林学校（現・岩手大学農学部）農学科第二部に首席で入学。

祖父の意向で当初、商人の子として進学が許されていなかったので、あまり勉学には身が入りませんでした。法華経に興味を持ったのもこの頃のことです。

1917年（21歳）

小菅健吉、保阪嘉内、河本義行（緑石）と同人誌「アザリア」を創刊する。

1918年（22歳）

盛岡高等農林学校卒業後、童話の制作を始め、「アザリア」に短編『峯や谷は』を発表。

この年、東京の日本女子大学校に進学していた妹トシが結核で入院。その報せを受けて母と上京し、翌年3月まで滞在します。

1920年（24歳）

盛岡高等農林学校研修生修了。助教授推薦の話を辞退。

1920年（24歳）

国柱会信行部に入会。父にも改宗を迫る。

父は熱心な浄土真宗の信者でしたので、まぁ、えらい喧嘩になりましたよ。進路とともに信仰について議論を続けましたが、日蓮宗への改宗はさせられず、僕は家出をします。

文豪びっくりエピソード

賢治の恋愛

賢治の初恋は中学時代に鼻の手術をした時に世話をしてくれた看護師であったようです。その後の賢治の恋愛は、羅須地人協会で出会った高瀬露という女性教師との話が伝わります。賢治は彼女に蒲団一式を贈りますが、互いに好意を抱き合っていることが分かると、賢治は態度を一変させ、露を避けるようになります。露が作ったカレーライスを「私にはかまわないでください。私には食べる資格がありません」と拒否したそうです。当然ですが、この恋は実りませんでした。

代表作

名作ナビ

『注文の多い料理店』

二人は云いながら、その扉をあけました。するとその裏側に、
「注文はずいぶん多いでしょうがどうか一々こらえて下さい。」
「これはぜんたいどういうんだ。」ひとりの紳士は顔をしかめました。
「うん、これはきっと注文があまり多くて支度が手間取るけれどもごめん下さいと斯ういうことだ。」

解説 猟の帰り、山奥で道に迷い、西洋料理店に入ったふたりの紳士。そこは注文の多い料理店だと書かれ、扉を開くたびに帽子を外す、クリームを顔や手足に塗るなどの指示を受け、これに従いますが、やがて真実に気づきます。

上京から帰郷までの間は、小さな出版社で製版や校正をして食いつないでいました。創作活動を始めたのもこの時期のことです。

1921年（25歳）
父との対立から無断で上京するも、トシの病気の報を受けて帰郷。

帰郷後、賢治の創作活動が本格化します。「愛国婦人」に童話『雪渡り』を発表。『雪渡り』で受け取った原稿料5円が生前唯一の原稿料といわれます。

1921年（25歳）
稗貫農学校（現・花巻農業高校）教諭に就任。

とはいえ、父親も賢治が心配だったようで、4月には上京して共に伊勢、京都、奈良を旅行しています。そこに志賀直哉のような親子の確執はありません。

1922年（26歳）
11月、妹トシが死去。

トシの死は私にとって痛恨事でした。彼女の死を悼んで『永訣の朝』『無声慟哭』にその気持ちを描きました。また、『春と修羅』の制作も開始しました。

1923年（27歳）
岩手毎日新聞に詩「心象スケッチ外輪山」、童話『やまなし』、『氷河鼠の毛皮』、『シグナルとシグナレス』を発表。

1924年（28歳）
詩集『春と修羅』を自費出版。童話『注文の多い料理店』を刊行。

代表作

名作ナビ

『春と修羅』

これらふたつのかけた陶椀に
おまへがたべるあめゆきをとらうとして
わたくしはまがつたてつぽうだまのやうに
このくらいみぞれのなかに飛びだした
（中略）
おまへがたべるこのふたわんのゆきに
わたくしはいまこころからいのる
どうかこれが天上のアイスクリームになつて
おまへとみんなとに聖い資糧をもたらすやうに
わたくしのすべてのさいはひをかけてねがふ

解説 宮沢賢治初の詩集。64編が収録されています。前半は自らを修羅とする『春と修羅』、後半は妹トシの死に基づいた『永訣の朝』や『無声慟哭』などの挽歌が収録されています。『永訣の朝』は「みぞれ」が欲しいという死にゆく妹のために椀をもって飛び出す情景が印象的です。

ベジタリアンの苦悩

法華経を読んで感銘を受けた賢治は、21歳のときに動物を食べるのをやめベジタリアンになろうとします。その後5年間ベジタリアン生活を続けたものの、たびたび肉食の誘惑に負けるとそのつど食べてしまった報告を友人に送り懺悔しました。

肉
食っちまったよぉ
うまかったけど…

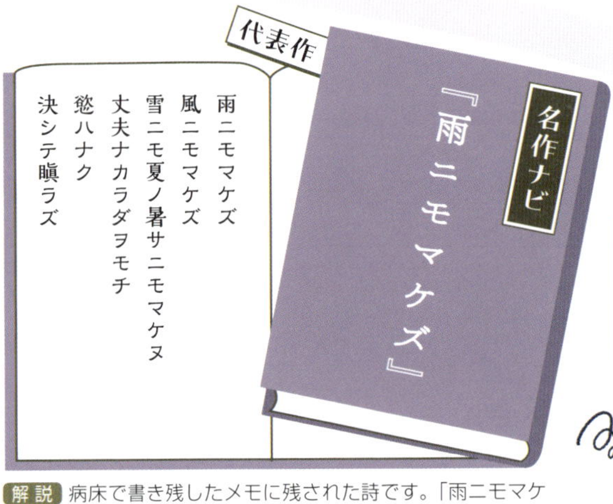

代表作
名作ナビ
『雨ニモマケズ』
雨ニモマケズ
風ニモマケズ
雪ニモ夏ノ暑サニモマケヌ
丈夫ナカラダヲモチ
慾ハナク
決シテ瞋ラズ

解説 病床で書き残したメモに残された詩です。「雨ニモマケズ　風ニモマケズ」で始まる詩は、自分を鍛錬して真面目に生き、他人に対し思いやりを持ち、行動し、前を向いていく人になりたいと述べています。彼の挫折感と孤独が胸に響く、深い味わいのある作品です。

1930年（34歳）
病状がやや回復したため、園芸に熱中。陸中松川の東北砕石工場を訪問する。

稗貫郡石鳥谷で肥料相談に応じたり、日照り下で稲作指導に奔走した結果、過労が祟りました。

1928年(32歳)
12月、急性肺炎になる。

1927年(31歳)
過労から肺病にかかる。

花巻町下根子桜で独居生活を開始した賢治は、開墾や音楽の練習、レコードコンサートに携わるようになります。この頃より肥料相談や肥料の設計を始め、羅須地人協会設立へと至りました。

1926年（30歳）
稗貫農学校を依願退職し、羅須地人協会を設立する。

高村先生はその後何かと私を支援してくれました。

1926年（30歳）
高村光太郎を訪問する。また、草野心平と出会う。

文豪びっくりエピソード

むっつりスケベ

賢治は性欲は人をダメにすると主張していたものの、実は春画のコレクター。過激な内容で原書が発禁となった『性の心理』の翻訳本を手に入れるなど、性に関する興味は強かったようです。

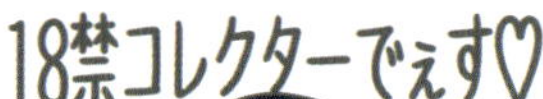

解説 貧しい少年ジョバンニは銀河に沿って走る幻想列車に乗り込んで親友カムパネルラとともに銀河を旅しますが、夢から覚めたとき、想像だにしなかった事実を知ります。大粒の涙を流しながら、「みんなのほんとうのさいわいのためにどこまでも行こう」と言った親友を思い出す場面は必見です。

1931年（35歳）
東北砕石工場の技師となり、宣伝販売を受け持つ。

「児童文学」に童話『北守将軍と三人兄弟の医者』を発表後、再び病臥。この床で手帳に書き留めた詩が、『雨ニモマケズ』でした。

1932年（36歳）
『グスコーブドリの伝記』を発表。

以後、病状悪化にもかかわらず農民の肥料相談に応じ続ける。

9月21日、ついに死期を悟った賢治は、法華経一千部を印刷して知人に配布するよう父に遺言して、世を去りました。

私の遺言に父は、「おまえもなかなかえらい」と言ってくれました。

1933年（37歳）死去

1934年
『銀河鉄道の夜』『風の又三郎』発表。

遺稿として『銀河鉄道の夜』『風の又三郎』を残しました。世に知られる作品の大半は、草野心平らによって賢治の死後に出版されたものです。

代表作
名作ナビ
『風の又三郎』

どっどど　どどうど　どどうど　どどう
青いくるみも吹きとばせ
すっぱいかりんも吹きとばせ
どっどど　どどうど　どどうど　どどう

解説 小さな小学校に不思議な少年が転校してきます。彼が何かするときっと風が起こるというので、風の神の子、風の又三郎と噂されました。この少年はやがて数々の不思議な行動や現象を巻き起こした末、去っていきます。生命や自然への畏敬や自由な雰囲気が感じられる作品です。

江戸川乱歩

ヒット作を連発する一方、ミステリー作家の育成に貢献した探偵小説の泰斗

『D坂の殺人事件』『怪人二十面相』で探偵趣味を広めた作家

江戸川乱歩は幼少期から探偵・怪奇小説に親しみ、苦学して早稲田大学に進学すると、探偵作家への道を決意しました。しかしこの時はうまくいかず、卒業後、貿易会社に入社しますが、1年で退職してしまいます。その後は古本屋、探偵、屋台そば屋など10以上の仕事を転々としました。

ただし作家の夢だけはあきらめず、大正12年（1923）、雑誌「**新青年**」に掲載された短編推理小説『**二銭銅貨**』と『**一枚の切符**』が認められ念願の作家デビュー。大正14年（1925）から翌年にかけて『**D坂の殺人事件**』『**人間椅子**』など短編29本、連載長編4本を発表し、幻想や怪奇、エログロも取り入れた日本の探偵小説、怪奇小説で、探偵趣味を世に広めました。昭和11年（1936）からは『**怪人二十面相**』など少年物も手がけています。

一方で乱歩は、ネタ切れからたびたび休筆宣言しており、時には放浪の旅に出ました。のちに「書いているより休んでいる方が多かった」と述懐しています。

また乱歩は、**直木三十五**から「変態性欲の主人公」と言われる変人で、男色研究にいそしむ一面もありました。一方で几帳面な一面を持ち、戦後は、執筆よりも後進の育成や海外の推理小説の紹介などに尽力します。

また、探偵作家クラブの初代会長に就任し、江戸川乱歩賞を創設。同賞は推理作家の登竜門となり、**西村京太郎**などを輩出することとなります。門弟からは**星新一**や**筒井康隆**が出たほか、**横溝正史**の才能を発掘するなど、昭和の日本ミステリー界を牽引しました。

『D坂の殺人事件』
『人間椅子』
『怪人二十面相』

生没年 明治27年（1894）～昭和40年（1965）／70歳没
本名 平井太郎
出身 三重県名賀郡名張町（現・三重県名張市本町）
職業 小説家・会社員・探偵など
学歴 早稲田大学政治経済学科
趣味 歌舞伎・散歩、男色研究
死因 蜘蛛膜下出血

ひと言でいうと……

怪奇や幻想も取り入れた日本の推理小説を確立した大家。筆名はエドガー・アラン・ポーに由来します。明智小五郎など人気キャラクターも生み出し、推理小説のほか、エログロ、猟奇、スリラーなどの怪奇小説でも人気を呼びました。

人物相関図

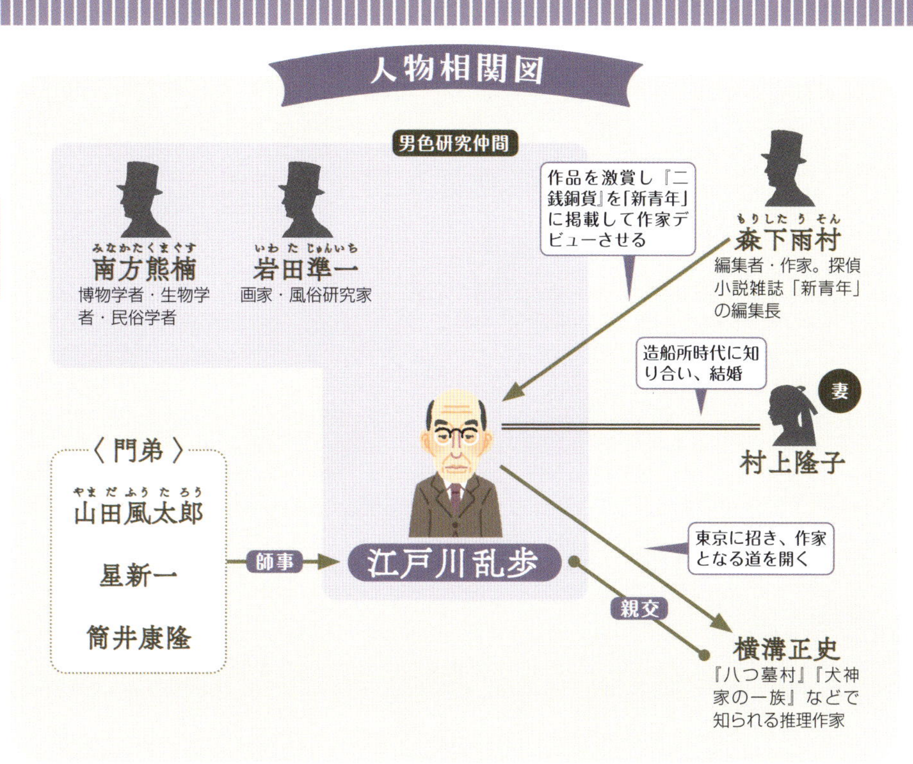
男色研究仲間
みなかたくまぐす
南方熊楠
博物学者・生物学者・民俗学者
いわたじゅんいち
岩田準一
画家・風俗研究家
作品を激賞し『二銭銅貨』を「新青年」に掲載して作家デビューさせる
もりしたうそん
森下雨村
編集者・作家。探偵小説雑誌「新青年」の編集長
造船所時代に知り合い、結婚
妻
村上隆子
〈門弟〉
やまだふうたろう
山田風太郎
星新一
筒井康隆
師事
江戸川乱歩
東京に招き、作家となる道を開く
親交
横溝正史
『八つ墓村』『犬神家の一族』などで知られる推理作家

ゆかりの地MAP 乱歩作品の源泉となった浅草

浅草十二階
明治時代に建設された、当時、東京で最も高い建物。『浅草趣味』など、乱歩作品にも登場する。
浅草公園跡
この辺り一帯に浅草公園があり、昆虫館や水族館があった。乱歩はよく公園を散歩していたという。
木馬亭（木馬館跡）
明治時代よりメリーゴーランドを設置して人気を博した劇場。乱歩はこの木馬によく乗ったという。
つくばエクスプレス
花やしき
六区ブロードウェイ
浅草寺
伝法院
浅草
浅草演芸ホール
東武伊勢崎線
浅草
隅田川

江戸川 乱歩の生涯と作品

1894年 誕生

江戸川乱歩は、10月21日、三重県名賀郡名張町に生まれました。

1916年（22歳）
早稲田大学大学部政治経済学科卒業。

大阪の貿易会社・加藤洋行に就職したが、あまり労働意欲も湧かず、その後、造船所、古本屋、官吏、屋台のラーメンと、仕事を転々としたよ。

1919年（25歳） 結婚

結婚相手は、造船所時代に知り合った村上隆子でした。

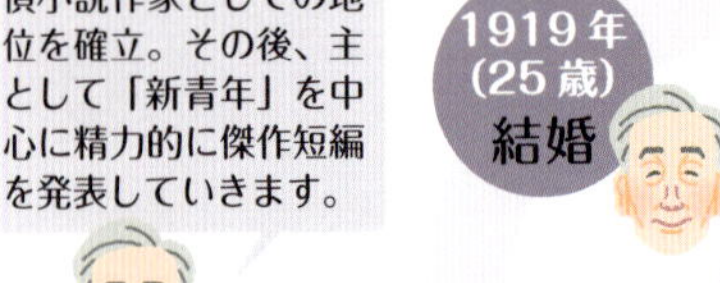

1923年（29歳）
「新青年」に発表した『二銭銅貨』でデビュー。

『二銭銅貨』は大ヒットし、乱歩は一躍、探偵小説作家としての地位を確立。その後、主として「新青年」を中心に精力的に傑作短編を発表していきます。

1925年（31歳）
『D坂の殺人事件』『人間椅子』などを発表。

『D坂の殺人事件』に初めて、名探偵・明智小五郎が登場しました。

1927年（33歳）
最初の休筆宣言。

1928年（34歳）
牛込区戸塚町に下宿・緑館を開業。

文豪びっくりエピソード

初恋相手は美少年

乱歩の初恋は14歳のとき。相手は同性であったことを告白しています。その後の男色研究やゲイバー通いの源流はここにあったのかもしれません。

文豪びっくりエピソード

休筆の常習犯

実は乱歩は執筆に行き詰まるとたびたび休筆を宣言していました。謎解きを前にして執筆意欲を失い中断し、未完にしてしまった『悪霊』のような例もあります。休筆中は放浪の旅に出たり、趣味の三味線に没頭したりして平然と過ごしていました。

またやられた
ちょっとドロンしちゃいます

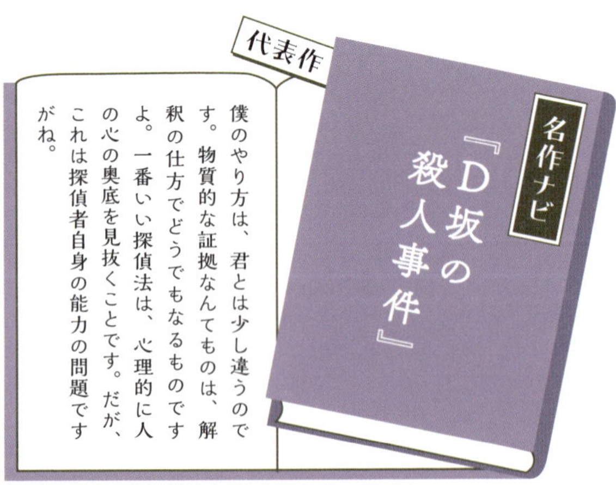

僕のやり方は、君とは少し違うのです。物質的な証拠なんてものは、解釈の仕方でどうでもなるものですよ。一番いい探偵法は、心理的に人の心の奥底を見抜くことです。だが、これは探偵者自身の能力の問題ですがね。

解説 犯罪と心理を結び付けた本格派推理小説。名探偵・明智小五郎のデビュー作です。D坂で起きた変死事件を警察は自殺と判断しましたが、明智小五郎は他殺とみて捜査を開始。事件の裏に潜む愛憎と情欲をあぶりだしていきます。

第3章 大正後期から昭和前期の文豪

文豪びっくりエピソード

乱歩の意外な才能

戦時中のこと、池袋丸山町会第十六隣組の防空郡長となって防空演習にあたると、その精勤ぶりが認められて町会部長兼防空指導員に抜擢されるという、意外な才能を発揮したのでした。

この「二十面相」には、一つのみょうなくせがありました。何かこれという貴重な品物をねらいますと、かならず前もって、いついく日にはそれをちょうだいに参上するという、予告状を送ることです。賊ながらも、不公平なたたかいはしたくないと心がけているのかもしれません。

解説 ダイヤモンドを盗み出した噂の怪盗怪人二十面相。少年探偵の小林君と名探偵・明智小五郎が巧みな変装や策略に惑わされながらも二十面相を追い詰めます。明智と小林対怪人二十面相の知恵比べも見どころ。

1936年(42歳)
『怪人二十面相』を「少年倶楽部」に連載。

妻に下宿屋をやらせて放浪に出ることもあった。わはは。

その後も『少年探偵団』『妖怪博士』など少年物の傑作を次々と発表します。

1939年(45歳)
『芋虫』が反戦的とされ、全編削除を命じられる。

1941年の太平洋戦争勃発後、敗戦まで探偵小説が執筆禁止に。

戦時下に唯一書かれた長編小説が『偉大なる夢』。なんとそこには、東京大空襲が描かれていました。

1946年(52歳)
探偵作家の懇親会「土曜会」を創設。

「土曜会」は翌年に「探偵作家クラブ」に改組され、乱歩が初代会長に就任します。

1954年(60歳)
「江戸川乱歩賞」の制定を発表。

「江戸川乱歩賞」は、後進の育成が目的だ。

探偵小説界への長年の貢献が認められたのだ。

1961年(67歳)
紫綬褒章受章。

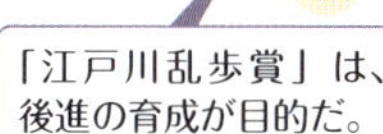

1963年(69歳)
日本推理作家協会を創設。

7月28日、蜘蛛膜下出血のため死去。70歳でした。

1965年(70歳)死去

訪ねてみたい 名作の舞台 大正後期・昭和前期編

函館（北海道）

『蟹工船』
小林多喜二 ▶P.131

函館港は北洋漁港の基地であり、『蟹工船』の舞台。函館市北洋資料館に蟹工船の復元模型などが展示される。

函館の町は、夜景や洋館、五稜郭も見逃せないね。

函館

花巻

湯沢

富士見

伊豆

花巻（岩手県）

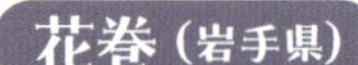

『銀河鉄道の夜』
宮沢賢治 ▶P.163

花巻の町には『銀河鉄道の夜』に登場する様々な舞台のモデルと考えられる場所が点在する。

花巻川口尋常小学校はジョバンニが通う「小学校」のモデルとされ、銀河鉄道もかつて花巻を走っていた岩手軽便鉄道がモデルといわれます。

富士見（長野県）

『風立ちぬ』堀辰雄 ▶P.152

富士見町にあったサナトリウムと呼ばれる結核患者のための長期療養施設「富士見高原療養所」。堀が自身の体験に基づいて書き上げた本作の舞台である。

サナトリウムはもうありませんが、旧富士見高原療養所資料館に当時の医療機器などが展示されています。

伊豆（静岡県）

『伊豆の踊子』川端康成 ▶P.139

伊豆半島中部から南部にかけて作品の舞台となったスポットが点在する。修善寺には青年が踊子と初めて出会った橋（湯川橋）があり、国道414号線の水生地下バス停の側から未舗装の旧天城街道に、冒頭の一文を刻んだ川端康成文学碑が立つ。

執筆の宿として知られる湯ヶ島温泉の湯本館には私が逗留した部屋がそのまま残されているよ。

神石高原町（広島県）

『黒い雨』井伏鱒二 ▶P.145

主人公の閑間重松には旧三和町に生まれ育った実在の人物がモデルとされ、現在も生家が残る。

神石高原町には『黒い雨』の文学碑もありますよ。

湯沢（新潟県）

『雪国』川端康成 ▶P.140

舞台となる温泉街のモデルは新潟県の湯沢温泉。歴史民俗資料館である「雪国館」や、小説「雪国」の碑などが見どころ。

執筆の宿として知られる温泉宿「高半」も健在だよ。

耶馬渓（大分県）

『恩讐の彼方に』
菊池寛 ▶P.127

作品の主人公のモデルとなった実在の僧・禅海の像と、禅海が鑿と槌で採掘した全長 342m の「青の洞門」が残る。

1750 年以降、「人は4文、牛馬は8文」という通行料が徴収されたそうだよ。

京都寺町（京都府）

『檸檬』梶井基次郎 ▶P.149

『檸檬』は寺町周辺が舞台。作品中に登場する丸善は、当時は三条通麩屋町にあった。また、主人公が、「爆弾」として「丸善」に仕掛けたレモンを買った果物屋「八百卯」が、寺町二条の角にあった。

京都にはオレの青春が詰まっているよ。

羅城門跡（京都府）

『羅生門』芥川龍之介 ▶P.121

羅生門の舞台となったのは、平安京朱雀大路の南端に開かれていた羅城門。現在は石碑のみが残る。

映画『羅生門』は、『羅生門』と『藪の中』が原作さ。

京都寺町
羅城門跡
神石高原町
耶馬渓
松阪

松阪（三重県）

『城のある町にて』梶井基次郎 ▶P.149

結核療養のために松阪に滞在していた梶井は、ほぼ毎日松阪城跡を散策し、その様子をノートに書き留めた。彼が松阪城跡から見た御城番屋敷などが城の周辺に点在する。

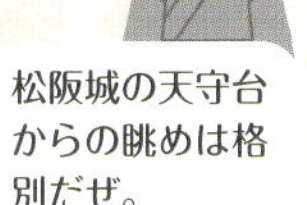

松阪城の天守台からの眺めは格別だぜ。

文学賞

一流作家の証明となる文学賞

小説家として大衆に認知されるために大きな影響力を及ぼすのが「文学賞」です。その始まりは大正15年（1926）に日本文藝家協会によって創設された渡辺賞でしたが、長くは続きませんでした。事実上の先駆と言えるのが菊池寛によって創設され、現在も新人作家の登竜門となっている**芥川賞**および**直木賞**でしょう。こうした文学賞は新人賞・優秀賞と功労賞の２種類に大別することができます。

新人賞は、その年に発表された無名もしくは新進作家の作品で最も優れた作品に贈られるもの。推理小説界の**江戸川乱歩賞、大宅壮一ノンフィクション賞**などがあります。優秀賞も同様にその年の最も優れた作品に贈られる文学賞ですが、知名度、キャリアの枠を廃して審査が行われます。川端康成文学賞や日本推理作家協会賞、読売文学賞などがあります。

もう一方の功労賞は長期にわたる文学界での功績を讃えるもので、毎年「早稲田文学」が選別した作家に対して『推讃之辞』を述べたことに源流を見ることができます。文化活動全般における創造的な業績を称える菊池寛賞や、朝日新聞が主催する朝日賞、新潮社主催の日本文学大賞、講談社主催の野間文芸賞などがあります。また、文化勲章や日本芸術院賞、文化功労者など、官製の賞もあり、小説家たちの功績を讃えます。

■ 主な文学賞と性格

区分	賞	性格
新人賞	芥川龍之介賞	文藝春秋社が創設した新進作家の登竜門。現在は日本文学振興会が主催。
新人賞	直木三十五賞	無名または新進の大衆作家の作品中最も優秀な作品に授与される新人賞。
新人賞	大宅壮一ノンフィクション賞	文藝春秋によって創設されたノンフィクションを対象とした新人賞。
優秀賞	川端康成文学賞	川端康成が獲得した没後の印税の３分の１とノーベル文学賞の基金をもとに創設された短編小説の年度内の優秀賞。
優秀賞	日本推理作家協会賞	年度内に発表された優秀作品に授与される文学賞。
功労賞	朝日賞	朝日新聞社により創設された、芸術・学術などあらゆる分野で傑出した業績を上げた個人または団体に贈られる功労賞。
功労賞	菊池寛賞	文学、演劇、映画、新聞雑誌など、文化活動全般でその年度にもっとも創造的業績を残した個人、団体に与えられる文学賞。
功労賞	文化勲章	科学・芸術など文化の発達に優れた功績のある個人に贈られる功労賞。
功労賞	日本芸術院賞	卓越した芸術作品、または芸術の進歩に貢献した芸術家の優遇を目的とする賞。

第4章
戦後の文豪

戦後日本の時代背景

1945年8月15日、日本は連合国に降伏し太平洋戦争が終結。その後、アメリカは占領統治のなかで日本の非軍事化と民主化を進めていきます。日本は多額の援助を受けて経済大国へと復興していきました。こうした時代背景のなか、自由を取り戻した文学界では、老大家が復活する一方、新戯作派（しんげさくは）や戦後派といった若手の作家たちが活躍するようになります。

壊滅的な敗戦から民主的な経済大国へ

昭和20年（1945）8月15日、日本はポツダム宣言を受諾し、アジア・太平洋戦争が終結します。

アメリカを中心とする連合国が、焦土と化した日本を占領し、日本の非軍事化と民主化を進めていきました。

軍部解体、農地解放、財閥解体などが行われ、軍国主義を否定する教育改革も実施されました。国民の権利を拡大し、言論、思想、信条の自由化も進められます。

ただし、アメリカはソ連との東西冷戦が始まると方針転換し、自衛隊を創設して日本に軍事力を持たせる一方、日本をアジアにおける民主主義の防波堤とすべく、日本の再生を企図して経済援助を行います。これを受けて日本は経済大国として復興していきました。

新戯作派や戦後派が活躍した戦後文壇

戦時中は政府の統制を受けていた文学界ですが、戦後は表現の自由が解放されて自由を取り戻します。

まず活躍したのが**新戯作派**こと**無頼派**（ぶらいは）でした。既存の文学に反発し、自虐的、退廃的な態度を道化的に表現したもので、**『津軽』『走れメロス』『斜陽』**などで知られる**太宰治**（だざいおさむ）、堕落の先を見つめた**『堕落論』『白痴**（はくち）**』**などを書いた**坂口安吾**（さかぐちあんご）らが代表的な作家です。

また、戦後いち早く戦争を許したことを反省し、新しい文学を追求する雑誌「近代文学」が創刊され、ここから政治よりも人間に重きを置く**戦後派**文学が生まれました。

『野火（のび）**』『レイテ戦記』**の**大岡昇平**（おおおかしょうへい）、**『仮面の告白』**でデビューした**三島由紀夫**（みしまゆきお）らが戦後派に属し、戦後文壇の中心となります。

一方で戦前に活躍していた大御所作家も文筆活動を再開して復活しました。**谷崎潤一郎**が**『細雪**（ささめゆき）**』**を、**川端康成**が**『山の音**（おと）**』**を、**井伏鱒二**が**『遙拝隊長**（ようはいたいちょう）**』**などの名作を発表しています。

戦後のできごと

年	できごと
1946年（昭和21）	日本国憲法が公布される。
1950年	朝鮮戦争が勃発する。
1951年	サンフランシスコ平和条約が締結される。
1953年	NHKテレビ放送開始。
1954年	自衛隊が発足する。
1956年	日ソ共同宣言が調印される。
1964年	東京オリンピックが開催される。
1968年	川端康成がノーベル文学賞を受賞する。
1970年	三島由紀夫、自衛隊市ヶ谷駐屯地で割腹自殺を遂げる。

無頼派 新戯作派

太宰治 ▶P.176
坂口安吾 ▶P.182 
織田作之助
石川淳

第一次戦後派

野間宏
椎名麟三
梅崎春生
島尾敏雄

第二次戦後派

三島由紀夫 ▶P.186
大岡昇平 ▶P.192 
武田泰淳
安部公房

第三の新人

安岡章太郎
吉行淳之介
遠藤周作
小島信夫

昭和30年頃までに登場した新人作家たち。戦後派とは距離を置き、私小説的手法で日常の人間を見つめる文学を開花させた。

30年代の作家たち

石原慎太郎
大江健三郎
開高健

既成の常識や道徳を打ち破ろうとした昭和30年代の作家たち。

老大家の復活

谷崎潤一郎 ▶P.92
川端康成 ▶P.136 
井伏鱒二 ▶P.142 

大正・昭和初期の文壇で活躍していた作家たち。

文豪相関図④戦後

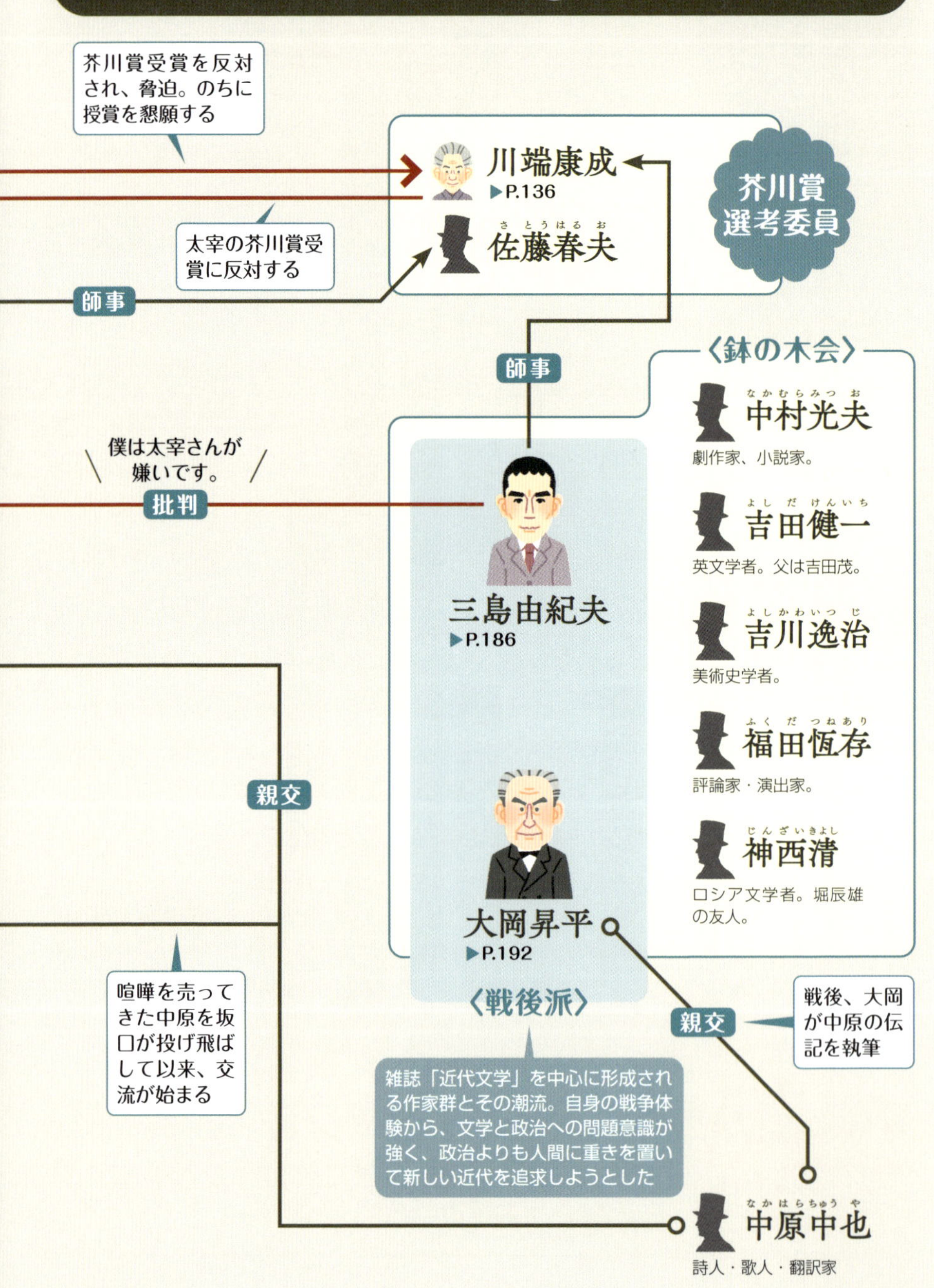
芥川賞受賞を反対され、脅迫。のちに授賞を懇願する
川端康成
▶P.136
太宰の芥川賞受賞に反対する
佐藤春夫
師事
芥川賞選考委員
師事
〈鉢の木会〉
中村光夫
劇作家、小説家。
吉田健一
英文学者。父は吉田茂。
吉川逸治
美術史学者。
福田恆存
評論家・演出家。
神西清
ロシア文学者。堀辰雄の友人。
僕は太宰さんが嫌いです。
批判
三島由紀夫
▶P.186
親交
大岡昇平
▶P.192
喧嘩を売ってきた中原を坂口が投げ飛ばして以来、交流が始まる
〈戦後派〉
雑誌「近代文学」を中心に形成される作家群とその潮流。自身の戦争体験から、文学と政治への問題意識が強く、政治よりも人間に重きを置いて新しい近代を追求しようとした
親交
戦後、大岡が中原の伝記を執筆
中原中也
詩人・歌人・翻訳家

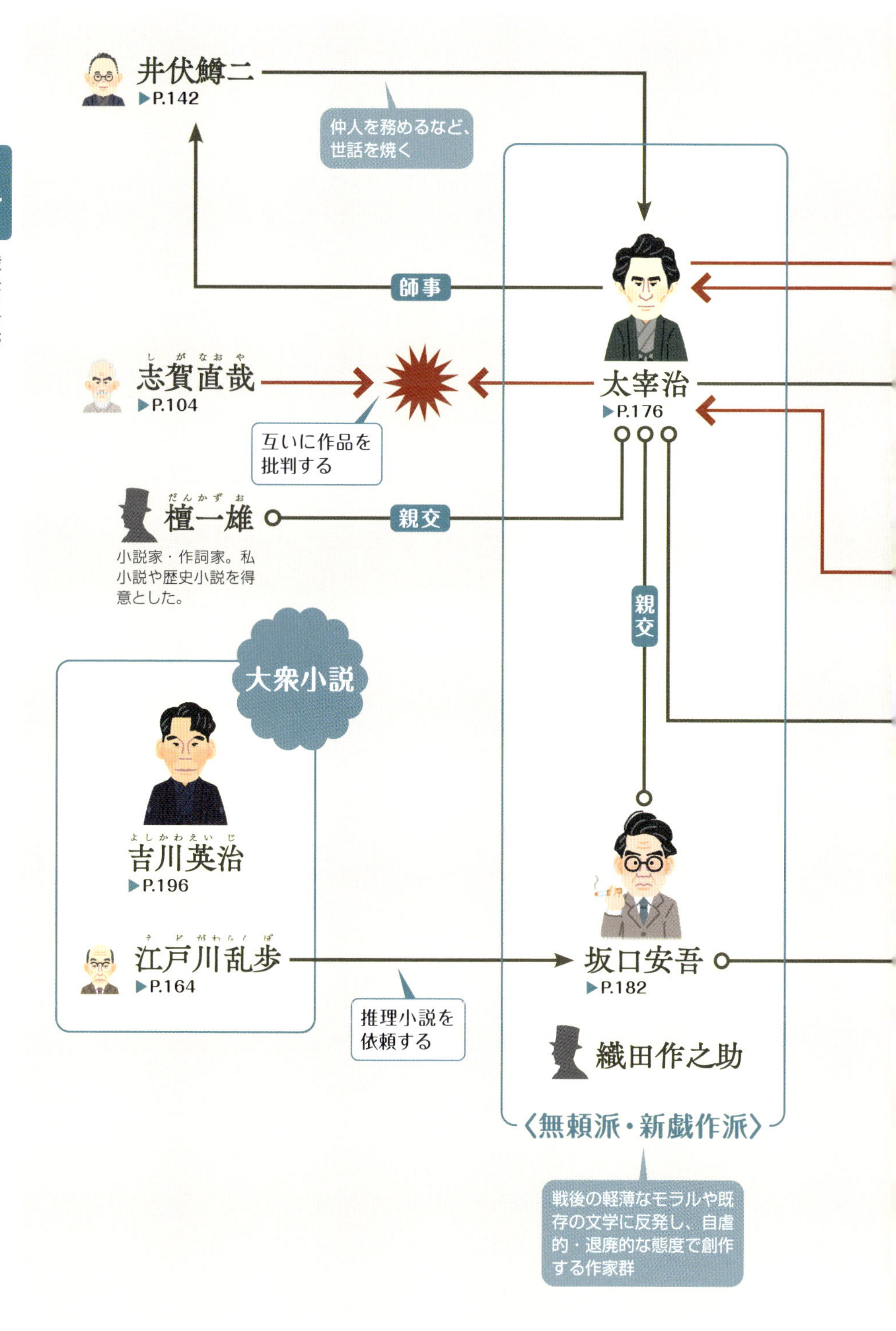
井伏鱒二
▶P.142
仲人を務めるなど、世話を焼く
師事
しがなおや
志賀直哉
▶P.104
互いに作品を批判する
太宰治
▶P.176
だんかずお
檀一雄
小説家・作詞家。私小説や歴史小説を得意とした。
親交
親交
大衆小説
よしかわえいじ
吉川英治
▶P.196
えどがわらんぽ
江戸川乱歩
▶P.164
推理小説を依頼する
坂口安吾
▶P.182
織田作之助
〈無頼派・新戯作派〉
戦後の軽薄なモラルや既存の文学に反発し、自虐的・退廃的な態度で創作する作家群

無頼派

太宰治

幾度となく人生に絶望し、自殺を繰り返した自己破滅型の私小説家

栄光と挫折の果てに愛人との心中を選ぶ

津軽有数の大地主の家に生まれた**太宰治**は、「破滅型」ともいわれる生涯を歩みました。

青森中学時代に作家を目指し、**泉鏡花**や**芥川龍之介**に傾倒。『花子さん』というユーモア小説を書いて同級生を笑い転げさせたという逸話が伝わります。

しかし芥川の自殺や、左翼運動に接するなかで、地主階級である出自に負い目を感じるようになり、弘前高校時代に最初の自殺未遂騒動を起こします。

東京帝大仏文学科に進学後も、**井伏鱒二**に師事する一方で左翼運動にのめり込み、あげくバーの女給と心中を図って自分だけが生き残るという2度目の自殺未遂を起こしました。

しかし、この事件が皮肉なことに作家への道を切り開きます。

遺書のつもりで書いた『**魚服記**』『**思ひ出**』が文壇に注目され、昭和10年（1935）には、『**逆行**』が芥川賞候補に選ばれたのです。しかし芥川賞に落選。精神は不安定で、その後も2度の自殺未遂と薬物中毒を繰り返しています。

太宰再生のきっかけは結婚でした。井伏の紹介で昭和14年（1939）に石原美知子と結婚して生活に安定をもたらすと、『**富嶽百景**』『**走れメロス**』などの佳作を生み出します。

しかし戦後、文壇への反発や精神的な弱さからくる放埒な生活、借金苦などから追い詰められ、破滅的傾向の作品が増えていきます。

昭和22年（1947）の『**斜陽**』が人気を呼びましたが、昭和23年（1948）、『**人間失格**』を残して愛人と心中を遂げ、自ら文筆活動に終止符を打ったのでした。

『富嶽百景』『津軽』
『走れメロス』『斜陽』

生没年 明治 42 年 (1909) ～ 昭和 23 年 (1948) ／ 38 歳没
本名 津島修治
出身 青森県北津軽郡金木村（現・青森県五所川原市金木町）
職業 小説家
学歴 東京帝国大学仏文科中退
趣味 食道楽／**死因** 入水自殺

ひと言でいうと……
人間の内面の狂おしい葛藤や破滅を、読者に語り掛けるような独特の文体で描いた作家。戦後は『斜陽』『人間失格』など自虐的、退廃的な作品を書く無頼派に属し、新しい文学を作り出そうとしました。

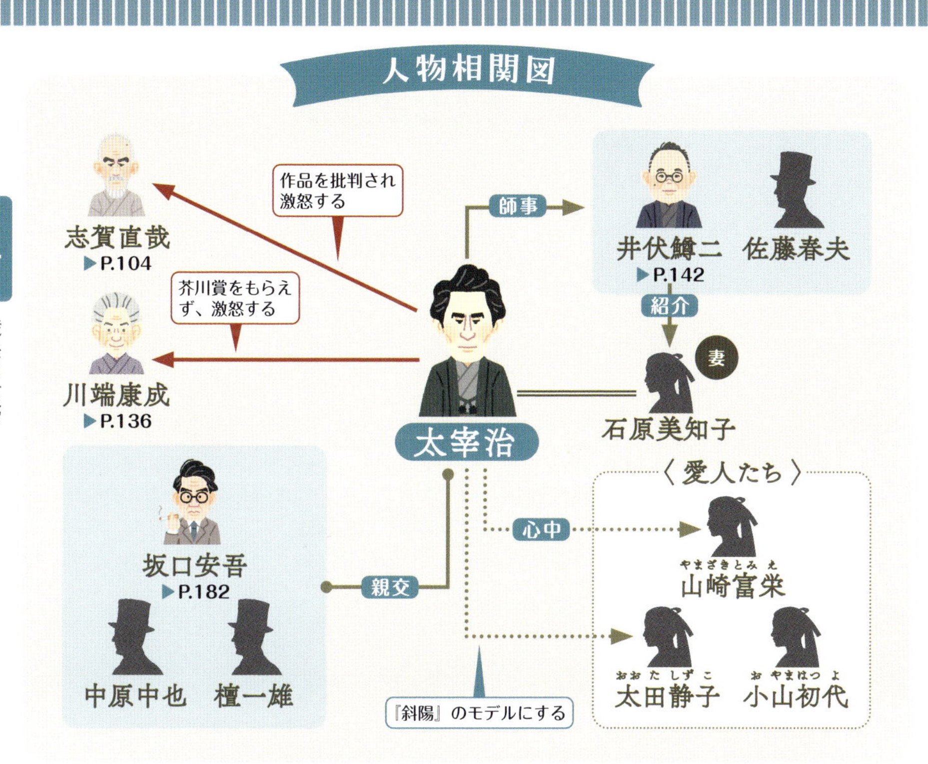
人物相関図
志賀直哉
▶P.104
作品を批判され激怒する
川端康成
▶P.136
芥川賞をもらえず、激怒する
師事
井伏鱒二
▶P.142
佐藤春夫
紹介
妻
石原美知子
太宰治
〈愛人たち〉
心中
山崎富栄
太田静子
小山初代
『斜陽』のモデルにする
坂口安吾
▶P.182
親交
中原中也
檀一雄

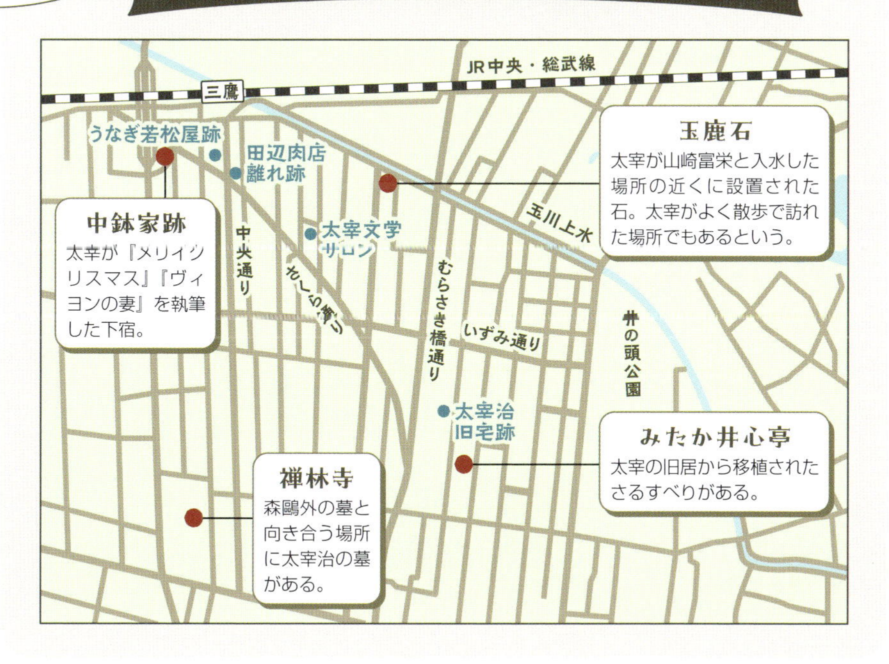
ゆかりの地MAP
太宰終焉の地・三鷹
JR中央・総武線
三鷹
うなぎ若松屋跡
田辺肉店離れ跡
太宰文学サロン
中鉢家跡
太宰が『メリイクリスマス』『ヴィヨンの妻』を執筆した下宿。
玉鹿石
太宰が山崎富栄と入水した場所の近くに設置された石。太宰がよく散歩で訪れた場所でもあるという。
玉川上水
中央通り
さくら通り
むらさき橋通り
いずみ通り
井の頭公園
太宰治旧宅跡
みたか井心亭
太宰の旧居から移植されたさるすべりがある。
禅林寺
森鷗外の墓と向き合う場所に太宰治の墓がある。

太宰 治の生涯と作品

金木第一尋常小学校の6年間、首席で通したよ。

6月19日、青森県北津軽郡金木村の大地主の家に生まれました。生家は県下有数の資産家で、太宰は11人のきょうだいの10番目。六男でした。

1909年 誕生

小説家を志したのは1925年のこと。16歳で習作『最後の太閤』を書いた頃だ。

1923年（14歳）
青森中学校に入学。

文豪びっくりエピソード

作家の死とはこうあるべき

学生時代、太宰は芥川龍之介が好きすぎてノートに芥川の名前や絵を描いていました。しかし直接会うことがかなわないまま、芥川は35歳で自殺。太宰はショックのあまり部屋に引き籠り、「作家の死とはこうあるべきかもしれない」と語ったそうです。

1927年(18歳)
弘前高等学校文科甲類に入学。

この年、青森の芸妓・紅子（小山初代）と知り合った。

周囲から共産主義思想の影響を受けてね。家が地主階級出身であることから葛藤に悩んだ末の自殺未遂だった。

＼1回目／

1929年（20歳） 自殺未遂

12月、期末試験の前夜、カルモチン自殺をはかりますが、未遂に終わります。

1930年（21歳）
東京帝国大学（現・東京大学）仏文科に入学。

この年、井伏鱒二氏に会い、師事した。何度も面会を断られたので、「死ぬ」と脅したら会ってくれたよ。

ところが、この年の11月、銀座のカフェに勤める女給と鎌倉小動崎の海岸で薬物心中を図ります。太宰は死に損ね、女給だけが死亡しました。

＼2回目／

1930年（21歳） 自殺未遂

世間では生家の津島家から分家除籍されたことが動機といわれてるね。

芥川賞が欲しい

芥川ファンの太宰は当然芥川賞を欲しがりました。そのため、26歳のときに『逆行』が第1回芥川賞の候補に選ばれた太宰は狂喜します。しかし川端康成に「才能は感じるが私生活に問題がある（作者目下の生活に厭な雲ありて、才能の素直に発せざる憾みあつた。)」と言われてしまいます。すると、太宰は激怒して「小鳥を飼い、舞踏を見るのがそんなに立派な生活なのか。刺す」と手紙を送りつけました。その後も選考委員の佐藤春夫や川端康成に受賞を懇願しましたが、結局受賞できませんでした。

第4章 戦後の文豪

1931年（22歳）
小山初代が上京し、品川区で同棲を始める。

1932年（23歳）
『思ひ出』『魚服記』を執筆。

また、この年、警察に出頭して左翼活動から離脱しました。

1933年（24歳）
初めて「太宰治」の名で『列車』を「サンデー東奥」に発表。

1934年（25歳）
『葉』を「鷭」に発表。

＼3回目／
1935年（26歳）
自殺未遂

大学落第に加え、都新聞の入社試験に失敗してねぇ。鎌倉で縊死を図るが未遂に終わった。

しかしその後、2月に「文藝」で発表した『逆行』が第1回芥川賞候補となります。次席に終わりましたが、太宰の名が広く世に知られるきっかけとなります。

1935年に腹膜炎の手術を受けて鎮痛剤パビナールの注射を受けて以来、麻薬中毒に……。

初代の不貞が発覚してさ。水上温泉で初代とカルモチン自殺を図ったが、また死ねなかった。初代とはこの後別れた。

＼4回目／
1937年（28歳）
自殺未遂

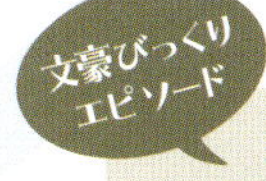

巻き込まれかけた作家

自殺未遂を何度も繰り返した太宰。この自殺癖に危うく巻き込まれそうになったのが友人の小説家・檀一雄です。太宰のアパートで泥酔し、勢いで「一緒に死のう」と言い出す太宰に応じる檀。二人はガス自殺を選びます。ガス栓を全開にして布団に潜り込んでいたところで檀が我に返り、ガス栓をそっと閉じたそうです。

1945年(36歳)
妻子を連れて津軽の生家へ疎開。

1944年(35歳)
『津軽』刊行。

1944年5月12日からひと月ほど故郷の津軽を旅してまわった。この旅をもとに書いたのが『津軽』。津軽の風土を紹介しながら、友人や子守をしてもらった女性との再会を書いているので、よく紀行文と思われているが、フィクションをだいぶ盛り込んでいるので、あくまで小説とみる者の方が多いようだな。

1943年(34歳)
『右大臣実朝』を刊行。

前年暮の太平洋戦争勃発を、三鷹に住む主婦の日記に仮託して書いた作品だよ。

1942年(33歳)
『十二月八日』を「婦人公論」に発表。

1940年(31歳)
『走れメロス』を発表する。

この結婚が転機となり、太宰は作家として充実した日々を送るようになります。『富嶽百景』(1939年)、1940年には『走れメロス』『駈込み訴へ』『女の決闘』を発表。さらに『鷗』『善蔵を思う』『乞食学生』『きりぎりす』など、三鷹での生活を素材にした作品群を雑誌掲載。1941年には自身の半生を振り返った『東京八景』を「文學界」に発表しました。

代表作
名作ナビ
『富嶽百景』

「いいねえ。富士は、やっぱり、いいとこあるねえ。よくやってるなあ。」富士には、かなはないと思つた。念々と動く自分の愛憎が恥づかしく、富士は、やつぱり偉い、と思つた。よくやつてる、と思つた。

解説 太宰の転換期の代表作。荒廃した生活を立て直すため、「私」は山梨県の御坂峠の天下茶屋に滞在します。周囲の人の温かい心に触れ、富士山の様々な表情に接し、見合い相手とも距離を縮めていくなかで、好きでなかった富士山への気持ちも変わっていきます。

代表作
名作ナビ
『走れメロス』

「私を殴れ。ちから一ぱいに頬を殴れ。私は、途中で一度、悪い夢を見た。君が若(も)し私を殴ってくれなかったら、私は君と抱擁する資格さえ無いのだ。殴れ。」
セリヌンティウスは、すべてを察した様子で首肯(うなず)き、刑場一ぱいに鳴り響くほど音高くメロスの右頬を殴った。

解説 命をかけた友情を明晰な文体で書いた短編です。残虐な王に楯突き処刑されることになったメロス。妹の結婚式のため3日の猶予を望み、親友を身代わりに差し出します。ラストシーンでメロスと親友が、お互いともに心の弱さに負けそうになったことを告白し、殴り合って抱擁する姿が感動的です。

1939年(30歳)
結婚

井伏の紹介で甲府の石原美知子と結婚。彼女との間には3人の子が生まれました。

見かねた井伏により太宰は結婚という転機を迎えます。

ヒット作
名作ナビ
『斜陽』

革命も恋も、実はこの世で最もよくて、おいしい事で、あまりいい事だから、おとなのひとたちは意地わるく私たちに青い葡萄(ぶどう)だと嘘(うそ)ついて教えていたのに違いないと思うようになったのだ。私は確信したい。人間は恋と革命のために生れて来たのだ。

解説 没落した旧華族の一家を描いた作品。復員後、退廃的な生活を送る弟、弟が尊敬する作家上原に恋心を抱く姉のかず子。ついにかず子は上原のもとに押しかけ一夜を共にしますが、一方で生きることに絶望した弟が自殺。残ったかず子は古い道徳を破り、力強く生きる覚悟を決めるのでした。

この頃、太宰は三鷹駅前の屋台で山崎富栄と知り合います。

1945年(36歳)
『パンドラの匣』を連載開始。

文豪びっくりエピソード
危険な出会い
山崎富栄に出会った太宰がかけた言葉は、「死ぬ気で恋愛してみないか」。富栄は入水の前に、太宰の愛人・太田静子に「太宰さんはお弱いかたなので、貴女やわたしや、その他の人達まで、おつくし出来ないのです。わたしは太宰さんが好きなので、ご一緒に死にます。」と手紙を送りました。

この年、5月に『桜桃』を「世界」に発表した太宰は、6月から『人間失格』を「展望」に掲載、8月まで続きます。

『斜陽』の主人公かず子のモデルとしたのが、愛人のひとりだった太田静子。彼女との間に生まれた治子はのちに作家となったよ。

1947年(38歳)
『斜陽』刊行。

1948年(38歳)
1月上旬の喀血後、『人間失格』を執筆する。

6月13日夜半、「グッド・バイ」(未完絶筆)の草稿、遺書数通などを机辺に残し、山崎富栄と共に玉川上水へ身を投じました。ふたりの遺体発見は19日でした。

1948年(38歳)死去

遺作
名作ナビ
『人間失格』

……いまに、ここから出ても、自分はやっぱり狂人、いや、癈人(はいじん)という刻印を額に打たれる事でしょう。
人間、失格。
もはや、自分は、完全に、人間で無くなりました。

解説 子供の頃から受動的な生き方で女から女へと渡り歩き、自殺未遂の果てに、モルヒネ中毒に陥る私。「自分には、幸福も不幸もありません。ただ、一さいは過ぎて行」くことが人の真理と語る主人公は作者の投影であり、自伝的性格を持つ小説です。

無頼派

坂口安吾（さかぐちあんご）

戦前戦中の倫理観を否定し、破天荒な逸話を数多く残した文豪

戦後の様相から堕落の先を見据えた坂口安吾

中学時代、「偉大なる落伍者（らくごしゃ）になる」と豪語した**坂口安吾**。衆議院議員を務める新潟の有力者の子でありながら、反逆心が強く、勉強もせず教師を殴るなどの問題を起こし、2年生を留年。ついには父により、東京の私立豊山（ぶざん）中学へ転校させられてしまいます。

転校先は悪童だらけの中学でしたが、卒業後、坂口が得た職はなんと小学校の教員。ここで1年ほどを過ごしたのち、20歳で東洋大学へと進学しました。しかし今度は勉強のしすぎで神経衰弱に陥ってしまいます。

何事も限度を超えてしまう坂口の転機は、神経衰弱の治療の一環として神田のフランス語学校アテネ・フランセに通い始めたことでした。新潟時代からボードレールや石川啄木に触れていた坂口は、在学中に学友らと同人誌「青い馬」を創刊。昭和6年（1931）に同雑誌に寄稿した『**風博士**』が認められ、作家としてスタートしました。

戦後、坂口はさらなる飛躍の時を迎えます。戦前の倫理を否定し、堕落の先を見据えた『**堕落論**』『**白痴**』が評判を呼び、反権威、反道徳的言動の作風から無頼派と称されました。

しかし多忙を極めるなかで薬物依存症に陥ると、生活は荒れてトラブルを連発。47歳で息子が誕生し喜んだのもつかの間、翌々年、脳溢血（のういっけつ）で他界しました。

ただし坂口は生に絶望した太宰治とは異なり、堕落も肯定し生にこだわりました。『**不良少年とキリスト**』で「生きることだけが、大事である」と太宰の自殺に対する怒りをぶつけています。

代表作

『風博士』『黒谷村』『白痴』『堕落論』

生没年 明治39年（1906）～昭和30年（1955）／49歳没
本名 坂口炳五
出身 新潟県新潟市西大畑町（現・中央区西大畑町）
職業 小説家・評論家
学歴 東洋大学印度哲学倫理学科
趣味 ウイスキー・食道楽・囲碁・将棋／**死因** 脳溢血

ひと言でいうと……

『堕落論』で知られる昭和の反権威、反道徳な無頼派の中心的作家。社会の矛盾や不条理に対する鋭い洞察を独創的な文体で表現。推理小説や歴史小説など多才なジャンルに取り組み、文学の可能性を読者に提示しました。

人物相関図

中原中也　尾崎士郎

喧嘩を売られるも、酒を酌み交わして和解

三好達治（みよしたつじ）

親交

檀一雄

親交

親交

一時期恋愛関係に

矢田津世子（やだつせこ）
女流作家

織田作之助

坂口安吾

妻

梶三千代（かじみちよ）

親交

太宰治
▶P.176

無頼派

ゆかりの地MAP　若年期の坂口安吾と東京

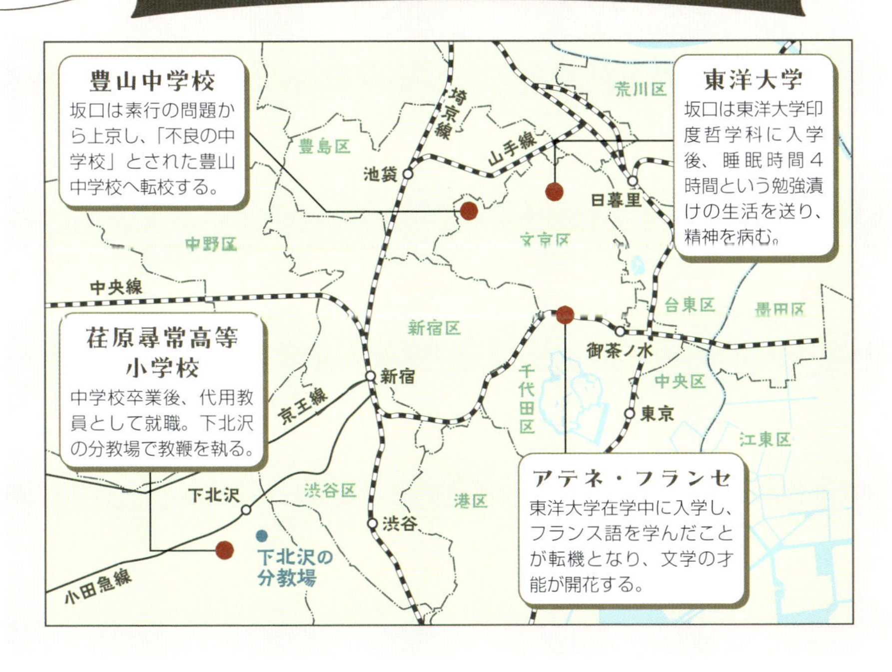
豊山中学校
坂口は素行の問題から上京し、「不良の中学校」とされた豊山中学校へ転校する。
東洋大学
坂口は東洋大学印度哲学科に入学後、睡眠時間4時間という勉強漬けの生活を送り、精神を病む。
荏原尋常高等小学校
中学校卒業後、代用教員として就職。下北沢の分教場で教鞭を執る。
アテネ・フランセ
東洋大学在学中に入学し、フランス語を学んだことが転機となり、文学の才能が開花する。
埼京線
荒川区
山手線
豊島区
池袋
日暮里
文京区
中野区
中央線
台東区
墨田区
新宿区
御茶ノ水
新宿
千代田区
中央区
京王線
東京
江東区
下北沢
渋谷区
港区
渋谷
下北沢の分教場
小田急線

坂口 安吾の生涯と作品

1906年誕生

ペンネームの「安吾」は、手の付けられない悪童だったことに由来する。漢文の教師に「自己に暗い奴だからアンゴ（暗吾）と名のれ」と言われたことがきっかけだ。

1919年（13歳）
新潟中学校入学。

1922年(16歳)
東京の私立豊山中学校（現・日大豊山高校）に編入。

坂口は実は運動神経がよく、1924年には、インターハイの前身である「第10回全国中等学校陸上競技会」のハイジャンプに出場し、1m57㎝の記録で優勝しています。

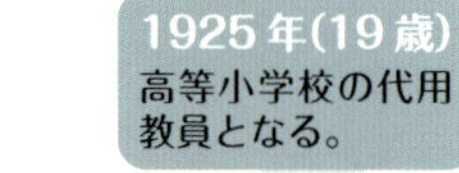

1925年(19歳)
高等小学校の代用教員となる。

1926年(20歳)
東洋大学印度哲学倫理学科に入学。

仏教書を読みふけり、睡眠時間4時間の生活を1年半続けた結果、神経衰弱になった。

フランス語を学び、モリエール、ヴォルテール、ボーマルシェなどを愛読した。小説家になろうと決意したのはこの頃だな。

1928年(22歳)
アテネ・フランセ初等科入学。

1930年(24歳)
同人雑誌「言葉」を創刊。

「言葉」の創刊はアテネ・フランセの友人たちと。後継誌「青い馬」に発表した『風博士』『黒谷村』が小説家・牧野信一に激賞され、作家の道へ進むこととなりました。

1932年（26歳）
女性作家・矢田津世子と知り合い、交際。

1943年(37歳)
『日本文化私観』を刊行。

飲みニケーション

よく先輩作家をこき下ろしていた坂口。ある日、徳田秋聲を「小学生以下の文章力」とこき下ろしたところ、激怒した徳田の友人・尾崎士郎から決闘を申し込まれてしまいます。快諾した坂口は、尾崎を上野、浅草、吉原と連れまわして飲み明かし、友人になってしまいました。ほかにも女性を巡って喧嘩になった中原中也とも酒を酌み交わして仲良しになるなど、相当なコミュニケーション能力を持っていました。

代表作

名作ナビ

『堕落論』

……人間は堕落する。義士も聖女も堕落する。それを防ぐことはできないし、防ぐことによって人を救うことはできない。人間は生き、人間は堕ちる。そのこと以外の中に人間を救う便利な近道はない。
　戦争に負けたから堕ちるのではないのだ。人間だから堕ちるのであり、生きているから堕ちるだけだ。

解説 戦前までの倫理観を否定し、各個人が堕落を求めることで魂が救済されると述べます。この堕落とは道徳の虚飾を捨てて人間本来の姿に戻ること。堕ちきることで各人が自分はどう行動するか発見すべきと語り、堕落の先の生き方を示します。

1946年（40歳）
『堕落論』『白痴』を発表する。

1947年には、『二流の人』、『風と光と二十の私と』、『不連続殺人事件』を刊行。『不連続殺人事件』が翌年第2回探偵作家クラブ賞を受賞するなど活躍が目立ちますが、精力的な作家活動が祟り、睡眠薬アドルム中毒により入院を強いられます。

代表作

名作ナビ

『白痴』

ああ人間には理智がある。如何なる時にも尚いくらかの抑制や抵抗は影をとどめているものだ。その影ほどの理智も抑制も抵抗もないということが、これほどあさましいものだとは！

解説 物置小屋のような家に住む伊沢という青年は、ある日、部屋に逃げ込んできた隣家の妻である白痴の女と関係を結びます。やがて空襲で伊沢はこの女を連れて逃げ回るなか、肉欲の塊のような女のなかに人間性を見て、一瞬女と心が通い合います。堕ちてこそ救済されると説いた『堕落論』の小説化。

1951年（45歳）
奇行を連発する。

1947年に知り合った梶三千代と入籍。1953年8月6日に長男・綱男が誕生した際、桐生市役所に長男の出生届と婚姻届を提出しました。

1953年（47歳）
結婚

この悲しみはカレーでしか癒やせない!
んなわけあるか

1955年（49歳）
死去

その死は2月17日の朝。『安吾新日本風土記』の連載を「中央公論」で始めたばかりの時期で、富山県、新潟県、高知県を取材して帰宅した翌々日の朝、突如脳溢血のため永眠しました。

文豪びっくりエピソード

カレーライス事件

1951年のこと。太宰の死に動揺する坂口は、檀一雄の家に寄宿していた際、カレーライスを100人前注文。坂口の妻や檀の家族に続き、居合わせた編集者も巻き込んでカレーライスを食べ続けることとなりました。この頃の坂口は奇行が多く、ほかにも、税金滞納で蔵書などを差し押さえられたり、伊東競輪の不正を告訴したりと、世間を騒がせました。

戦後派

三島由紀夫（みしまゆきお）

日本の将来を憂えた愛国の天才作家

虚弱へのコンプレックスから肉体を鍛えた天才作家

中央官僚の家に生まれた三島由紀夫は祖母に溺愛され、ままごとで遊ぶなど女の子のように育てられます。病弱でしたが早熟の天才で、6歳にして詩や短歌を詠み、学習院中等科時代に三島由紀夫のペンネームで同人誌に**『花ざかりの森』**を発表しました。

文壇に登場したのは終戦直後の昭和21年（1946）。東京帝国大学在学中に川端康成の推薦で**『煙草』**を発表します。しばらく大蔵官僚の仕事と作家活動を並行したものの、忙しすぎて駅のホームから転落したため、作家専業の道へと進みました。

その第1作目となった**『仮面の告白』**は男色の苦悩を告白した私小説的な作品で、文壇で脚光を浴びます。

以降は、離島を舞台とした若者の牧歌的な恋物語**『潮騒』**、破滅の美を極めた**『金閣寺』**など、ベストセラーを続けて出し、**『鹿鳴館』**などの戯曲も手がけました。また肉体的なコンプレックスの解消と、ギリシャ美術の均整の取れた肉体美への憧れからボディビルで体を鍛錬し、それを人に見せたいと映画にも出演します。

昭和35年（1960）の安保闘争の頃からナショナリズムの思いを強めていきます。

翌年に二・二六事件を題材にした**『憂国』**を発表する一方で、戦後日本の将来を憂え、政治結社「楯の会」を結成します。昭和45年（1970）の**『豊饒の海』**4部作を完成後、自衛隊の市ヶ谷駐屯地に乱入して東部方面総監を拘束すると、自衛隊を国軍にするための決起を自衛官たちに向けて訴えましたが果たせず、割腹自殺しました。

『仮面の告白』『潮騒』
『金閣寺』『憂国』
『豊饒の海』

生没年 大正14年（1925）～昭和45年（1970）／45歳没
本名 平岡公威
出身 東京市四谷区永住町（現・新宿区四谷）
職業 小説家・劇作家・評論家
学歴 東京大学法学部法律学科
趣味 筋トレ・映画・演劇
死因 割腹自殺

ひと言でいうと……

『仮面の告白』『金閣寺』などで知られる昭和を代表する天才作家。高い美意識と詩情豊かな卓越した文章力、鋭い人間洞察が特徴で、愛と死、伝統と現代、人間の奥底にある葛藤などを繊細な心情とともに描き出しました。

人物相関図

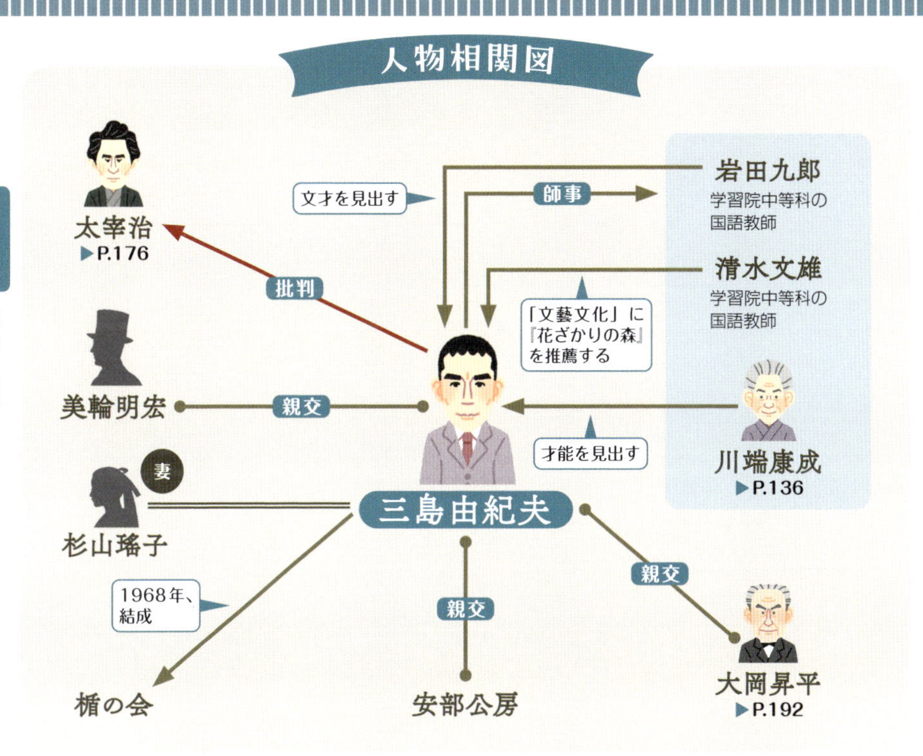
太宰治
▶P.176
美輪明宏
妻
杉山瑤子
1968年、結成
楯の会
安部公房
三島由紀夫
文才を見出す
師事
批判
親交
親交
親交
岩田九郎
学習院中等科の国語教師
清水文雄
学習院中等科の国語教師
「文藝文化」に『花ざかりの森』を推薦する
才能を見出す
川端康成
▶P.136
大岡昇平
▶P.192

ゆかりの地MAP 三島由紀夫の生涯と東京

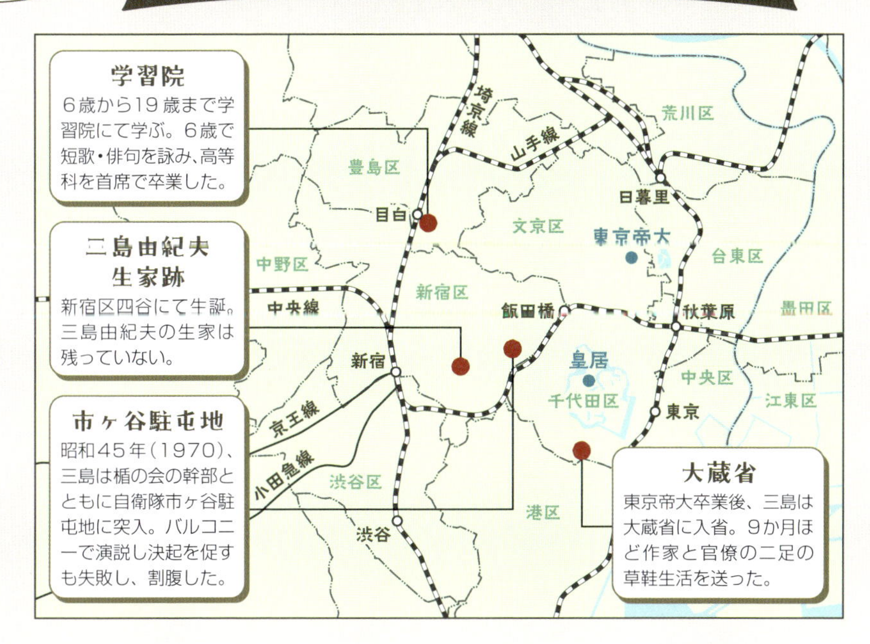
学習院
6歳から19歳まで学習院にて学ぶ。6歳で短歌・俳句を詠み、高等科を首席で卒業した。
三島由紀夫生家跡
新宿区四谷にて生誕。三島由紀夫の生家は残っていない。
市ヶ谷駐屯地
昭和45年(1970)、三島は楯の会の幹部とともに自衛隊市ヶ谷駐屯地に突入。バルコニーで演説し決起を促すも失敗し、割腹した。
大蔵省
東京帝大卒業後、三島は大蔵省に入省。9か月ほど作家と官僚の二足の草鞋生活を送った。
埼京線
山手線
荒川区
豊島区
目白
日暮里
文京区
東京帝大
台東区
中野区
新宿区
中央線
飯田橋
秋葉原
墨田区
皇居
新宿
中央区
千代田区
江東区
京王線
東京
小田急線
渋谷区
港区
渋谷

三島 由紀夫の生涯と作品

1925年 誕生

三島由紀夫は、東京市四谷区に、農林省官吏の父・平岡梓の長男として生まれました。

病弱な私を心配した祖母の管理のもと、過保護ながらも厳しく育てられた。

幼少期はほとんど自室に引き籠り、遊びといえば折り紙やままごとだったよ。

1931年(6歳)
学習院初等科に入学。

三島少年は初等科へ入った頃から俳句や短歌を詠み始め、教師たちを驚かせました。

1937年(12歳)
中等科へ進学。

中等科では文芸部に入部し、国語教師の岩田九郎にその才能を認められます。

1939年(14歳)
新しく国語教師となった清水文雄に師事。

解説 三島由紀夫が16歳にして書き上げ、国文学雑誌「文藝文化」で発表された処女作。「わたし」の追想を軸にして、「わたし」の祖先とその周囲の人々をめぐる4つの挿話から成る全5章の物語が展開されます。

1941年(16歳)
処女作『花ざかりの森』を書き上げる。

1944年(19歳)
学習院高等科を首席で卒業し、東京帝国大学(現・東京大学)法学部に入学。

卒業生総代として天皇陛下から恩賜の銀時計を拝受した。

1944年(19歳)
徴兵検査を受ける。『花ざかりの森』が出版される。

1947年（22歳）
東京帝国大学法学部を卒業し、大蔵省に入省。

本当は専業作家になりたかったのだが、官僚にしたかった父の許しが得られず入省した。だがこの後、大蔵省での仕事と執筆活動の二重生活が続き、次第に疲弊していった。

戦時中から戦後間もない時期にかけて、三島は大きな失恋を経験しています。戦時中、三島には三谷邦子という恋人がおり、1945年6月に彼女の疎開先である軽井沢を訪問した際、三谷家から結婚を打診されていました。しかし三島が決断できないでいる間に邦子は終戦後ほどなく銀行員と婚約し、結婚してしまいました。三島はのちにこの挫折が文筆活動の情熱を掻き立てるもののひとつとなったと述懐しています。

1946年、短篇『煙草』を「人間」に発表し文壇に登場します。三島を推薦したのが川端でした。

1946年（21歳）
川端康成と出会い、以後、生涯にわたる師弟関係となる。

太宰に会ったのもこの年のことだよ。

あなたが嫌いだ

日本的非合理の温存のみが、百年後世界文化に貢献するであらう
※終戦から一か月後に三島が自身のノートに書いた言葉

1945年8月（20歳）
終戦

文豪びっくりエピソード

太宰への嫌悪

三島は川端を師と仰ぐ一方、太宰治を批判しました。太宰の生活を「自意識過剰な自己戯作」と批判していた三島は、21歳のときに友人に誘われて太宰と会っています。そして、「僕は太宰さんの文学はきらひなんです」と啖呵を切ったのです。これに対し、太宰は「そんなことを言つたつて、かうして来てるんだから、やつぱり好きなんだよな。なあ、やつぱり好きなんだ」とかわしたとされます。戦後を代表する二大作家の唯一の面会でした。

1945年（20歳）
出征を前に肺浸潤結核と誤診され帰郷。

こうした虚弱が終生コンプレックスとなった。

解説「私」の幼児から青年期までの性意識の展開を中心とした作品。自己の男色傾向を認識し、友人とは異なる自分の特異さに苦悩する「私」を描きます。三島自身の体験を投影した私小説ともいわれ、主人公の苦悩を客観視して描いている点もみどころのひとつです。

1948年、ホームからの転落事故を機に父の許可を得て作家一筋に生きるため大蔵省を退職。ここから作家としての活動がスタートします。

1949年（24歳）
『仮面の告白』を出版。

『仮面の告白』が高い評価を得て、作家としての地位を確立しました。

大岡昇平

鉢の木会は1948年当時、鎌倉に住んでいた中村光夫、吉田健一、吉川逸治の3人が始めた私的サークルで、のちに私、大岡昇平と三島由紀夫、福田恆存、神西清が加わった。

1951年（26歳）
「鉢の木会」に参加する。

1951年（26歳）
世界一周の旅に出る。

私を特に感動させたのは、ギリシャであった。古代ギリシャの〈肉体と知性の均衡〉の概念、明朗な古典主義は、『潮騒』などこの後の作品に大きな影響を与えることとなる。

三島を最も魅了したのはバチカン美術館のアンティノウス像だったという。

解説 雨宿りの廃墟のなか、「その火を飛び越して来い」と女が呼びかけ、男が火を飛び越えていくシーンが有名な『潮騒』。歌島の自然を舞台に、漁師・新治と網元の娘・初江が苦難に直面しながらも愛を貫く物語。青春の恋と情熱をみずみずしく描いた、爽快な小説です。

1954年（29歳）
『潮騒』を発表し、新潮社文学賞を受賞。

どうやら1963年度から1965年度のノーベル文学賞の有力候補の中に川端さん、谷崎さんと西脇順三郎さんとともに私の名前が入っていたらしいね。

「楯の会」とは、中国の文化大革命や全共闘運動などが活発化していた1968年に結成された、間接侵略から日本の文化と伝統を防衛する民間防衛組織である。

1970年(45歳) 死去

『豊饒の海』の最終原稿を仕上げた三島は、11月25日、自衛隊市ヶ谷駐屯地（現・防衛省本省）にて決起。東部方面総監を人質に演説後、割腹自殺を遂げました。

1968年(43歳)
「楯の会」を結成。

1967年(42歳)
自衛隊に体験入隊。

この年、川端康成、安部公房らとともに、中国共産党の文化革命を批判する声明を発表しました。

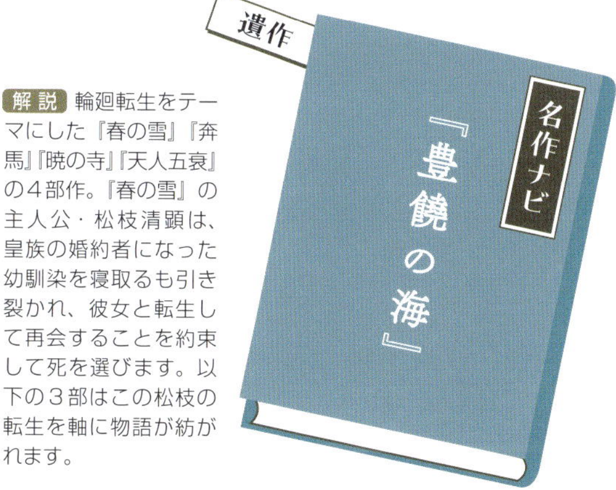

解説 輪廻転生をテーマにした『春の雪』『奔馬』『暁の寺』『天人五衰』の4部作。『春の雪』の主人公・松枝清顕は、皇族の婚約者になった幼馴染を寝取るも引き裂かれ、彼女と転生して再会することを約束して死を選びます。以下の3部はこの松枝の転生を軸に物語が紡がれます。

1965年(40歳)
自身が監督と主演を務める映画『憂国』を制作。

1961年(36歳)
『憂国』を発表。

1960年(35歳)
大映映画『からっ風野郎』で主演。

解説 美に魅入られた青年の心情の変化に引き込まれる三島の代表作。幼い頃よりその美しさに憧れた金閣寺の僧になった溝口は、金閣寺に対して絶対的な美を求め、戦火の中滅びる美を夢想しました。しかし、戦後も燦然と輝き続ける金閣寺の美を独占するため、ある決意をします。

川端康成の媒酌で、日本画家・杉山寧の長女・瑤子と結婚しました。

1958年(33歳) 結婚

1956年(31歳)
『金閣寺』で、読売文学賞を受賞。

戦後派

大岡昇平

おおおかしょうへい

戦場に倒れた人々への鎮魂と親友・中原中也との友情に捧げた戦後

戦争の俘虜体験をもとに描いた大岡の出世作

相場師の父のもと、経済的に変動の激しい家で育った**大岡昇平**は、成城高校時代に詩人の**中原中也**、フランス語の師であった**小林秀雄**らと交流を持ち、京都帝国大学仏文科卒業後はスタンダールに熱中。卒業後は会社勤めの傍ら、雑誌に評論を寄稿していました。

大岡が作家になったのは、死を間近に見た従軍がきっかけでした。

昭和19年（1944）に臨時召集を受けて、激戦地となるフィリピンのミンドロ島に出征した大岡は、翌年俘虜となりレイテ島の収容所に送られました。

玉砕相次いだ戦場からの奇蹟的な復員後、大岡は小林秀雄に勧められ、昭和23年（1948）に『**俘虜記**』で作家デビュー。これが高く評価され、以降、心理小説『**武蔵野夫人**』、人肉食を題材とした『**野火**』などを発表し、新時代の作家として注目を集めます。

戦争への思いは強く、昭和42年（1967）からは、膨大な資料を用いてレイテ決戦の全体像を捉えた『**レイテ戦記**』の連載を始めます。緻密な再現性と迫力ある記録のなかには、無謀な戦争への批判も込められていました。

大岡は音楽、演劇、数学、言語学、漫画など多趣味で、それを土台に推理小説、恋愛小説など幅広いジャンルの作品に挑戦しました。

評論家としても優れ、すでに他界していた友人・**中原中也**の評論にも取り組みます。中原とは大学入学後、疎遠になったまま死別しており、それを悔やんでいた大岡は、20年以上を費やして中原の評論を手掛け、その足跡を世に残したのでした。

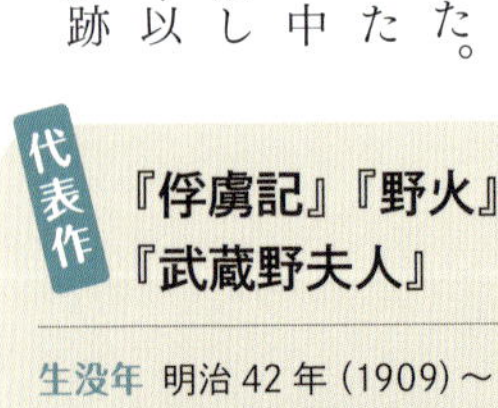

代表作 『俘虜記』『野火』『武蔵野夫人』

生没年 明治42年（1909）～昭和63年（1988）／79歳没
本名 大岡昇平
出身 東京市牛込区新小川町（現・新宿区新小川町）
職業 小説家・評論家・翻訳家
学歴 京都帝国大学文学部仏文科
趣味 音楽鑑賞・演劇鑑賞・ゴルフ
死因 脳梗塞

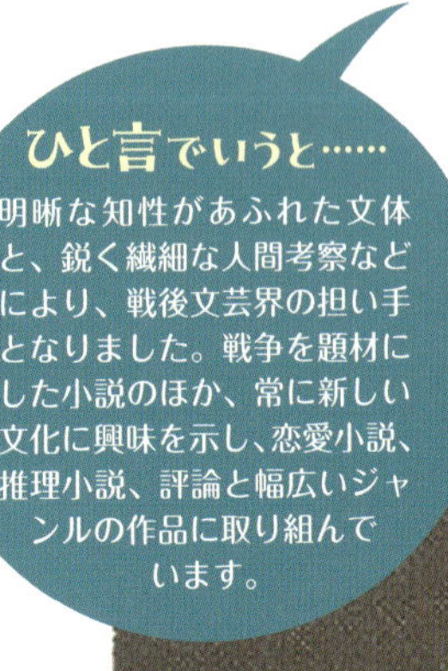

ひと言でいうと……
明晰な知性があふれた文体と、鋭く繊細な人間考察などにより、戦後文芸界の担い手となりました。戦争を題材にした小説のほか、常に新しい文化に興味を示し、恋愛小説、推理小説、評論と幅広いジャンルの作品に取り組んでいます。

人物相関図

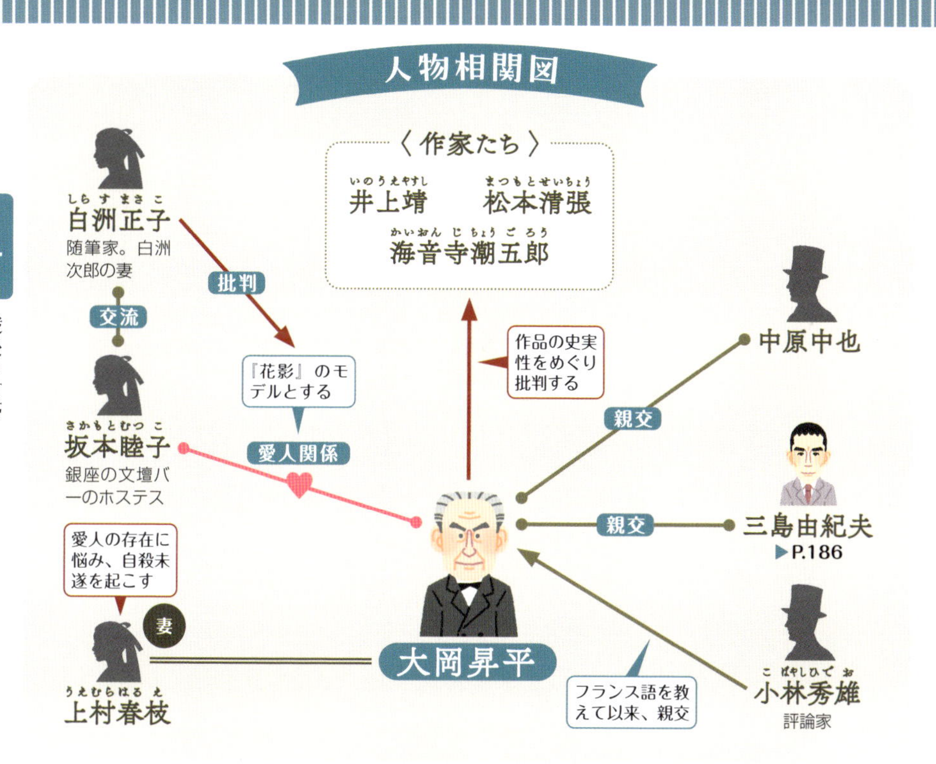

▶P.186

ゆかりの地MAP 大岡昇平と銀座の文壇バー

大岡 昇平の生涯と作品

1909年 誕生

大岡昇平は3月6日、東京市牛込区の生まれ。父の貞三郎は相場師（投資家）でした。

中原中也らと同人誌「白痴群」を創刊。

1929年（20歳）
京都帝国大学（現・京都大学）仏文科入学。

母のつるは元芸妓だったのだが、それを11歳で知った時には衝撃を受けたね。

1934年(25歳)
国民新聞社入社。

スタンダールの代表作『パルムの僧院』を読んだことをきっかけに、スタンダールにのめりこんだ。

1938年(29歳)
日仏合弁の帝国酸素に入社、翻訳係として勤務。

帝国酸素で出会った上村春枝と結婚したよ。

1939年（30歳）結婚

1943年(34歳)
帝国酸素退社。
川崎重工業入社。

1944年（35歳）
教育召集を受け、そのまま臨時召集されフィリピンに出征。

1948年(39歳)
『俘虜記』を刊行。

フィリピンの戦いでマラリアにかかって戦場に置き去りにされ、アメリカ軍の捕虜となった。この経験が『俘虜記』『野火』へとつながる。

今日も今日とて
ナイスショットォ〜

文豪びっくりエピソード

ゴルフ趣味

大岡は50歳を過ぎてからゴルフを本格的に始めました。よほど楽しかったのか、一時は小説を書く時間まで奪われるほどのめり込んだ挙句、ハンディ22に達するほどの腕前に。さらには『アマチュアゴルフ』（アサヒゴルフ出版局刊）というゴルフ指南書まで出版してしまいました。同書では技術論からマナーまで幅広く論じています。そんな自身をのちに、「コースへ出られない時は、庭でクラブを握ったり、本を読み返したりする生活を1年続けていたら、すっかり貧乏になってしまった」と自嘲しているのも興味深いです。

出世作
名作ナビ
『俘虜記』

解説 ミンドロ島に出征し、俘虜になった自身の体験をもとにしています。病気を患う「私」は山中で見捨てられ、密林をさ迷うなか米軍の捕虜になりました。極限状態にある人間の心理と行動を理知的かつ詳細な考察で分析しており、戦争とは何かを考えさせられます。

捕虜の経験があるから、国民的な栄誉は受けられないよ。

1971年（62歳）
日本藝術院会員辞退。

1971年（62歳）
『レイテ戦記』を刊行。

レイテ戦記を詳細に書くことが、戦って死んだ者の霊を慰める唯一のものだと思っている。

日本藝術院とは美術、文芸、音楽、演劇など、芸術各分野に優れた業績を残した芸術家を優遇顕彰するために設けられた国の栄誉機関です。

1961年(52歳)
『花影』を刊行。

1974年(65歳)
評伝『中原中也』を刊行。

中原との出会いは小林秀雄さんの家だった。初対面ながらその日から3日も連続で一緒に過ごした。高校時代はなんでも言い合える仲だったが、大学卒業後はほとんど会わなくなってしまった。いつか語り合いたいと思っていたが、中原は30歳で逝ってしまった。

1950年頃から57年頃まで、『花影』のモデルとなる坂本睦子を愛人とする。

1978年(69歳)
『事件』を刊行。

『事件』は、第31回日本推理作家協会賞を受賞しました。

1952年(43歳)
『野火』を刊行。

1988年（79歳）死去

1984年より『堺港攘夷始末』を連載していましたが、未完のまま、12月、脳梗塞のため死去しました。

解説 『俘虜記』の主題を深めた作品。味方からも見捨てられた「私」は孤独と飢餓に苦しめられます。密林を彷徨うなかで極限状態に追い詰められた私は、ついに死体の肉を口にすることまで考えます。人肉食を通して、神と人間の関係、倫理を突きつける衝撃作です。

大衆小説

苦節の若年期を経て、数多くの歴史小説を手掛けた国民的作家

吉川 英治（よしかわ えいじ）

貧困に悩む青年期を経て壮大な伝奇時代小説を描く

吉川英治は、父の事業が傾き、小学校高等科を中退して船具工などいくつかの職を転々とする貧困のなかで育ちました。

そうしたなかでも川柳に親しみ、句会に参加するなかで多くの友人を持つようになります。やがて文学に目覚めた吉川は、大正3年（1914）に『講談倶楽部』の懸賞小説に『江の島物語』が当選したのを皮切りに頭角を現し、東京毎夕新聞社に入社後、社命で長編小説の『**親鸞記**』を手掛けました。同社は関東大震災で解散に追い込まれますが、その後は雑誌「キング」に『**剣難女難**』を、大阪毎日新聞に伝奇的時代小説『**鳴門秘帖**』を発表し、人気作家へと躍り出ます。

史実を織り交ぜながら描く、壮大な物語は、世のため身を捨てて働く人物を主軸に置くことで、大衆小説として人気を博しました。

吉川の転換期となったのは昭和10年（1935）の『**宮本武蔵**』でした。本作を機に伝奇小説から伝記を基にした歴史小説へと作風が変化。『**三国志**』、さらに『**檜山兄弟**』と、人間像の確立と社会的背景を軸にリアリティを持つ物語を展開するようになりました。

一方でこの頃の英治は家庭問題を抱えていました。元芸妓の妻やすとの間に溝が生じ、彼女がヒステリーになっていたのです。彼は家出し、ついには離婚。その後結婚した相手は、なんと16歳の少女でした。

戦時中は海軍の戦史編纂に関わり、終戦後は筆が途絶えましたが、1950年から『**新・平家物語**』に取り組み、『**新・水滸伝**』『**私本太平記**』など重厚な歴史物語を残しました。

代表作 『鳴門秘帖』『宮本武蔵』『三国志』『新・平家物語』『私本太平記』

- **生没年** 明治25年（1892）～昭和37年（1962）／70歳没
- **本名** 吉川英次
- **出身** 神奈川県久良岐郡中村根岸（現・横浜市中区山元町）
- **職業** 小説家
- **学歴** 太田尋常高等小学校中退
- **趣味** 川柳
- **死因** 肺癌

ひと言でいうと……

昭和の大衆小説をリードした時代小説家。その作風は伝奇的な描写と波乱万丈に満ちた壮大なストーリー展開、そして求道的なテーマが特徴です。史実を基にした歴史小説も残しました。日本人の間に三国志のイメージを定着させた『三国志』も有名。

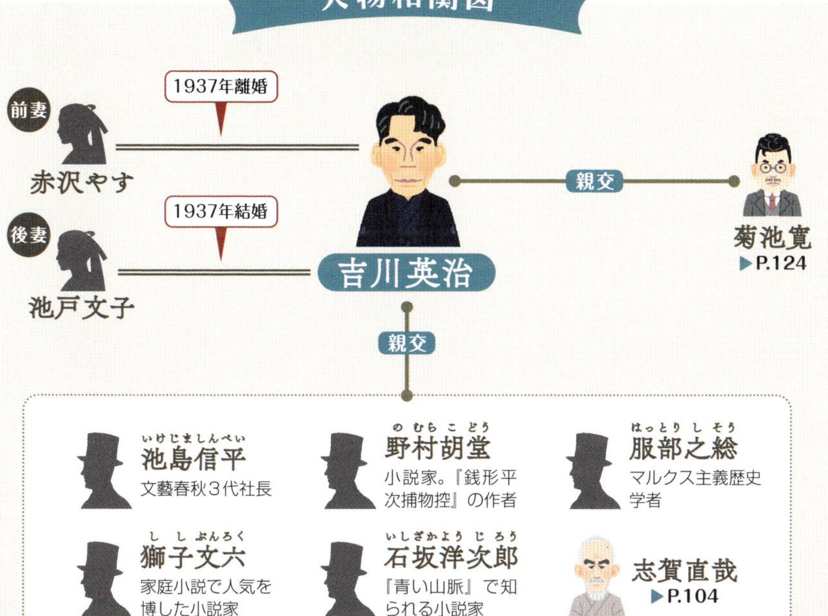

ゆかりの地MAP 吉川英治と疎開の地・青梅

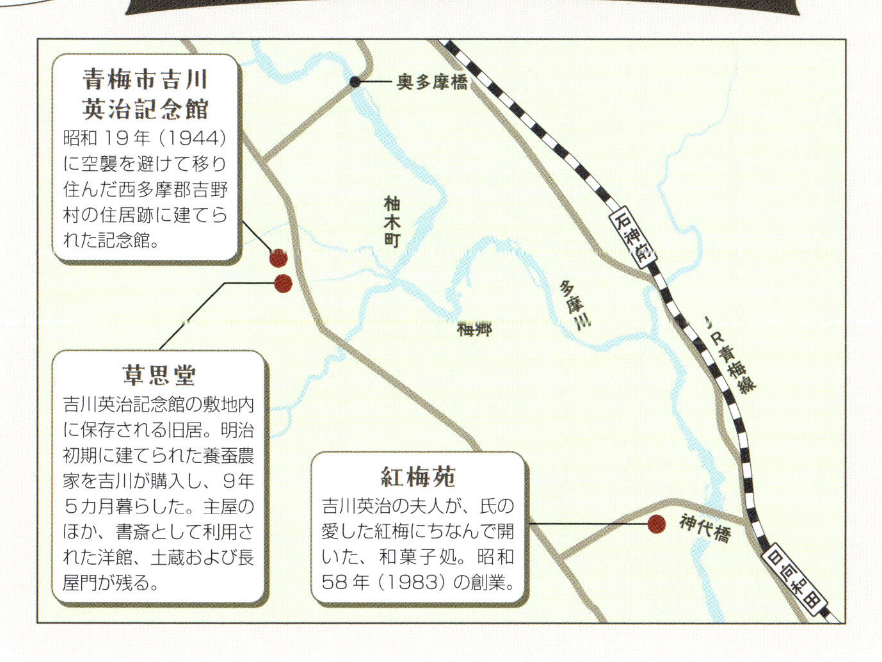

青梅市吉川英治記念館
昭和19年（1944）に空襲を避けて移り住んだ西多摩郡吉野村の住居跡に建てられた記念館。
草思堂
吉川英治記念館の敷地内に保存される旧居。明治初期に建てられた養蚕農家を吉川が購入し、9年5カ月暮らした。主屋のほか、書斎として利用された洋館、土蔵および長屋門が残る。
紅梅苑
吉川英治の夫人が、氏の愛した紅梅にちなんで開いた、和菓子処。昭和58年（1983）の創業。
奥多摩橋
柚木町
梅郷
多摩川
石神前
JR青梅線
神代橋
日向和田

吉川 英治の生涯と作品

文豪びっくりエピソード

死にかけた文豪

父親の事業失敗により家運が傾いたため、吉川英治は1903年に小学校を中退。1909年に年齢を偽って横浜ドック船具工となります。しかし、危険な作業で、1910年には作業中にドックの底へ転落し、全治1か月の重傷を負っています。

危険作業！慎重確認ヨシ！
…するの忘れてた〜〜〜

1892年 誕生

神奈川県久良岐郡中村根岸で生誕。吉川家は小田原藩大久保家に仕える下級武士の家系でした。

1898年（6歳）
私立山内尋常高等小学校に入学。

苦しい生活を送る一方で川柳の世界に入り、雉子郎の筆名で句を発表。また、1914年には、『江の島物語』が「講談倶楽部」の懸賞小説で一等に当選するという快挙を成し遂げました。

1921年（29歳）
東京毎夕新聞社入社。

社命を受けて執筆を開始したのが『親鸞記』です。しかし、会社自体が翌年の関東大震災で倒産してしまいました。

1923年（31歳）結婚

相手の赤沢やすさんは、人気芸妓でした。

この年、関東大震災を機に、文学で生計を立てることを決意した。

1925年（33歳）
「キング」に『剣難女難』を連載。

「吉川英治」の筆名はこの『剣難女難』で初めて使いました。

1926年（34歳）
『鳴門秘帖』の連載を開始。

『鳴門秘帖』が大人気となり、時代小説家として大衆文学界をリードする存在となります。

1935年（43歳）
『宮本武蔵』の連載を開始。

代表作

名作ナビ『宮本武蔵』

「小次郎っ。負けたり！」
「なにっ」
「きょうの試合は、すでに勝負があった。汝の負けと見えたぞ」
「だまれっ。なにを以て」
「勝つ身であれば、なんで鞘（さや）を投げ捨てむ。——鞘は、汝の天命を投げ捨てた」

解説 関ケ原の敗残兵だった武蔵が沢庵和尚やお通との人間模様を通して成長。剣の精進と修行の中で澄明な境地に至り、佐々木小次郎と対決するまでの物語。剣の精進と求道を軸にしたハラハラする波乱万丈の展開は読み応えたっぷりです。

日中戦争から太平洋戦争期は、ペンの部隊として従軍するなどしました。

1945年～1947年
終戦とともに一時執筆活動を休止。

人気作

名作ナビ『三国志』

張飛は、すこし酔うてきたとみえて、声を大にし、杯を高く挙げて、
「ああ、こんな吉日はない。実に愉快だ。再び天にいう。われらここにあるの三名。同年同月同日に生まるるを希わず、願わくば同年同月同日に死なん」
と、欷嗚った。

解説 中国後漢時代、劉備、関羽、張飛の出会いと桃園の誓いから、数々の興亡、３国の成立と軍師・諸葛亮の死までを描く壮大な物語。『三国志演義』を基に日本人向けに、より人間味あふれるドラマに仕上げられました。悪役とされる曹操も個性あふれる英雄として描かれ、物語に彩りをもたらしています。

1950年(58歳)
『新・平家物語』を「週刊朝日」に連載。

『新・平家物語』はのちに第１回菊池寛賞、朝日文化賞を受賞しています。

1939年（47歳）
『三国志』の連載を開始。

印税収入が増えるなかでヒステリー気味になっていたやすと離婚し、当時16歳だった池戸文子さんと結婚しました。

1937年(45歳)
離婚・結婚

代表作

名作ナビ『新・平家物語』

『平太よ。また塩小路などを、うろうろと、道草くうて、帰るではないぞ』
使の出がけに、清盛は、父忠盛から背へ喚かれた。――その声に、たえず背を追われているようなかれの足つきだった。
何といっても、父は、こわい。

解説 平清盛の成長から源平の興亡、平家滅亡、頼朝、義経の対決までの物語を、庶民への視点と平和への思いも打ち出しながら描いています。ひたむきに生きる人々の躍動感によって、史実が分かっていても豊かな人間ドラマの世界に引き込まれます。

吉川文学の大きな転機となった『宮本武蔵』以降、歴史上の有名人物の伝記作品が増えていきます。

毎日芸術賞受賞後、癌が悪化し死去。70歳でした。

1962年(70歳)
死去

1958年（66歳）
『私本太平記』を連載開始。

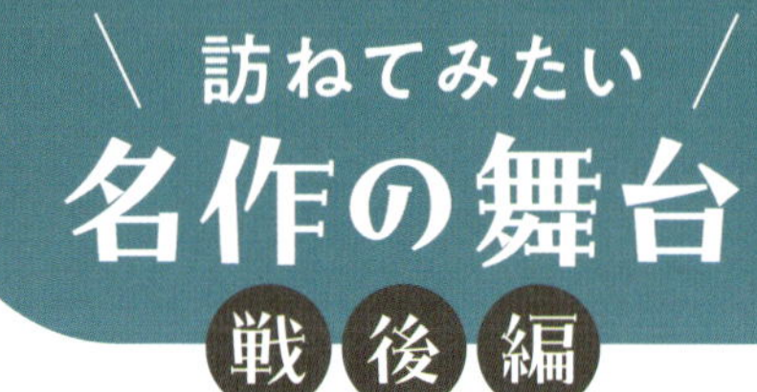

小泊

御坂峠

『津軽』太宰治 ▶P.180

太宰の子守であった「たけ」と太宰が30年ぶりに再会するクライマックスの舞台。小説『津軽』の像記念館が開設されている。

僕とたけが小学校の運動会を観る様子を再現した像を見て行ってくれたまえ。

御坂峠（山梨県）

『富嶽百景』太宰治 ▶P.180

太宰は御坂峠にある天下茶屋に昭和13年に3か月間滞在し、ここで本作を執筆した。

作中において「富士には月見草がよく似合ふ」と称えたのは、この辺りでのことだよ。

鈴鹿峠（三重県）

『桜の森の満開の下』
坂口安吾 ▶P.184

主人公となる山賊が住んでいたのが鈴鹿峠。険しい区間が多く、今でも交通の難所とされる。

僕の作品を読むと、鈴鹿峠というと桜を連想するようになると思うよ。

金閣（京都府）

『金閣寺』三島由紀夫 ▶P.190

作品のモチーフとなった金閣放火事件。その現場となった金閣は北山の鹿苑寺にある。

金閣は焼失によって国宝ではなくなったが、世界遺産に指定されているね。

神島（三重県）

『潮騒』
三島由紀夫 ▶P.189

物語の舞台「歌島」のモデルとなった島で、「三島文学　潮騒の地」と刻まれた文学碑のほか、「監的哨跡」、「八代神社」の長い石段など、物語に登場する場所が実際に残る。

とくに監的哨は物語のクライマックスの舞台となる名所だよ。

文豪の偉業に触れる！
訪ねてみたい
全国文学館MAP
文豪が愛した小物、試行錯誤の跡が残る直筆原稿、多くの作品を生んだ家など、文豪をより身近に感じることができる文学館が全国各地にあります。本書で興味を持った文豪をより深く知るために、こうした文学館を訪ねてみませんか？
地図中の❶～㉔は203頁の各文学館の所在地に対応しています。
1
2
3
4
5
6
7
8
9
10
11
12
13
14
15
16
17
18
19
20
21
22
23
24

北海道・東北

	施設名	住所	作家
❶	市立小樽文学館	〒047-0031 北海道小樽市色内 1-9-5	小林多喜二
❷	有島記念館	〒048-1531 北海道虻田郡ニセコ町字有島 57	有島武郎
❸	青森県近代文学館	〒030-0184 青森県青森市荒川藤戸 119-7	太宰治
❹	弘前市郷土文学館	〒036-8356 青森県弘前市大字下白銀町 2-1	太宰治
❺	もりおか啄木・賢治青春館	〒020-0871 岩手県盛岡市中ノ橋通 1-1-25	宮沢賢治

関 東

	施設名	住所	作家
❻	田山花袋記念文学館	〒374-0018 群馬県館林市城町 1-3	田山花袋
❼	田端文士村記念館	〒114-0014 東京都北区田端 6-1-2	芥川龍之介 菊池寛 堀辰雄
❽	文京区立森鷗外記念館	〒113-0022 東京都文京区千駄木 1-23-4	森鷗外
❾	台東区立一葉記念館	〒110-0012 東京都台東区竜泉 3-18-4	樋口一葉
❿	新宿区立漱石山房記念館	〒162-0043 東京都新宿区早稲田南町 7	夏目漱石
⓫	調布市武者小路実篤記念館	〒182-0003 東京都調布市若葉町 1-8-30	武者小路実篤
⓬	青梅市吉川英治記念館	〒198-0064 東京都青梅市柚木町 1-101-1	吉川英治
⓭	我孫子市白樺文学館	〒270-1153 千葉県我孫子市緑 2-11-8	武者小路実篤 志賀直哉
⓮	鎌倉文学館（※2027年3月31日まで休館予定）	〒248-0016 神奈川県鎌倉市長谷 1-5-3	三島由紀夫

中 部

	施設名	住所	作家
⓯	泉鏡花記念館	〒920-0910 石川県金沢市下新町 2-3	泉鏡花
⓰	徳田秋聲記念館	〒920-0831 石川県金沢市東山 1-19-1	徳田秋聲
⓱	藤村記念館	〒508-0502 岐阜県中津川市馬籠 4256-1	島崎藤村
⓲	小諸市立藤村記念館	〒384-0804 長野県小諸市丁 315	島崎藤村
⓳	軽井沢高原文庫	〒389-0111 長野県北佐久郡軽井沢町長倉 202-3	堀辰雄 有島武郎
⓴	堀辰雄文学記念館	〒389-0115 長野県北佐久郡軽井沢町大字追分 662	堀辰雄

近畿・中国・四国

	施設名	住所	作家
㉑	茨木市立川端康成文学館	〒567-0881 大阪府茨木市上中条 2-11-25	川端康成
㉒	芦屋市谷崎潤一郎記念館	〒659-0052 兵庫県芦屋市伊勢町 12-15	谷崎潤一郎
㉓	ふくやま文学館	〒720-0061 広島県福山市丸之内 1-9-9	井伏鱒二
㉔	菊池寛記念館	〒760-0014 香川県高松市昭和町 1-2-20 サンクリスタル高松 3F	菊池寛

[ま]

[や]

[ら]

[わ]

用語

[あ]

[か]

[さ]

[た]

[な]

[は]

[ま]

[ら]

[さ]

[た]

[な]

[は]

さくいん ※太字は大きく紹介しているページ

人名

[あ]

[か]

[さ]

[た]

[な]

[は]

[ま]

[や]

雑誌・作品名

[あ]

[か]

参考文献

『近代日本の作家と作品』● 片岡良一（岩波書店）
『森鷗外 学芸の散歩者』● 中島国彦（岩波書店）
『島崎藤村』● 平野謙（岩波書店）
『濹東綺譚』● 永井荷風（岩波書店）
『桜の森の満開の下・白痴　他十二篇』● 坂口安吾（岩波書店）
『荷風全集』● 永井壯吉、稲垣達郎編（岩波書店）
『日本文学全集 10　田山花袋集』● 田山花袋（筑摩書房）
『図説　宮澤賢治』● 天沢退二郎、栗原敦、杉浦静編（筑摩書房）
『戦前の生活』● 武田知弘（筑摩書房）
『図説　永井荷風』● 川本三郎、湯川説子（河出書房新社）
『鏡花幻想譚』● 泉鏡花（河出書房新社）
『決定版　三島由紀夫全集』● 三島由紀夫（新潮社）
『新潮日本文学アルバム 27　梶井基次郎』（新潮社）
『谷崎潤一郎全集』● 谷崎潤一郎（中央公論新社）
『早わかり日本近現代史』● 河合敦（日本実業出版社）
『全国文学館ガイド』● 全国文学館協議会編（小学館）
『原色シグマ新国語便覧』● 国語教育プロジェクト（文英堂）
『日本近代文学大事典』● 日本近代文学館（講談社）
『小説太宰治』● 檀一雄（審美社）
『別冊太陽　日本のこころ　三島由紀夫』● 松本徹監修（平凡社）
『荷風と東京：『断腸亭日乗』私註』● 川本三郎（都市出版）
『一葉伝　樋口夏子の生涯』● 澤田章子（新日本出版社）
『有島武郎事典』● 有島武郎研究会（勉誠出版）
『堕落論』● 坂口安吾（KADOKAWA）
『文豪どうかしてる逸話集』● 進士素丸（KADOKAWA）
『端正・格調高い文章を味わう 中島敦（別冊宝島 1625）』（宝島社）
『芥川龍之介』浅野晃（すばる書房）
『「超あらすじ」と短編全文で読むもう一度読みたい教科書の名作』● 根本浩（竹書房）
『あらすじで読む日本の名著』● 小川義男編（中経出版）
『明治・大正・昭和の作家の死を読む』● 三田英彬（日新報道）
『文芸夜話』● 宇野浩二（金星堂）
『一冊で日本の名著 100 冊を読む』● 酒井茂之編、小林保治監修（友人社）
『続・一冊で日本の名著 100 冊を読む』● 酒井茂之編（友人社）
『眠れないほどおもしろいやばい文豪』● 板野博行（三笠書房）

監修者紹介

志村有弘（しむらくにひろ）

1941年、北海道生まれ。立教大学大学院修了。相模女子大学名誉教授。伝承文学・古典と近代文学の比較研究を専攻。著書に『芥川龍之介周辺の作家』『近代作家と古典』『芥川龍之介の回想』（以上、笠間書院）、『芥川竜之介伝説』（朝文社）、『北海道の文人覚書』『忘れ得ぬ九州の作家と文学』『信州の文学と伝説』『神仏と超人と寺社伝説』（以上、パワプラ出版）、『忘れ得ぬ北海道の作家と文学』（鼎書房）、『説話文学の構想と伝承』（明治書院）、『安倍晴明公伝』（阿倍王子神社）、『陰陽師列伝』（学研プラス）、『陰陽師 安倍晴明』『羅城門の怪』（以上、KADOKAWA）、『役行者のいる風景』（新典社）、『悪霊祓い師物語』（大法輪閣）、『神とものの け』（勉誠社）、編纂に『島尾敏雄『死の棘』作品論集』（クレス出版）、『歴史・伝説・古典に取材した近現代文学目録』（パワプラ出版）・『芥川龍之介『羅城門』作品論集成』（大空社）など。

編集	株式会社ロム・インターナショナル
本文デザイン	柿沼みさと
本文DTP	スパロウ（新井良子、菊地紗ゆり）
本文イラスト	ヤマデラワカナ
企画・編集	成美堂出版編集部（原田洋介、芳賀篤史）

※本書の記述は原則2024年7月末時点の情報に基づいています。
※本文中のゆかりの地MAPの地図は原則、現在の線路、道路をもとにした略地図になります。線路や道路などを省略していることがあります。

語れるようになる 日本の文豪

監　修　志村有弘（しむらくにひろ）
発行者　深見公子
発行所　成美堂出版
〒162-8445　東京都新宿区新小川町1-7
電話(03)5206-8151　FAX(03)5206-8159
印　刷　株式会社フクイン

ISBN978-4-415-33455-4
落丁・乱丁などの不良本はお取り替えします
定価はカバーに表示してあります